# Morpheus Töchter

## Eine Welt ohne Träume

## Alexis Snow

# MORPHEUS TÖCHTER

Eine Welt ohne Träume

# Impressum

Bibliografische Information der Deutschen Nationalbibliothek:
Die Deutsche Nationalbibliothek verzeichnet diese Publikation in der
Deutschen Nationalbibliografie; detaillierte bibliografische Daten sind
im Internet über http://dnb.dnb.de abrufbar.

Lektorat: Melina Coniglio

Korrektorat: Petra Schäfer

Illustration: Beatrice Jacoby

Cover: Dream Design – Cover and Art, Renee Rott

Bilder: Depositphotos_30824807_xl-2015; shutterstock_1554249659;

shutterstock_495920332; Bigstock_348066394

Karte erstellt mit Inkarnate

Herstellung und Verlag: BoD – Books on Demand, Norderstedt

ISBN: 978-3752640373

Für meinen Schatz

Denn erst du gibst meinen Träumen einen Sinn

HIGHLAND LAKE

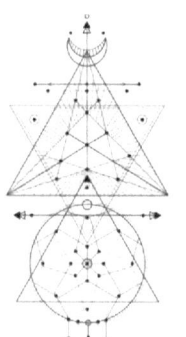

# KAPITEL 1

## THEA

Irgendwo weit hinter der Wolkendecke musste sie sein, davon war ich überzeugt. Zwar wusste ich, dass wir viel zu weit von der Stadt entfernt waren, um sie sehen zu können, trotzdem schweifte mein Blick immer wieder zum Horizont. Seit meine Mutter mir von meiner Zwillingsschwester erzählt hatte, wollte ich nichts mehr, als sie zu treffen. Tränen stiegen mir bei dem Gedanken in die Augen, dass sie damals als Säugling entführt worden war. Da legte sich eine Hand auf meine Schulter. Ruckartig wich ich zurück – einerseits vor Schreck, andererseits, weil ich die Berührung meiner Mutter, die ich nun erkannte, nicht ertrug. Wahrscheinlich versetzte ihr das einen Stich ins Herz, doch ich konnte nicht aus meiner Haut. Immerhin hatte sie es zugelassen, dass man mir meine Schwester weggenommen hatte. Geschweige denn hatte sie sie zurückgeholt.

»Ich weiß, dass du mir noch immer Vorwürfe machst, aber ich kann es nicht mehr ändern, Liebes.«

»Du hast sie einfach aufgegeben!«, warf ich ihr an den Kopf, konnte die Tränen nicht länger zurückhalten. Unkontrolliert liefen sie meine Wangen hinab, während meine Hände die Schaufel so fest umklammerten, dass die Knöchel weiß hervortraten und schmerzten.

»Was hätte ich deiner Meinung nach machen sollen? Ohne Plan in die Stadt gehen und mich ebenfalls gefangen nehmen lassen? Meine eine Tochter aufgeben, um meine andere zu retten? Du kannst mir glauben, dass sie mir unglaublich fehlt. Es vergeht kein einziger Tag, an dem ich nicht an sie denke und mich frage, ob sie noch lebt oder was aus ihr geworden ist. Doch ich weiß nicht, wo sie sich befindet. Es reicht, dass man mir ein Kind genommen hat, ich möchte dich nicht auch noch verlieren.«

»Aber ich kann sie finden, und das weißt du. Ich spüre, dass sie noch lebt. Warum hast du mir nicht früher von ihr erzählt? Wieso hast du ihr Schicksal einfach so hingenommen?« Die Wut pulsierte durch meinen Körper, konnte jedoch nicht das Gefühl verbergen, das wieder einmal Besitz von mir ergreifen wollte. Eine Leere, schwarz und undurchdringbar, die mich zu verschlingen drohte und nichts als Trauer und Schmerz in mir auslöste. Mit Mühe unterdrückte ich ein Schluchzen, wollte den erneuten Anflug eines dieser merkwürdigen Anfälle abwenden, bevor er mich niederrang und den Rest des Tages in ein Häufchen Elend verwandelte. Es musste enden, und ich wusste, dass nur meine Schwester mich heilen konnte. Ich ertrug diese seltsame Leere keinen weiteren Tag mehr, wusste, dass ich die beschwerliche Reise in die Stadt auf mich nehmen musste.

Auch meine Mutter schien zu spüren, was ich vorhatte, denn in ihrem Blick lag Sorge, während ihre Stimme panisch klang. »Du darfst sie nicht suchen gehen! Es ist zu gefährlich. Sie dürfen dich nicht auch noch bekommen.«

Ohne ihr zu antworten, wandte ich mich ab. Ich brauchte Ruhe, musste mich ablenken. Während meine niederfallende Schaufel trockene Erde aufwirbelte, spürte ich die Blicke der anderen Feldarbeiter auf mir. Es gehörte sich nicht, die Arbeit niederzulegen, die einem zugeteilt war, denn wenn wir uns nicht aufeinander verlassen konnten, würde unsere Gesellschaft nicht funktionieren. Normalerweise wurden die Arbeiten den jeweiligen Talenten zugeordnet, nur die harte Arbeit auf dem Feld nicht, weil sie niemand gern ausübte.

Die meiste Zeit verbrachte ich in der Schneiderei, und ich liebte das Rattern und Quietschen der uralten Nähmaschinen. Es hatte mir so viel Spaß gemacht, ihre Funktionsweise kennenzulernen und mir vorzustellen, wie Menschen vor mehreren hundert Jahren damit gearbeitet haben mussten. Heute wäre ich lieber an meiner Nähmaschine gewesen, denn die hätte mich vielleicht besser ablenken können.

Eine frische Brise wehte mir die Haare ins Gesicht. Ich strich sie fort, zusammen mit den langsam trocknenden Tränen. Atmete tief die nach Wald und Wiesen duftende Luft ein, die unser kleines, provisorisches Dorf und die Äcker umgab. Wenn man nicht wüsste, dass wir uns hier versteckten, könnte man unsere Heimat beinah als Idylle bezeichnen. Doch mit der Angst, jederzeit von den Städtern, die uns verfolgten, entdeckt werden zu können, fehlte uns das Gefühl, jemals wirklich zu Hause zu sein. Dabei konnten wir nichts dafür, dass wir etwas geschenkt bekommen hatten, das ihnen verwehrt war: die Fähigkeit zu träumen. Sie hassten uns dafür, und der Neid trieb sie dazu, uns zu jagen wie Wild.

Mit jedem Schritt, den ich dem Dorf näherkam, wurde mein anfangs zu schneller Gang langsamer. Mein Puls beruhigte sich allmählich, je näher ich der Holzpalisade kam, die mein Zuhause einzäunte. *Mehr als wilde Tiere wird sie nicht abhalten können*, ging es mir durch den Kopf, während ich das Tor betrachtete, das lediglich ein Loch im Zaun war. Zumindest lag es im Schatten der Wasatchkette, einem Gebirge in Zentralamerika, und war damit ganz gut versteckt.

Um ein Lächeln bemüht, grüßte ich Lukas mit einem Nicken, der heute zur Wache eingeteilt war. »Wie kommt es, dass du heute nicht unterwegs bist?« Er war einer unserer besten Kundschafter und aus diesem Grund fast nie im Dorf. Seine Aufgabe bestand darin, die Umgebung zu erkunden und nach neuen, möglichen Verstecken Ausschau zu halten. Manchmal durfte er sogar in die Stadt, um die Lage auszuspionieren. Umso mehr freute es mich, ihn zu sehen, denn er gehörte mit zu meinen besten Freunden - eine willkommene Ablenkung.

»Auch ich brauche mal ein wenig Erholung, du Sklaventreiber«, erwiderte er mit einem schelmischen Grinsen.

»Ich dachte, du kannst nicht ohne das Abenteuer«, antwortete ich gespielt empört über seine vermeintliche Erholung auf dem Wachposten. Kaum zu fassen, aber Lukas schaffte es doch tatsächlich, den dunklen Schatten ein klein wenig zurückzudrängen. Zumindest für den Augenblick.

Er schnaubte belustigt. »Und was ist mit dir? Müsstest du nicht auf dem Feld arbeiten? Oder hältst du es ohne deinen Jonas einfach nicht mehr aus?«

»Ich habe mich mit meiner Mutter gestritten«, gab ich zähneknirschend zu.

Anstatt mich zu bedauern, verzog Lukas sein Gesicht zu einem schiefen Grinsen. »Und da läufst du davon? Du kämpfst doch sonst wie eine Bärin um ihre Jungen, wenn dir etwas nicht passt.«

Mit finsterem Blick quittierte ich seinen Spruch und zuckte mit den Schultern. »Heute anscheinend nicht. Ist aber auch egal, weil du es eh nicht verstehen würdest.« Er wirkte irritiert, was bei ihm selten vorkam. Bevor er jedoch etwas erwidern konnte, sprach ich weiter. »Weißt du, wo Jonas heute eingeteilt ist?«

»Er ist in der Schreinerei und leistet seinen Teil für die Gesellschaft.« Noch immer musterte Lukas mich verwundert, traute sich jedoch nicht, nachzufragen, was mir auf der Seele brannte. Er kannte mich zu gut, denn wenn ich nicht darüber reden wollte, schwieg ich eisern.

»Touché. Das habe ich wohl verdient«, sagte ich schulterzuckend. »Ich mache mich dann mal auf den Weg, damit ich ihn auch von der Arbeit abhalten kann. Komme mir sonst so einsam vor.«

Zögerlich lachte Lukas, der mich heute anscheinend nicht gut einschätzen konnte, was ich ihm nicht übelnahm.

Winkend wandte ich mich ab, um mich durch die schmalen Gassen zur Schreinerei zu bewegen. Obwohl die Holzbauten um mich herum ziemlich wüst aussahen, da unsere Handwerker bei ihrer Erbauung mehr oder weniger improvisiert hatten, fühlte ich mich wohl. Die verschiedenen Bretter wurden von einfachen Öffnungen unterbrochen, die bei der Wärme offenstanden. Im Winter dämmten wir die Türen zusätzlich mit Gipskartonplatten, um die Kälte zumindest ansatzweise auszusperren. Das einzige Gebäude, das deutlich stabiler und aus Stein gebaut war, war unser Krankenhaus. Was imposant klang, war rein zweckmäßig. Kranke brauchten besseren Schutz und konnten in dem Gebäude einfacher isoliert werden. Zum Glück gab es zurzeit keine Krankheitswelle, die es uns erschwerte, Vorräte für den Winter anzusammeln. Auch wenn unsere Kundschafter uns oft Nahrung mitbrachten, so war es doch nie genug, um uns alle ausreichend zu versorgen. Wir waren mehr oder weniger auf uns allein gestellt. Deswegen war die Feldarbeit so wichtig.

Als ich die Schreinerei erreichte, trat ein Mann durch den Eingang ins Freie. Unwillkürlich musste ich bei seinem Anblick lächeln. Das mittellange, braune Haar, das ihm ins Gesicht fiel, strich er sich mit einer langsamen Bewegung hinters Ohr. Das Spiel seiner Armmuskeln bei dieser kleinen Bewegung ließ mich verträumt seufzen. Die harte, körperliche Arbeit war nicht ungesehen an ihm vorbeigegangen. Immer noch fühlte ich mich wie in einem Traum, wenn ich bei ihm war. Denn dieser Prachtkerl war mein Freund.

Als Jonas mich erblickte, erhellten sich seine Züge und ein Lächeln legte sich auf seine Lippen. »Thea, was machst du denn hier?« Er öffnete seine Arme, um mich liebevoll zu begrüßen.

Ich ließ es gern geschehen und schmiegte mich an seine Brust. Sofort umfing mich sein Duft, der mich an eine frische Sommerbrise erinnerte, gepaart mit dem Geruch von verarbeitetem Holz. Sanft legte er eine Hand unter mein Kinn und hob meinen Kopf an, bevor er seine Lippen auf die meinen legte. Die zarte Berührung sandte Schauer durch meinen Körper und setzte mich unter Strom.

Doch der Moment währte nicht lange, denn ich löste mich widerwillig von ihm. Zu groß war die Angst, dass plötzlich Alarm geschlagen wurde und wir wieder einmal fliehen mussten.

Seufzend sah sich Jonas um – auch ihm war bewusst, dass unsere Lebensumstände unsere ständige Aufmerksamkeit verlangten. »Thea, ich wollte dich etwas fragen.« Mir fiel sein nervöser Blick auf, als ich ihn ansah.

»Was denn?« Immer noch fühlte ich mich ausgelaugt von der Wut auf meine Mutter, von den Gedanken an meine Schwester und der Leere, die mich immer wieder zu überrollen drohte. Deswegen taumelte ich leicht.

Erschrocken griff Jonas nach meinem Arm. »Geht es dir nicht gut?«

Ich war mir sicher, dass es nicht das war, was er mich fragen wollte, zuckte jedoch nur mit den Schultern. Er wusste von diesen Phasen, in denen es mir schlecht ging, und er wusste von meiner Schwester. Direkt nachdem meine Mutter mir von ihr erzählt hatte, war ich zu ihm gelaufen, denn nur er vermochte es, mich zu trösten - einfach nur, indem er mich in den Arm nahm.

»Ist es wegen deiner Schwester?« Deswegen liebte ich ihn. Er wusste, was mich bedrückte, bevor ich es ihm sagte.

»Ja, ich habe mich mit meiner Mom gestritten. Ich … Es fällt mir einfach so unheimlich schwer, zu verstehen, warum sie sie nicht suchen geht.«

»Es ist zu gefährlich. Sie würde nicht nur ihr Leben, sondern auch das unserer Gemeinschaft aufs Spiel setzen. Wenn man sie schnappt, wird man sie foltern, um uns zu finden.«

Ich wusste, dass er es gut meinte. Allein der Gedanke, dass jemand meine Mutter verletzte, ängstigte mich. Doch seine Worte klangen in meinen Ohren falsch. Ich wollte nicht mehr das Wohl aller über mein eigenes stellen. Diese unendliche Leere ertrug ich einfach nicht mehr. Sie zerriss mich innerlich.

»Das weißt du doch gar nicht«, erwiderte ich mürrisch und wandte meinen Blick ab, da erneut Tränen in meine Augen stiegen. »Wenn sie es nicht wagen will, dann werde ich es eben tun.«

»Nein, Thea. Das darfst du nicht!« Mit beiden Händen umfasste er meine Wangen, zwang mich, in seine besorgten Augen zu sehen. Seine Zweifel daran, dass ich es schaffen würde, verletzten mich, weswegen ich ihn trotzig ansah. Für einen Moment sprachen meine Wut und seine Sorge stumm miteinander. Sie rangen um den Sieg, bis eine Stimme aus der Schreinerei nach meinem Freund rief. »Jonas?«

»Bitte handele nicht überstürzt. Versprich mir das! Ich würde es nicht ertragen, dich zu verlieren, Thea. Wir treffen uns morgen früh vor der Arbeit, dann können wir darüber reden. In Ordnung?«

Ich nickte nur, denn hinter ihm erschien sein Chef. Wir küssten uns flüchtig, und ich bereute es, ihn nicht noch einmal in die Arme gezogen zu haben, weil ich meinen Entschluss bereits gefasst hatte. Heute würde ich gehen.

Meine Laune wurde zwar nicht wirklich besser, doch mein Ziel vermochte es, meiner Aufgabe auf dem Feld gelassener entgegenzusehen. Dort würde ich in aller Ruhe nachdenken können, denn ich wollte nicht überstürzt handeln. Ich musste meine Optionen sorgfältig abwägen.

Zurück auf dem Feld, empfing mich meine Mutter mit einem sorgenvollen Blick. »Geht es dir wieder besser?«

Nickend suchte ich nach meiner Schaufel, die immer noch dort lag, wo ich sie fallen gelassen hatte. Ich traute mich nicht, ihr in die Augen zu sehen, weil ich fürchtete, dass sie mich durchschauen würde. Dazu kam, dass ich noch immer sauer auf sie war. Es erschloss sich mir einfach nicht, wie sie ihr Kind einfach hatte ziehen lassen können, ohne auch nur den leisesten Versuch zu wagen, es zurückzuholen.

»Es geht schon wieder.« Abwesend machte ich mich wieder an die Arbeit, hielt jedoch schon wenige Sekunden später wieder inne. Immer wieder musste ich an meine Schwester denken. Wie sie wohl war? Ob es ihr gut ging? Würde ich sie erkennen, wenn wir uns sahen? Spürte sie ebenfalls diese Leere in sich?

Ich atmete tief durch, zwang meine Gedanken zur Ruhe, bevor ich meinen Blick hob. »Wenn ich sie schon nicht wiedersehen kann, erzählst du mir wenigstens von ihr?« Ein kläglicher Versuch, doch ich spürte, dass es genau das war, wonach ich mich sehnte. Gleichzeitig wollte ich möglichst viel über meine Zwillingsschwester erfahren, damit ich ausreichend vorbereitet meine Reise antreten konnte.

Mom seufzte. Ihr schien das Thema unangenehm zu sein, was ich verstehen konnte, denn normalerweise endeten diese Unterhaltungen immer in einem Streit. Trotzdem legte sich ein verträumter Blick über ihre harten Gesichtszüge, die von vielen schweren Lebensjahren erzählten. »Sie war noch so klein, als sie mir genommen wurde. Viel kann ich dir leider nicht erzählen, Liebes.«

Ich bemerkte, wie sie mit sich rang. Die Erinnerungen ließen ihre Augen glasig werden, als würde es sie viel Kraft kosten, an ihr verlorenes Kind zu denken. Zum ersten Mal glaubte ich, dass ich meiner Mutter mit meinen harschen Worten Unrecht getan hatte.

»Ihr saht euch damals sehr ähnlich, und doch wart ihr wie Tag und Nacht. Dein Haar war dunkel, während ihres ein wenig heller war. Du warst schon früh diejenige, die sagte, wo es langging. Sie strahlte dafür eine Anmut aus, die allen Jungs das Herz geraubt hätte, wenn wir sie hätten aufwachsen sehen können. Ich weiß noch, dass ich damals die glücklichste Frau der

Welt war. Du warst die Wilde und Laute, die ihren Sturkopf gern durchsetzte, während sie das ruhige Kind war, das sich dir bereitwillig unterordnete.« Erneut machte sie eine Pause und holte tief Luft. Als ich meinen Mund öffnete, um etwas zu erwidern, schüttelte sie den Kopf. »Ich habe sie genauso geliebt wie dich, das musst du mir glauben. Doch als unser Dorf damals angegriffen wurde, musste ich eine Entscheidung treffen. Euch beide gleichzeitig zu tragen, schaffte ich nicht, dafür wart ihr mittlerweile zu groß. Deswegen brachte ich dich als Erste in den sicheren Tunnel unter dem Dorf. Immerhin warst du die Laute von euch beiden und hättest uns durch dein Weinen sofort verraten. Dann hätten sie euch beide mitgenommen, und das konnte ich nicht zulassen. Als ich zu ihr zurückkam, fand ich ihre Wiege leer vor. Ich lief sofort vor die Tür, doch gegen die Waffen der Städter wäre ich niemals angekommen. Deswegen traf ich die Entscheidung, sie ziehen zu lassen, anstatt dich zur Waise zu machen. Seit dem Tag habe ich sie nicht mehr gesehen.«

Meine Mutter wischte sich eine Träne von der Wange. Ich verringerte die Distanz zwischen uns und schloss sie in meine Arme. Ihre sonst so abwehrende Haltung dem Thema gegenüber, hatte mich darauf schließen lassen, dass sie die Situation widerstandslos hingenommen hatte. Nun zeigte sie mir zum ersten Mal, wie hart die Entführung meiner Schwester sie getroffen hatte. Sie fehlte ihr genauso sehr wie mir, auch wenn sie versucht hatte, dies vor mir zu verbergen, damit ich glaubte, sie hätte meine Schwester einfach aufgegeben.

Aber das stimmte nicht.

Dieses Wissen bestärkte mich jedoch nicht darin, hier zu bleiben. Vielmehr fachte sie meinen Entschluss weiter an. Ihr zuliebe musste ich meine Schwester finden und zurückbringen. Ich wollte meine Mutter wieder glücklich sehen.

»Weißt du, Liebes, ich habe dir nie von ihr erzählt, weil ich Angst davor hatte, dass du mich dann verlassen würdest. Ich hatte keine bösen Absichten, aber ich kenne dich und weiß, dass du manchmal impulsiv handelst. Noch ein Kind zu verlieren, hätte ich nicht ertragen. Kannst du mir verzeihen?«

Ihre Worte versetzten mir einen Stich. Meine Mutter ahnte, was ich vorhatte, und doch hoffte sie, dass ich mein Vorhaben nicht in die Tat umsetzen würde. Ich wusste, dass ich ihr mit meinem Aufbruch das Herz brechen würde. Das, wovor sie mich hatte schützen wollen, würde eintreten. Doch ich schwor mir, zurückzukehren und ihr zersplittertes Herz wieder zusammenzuflicken. »Natürlich, Mom.« Den Kloß in meinem Hals ignorierte ich und versuchte, alles ganz normal wirken zu lassen.

Für einen kurzen Moment musterte sie mich, dann lächelte sie.Wir wandten uns wieder unseren Aufgaben zu, während ich in Gedanken an meinem Plan feilte. Obwohl ich impulsiv war, würde ich nicht einfach blind losrennen. Dafür war die Reise zu wichtig und gefährlich. Doch um mir einen genauen Überblick zu verschaffen, musste ich die wenigen Fakten erst einmal zusammentragen.

Ich wusste, dass der Senator meine Schwester vor zwanzig Jahren entführt hatte, doch das bedeutete nicht unbedingt, dass sie jetzt in Highland Lake lebte. Gleichzeitig war das meine einzige Spur, und mir war bewusst, dass ich ihr nachgehen musste, auch wenn es mir vor dem Betreten der Stadt grauste.

Verstohlen blickte ich zu meiner Mutter, versuchte, die Vorstellung zu verdrängen, wie sie auf meinen Aufbruch reagieren würde, und diese mit dem Wiedersehen zu ersetzen. Ich musste es einfach wagen, denn meine Schwester wieder bei uns zu haben, würde ihr gut tun und die Leere in meinem Inneren vertreiben. Dessen war ich mir sicher.

In mir steckte eine Kämpferin, und ich würde nie aufgeben, bis ich sie gefunden hatte.

Niemals.

Mit einem entschlossenen Lächeln im Gesicht verrichtete ich die mir so verhasste Feldarbeit, bis es dämmerte und wir zurück ins Dorf mussten. Unser Abendessen verlief ruhig, wir sprachen über belanglose Dinge wie das Wetter und die Arbeiten, die in den nächsten Tagen anstanden. Die harte Feldarbeit hatte meine Mutter geschlaucht, deshalb legte sie sich früh schlafen. Glück für mich. Sobald ich mir sicher war, dass sie tief und fest schlief, machte ich mich bereit. Ich kramte in einer der Schubladen nach einem Stück Papier und einem Stift. Dann setzte ich mich an den Küchentisch.

*Mom,*

*verzeih mir bitte, aber ich kann nicht anders. Ich sehe doch, wie unglücklich du bist, auch wenn du dir alle Mühe gibst, den Schmerz zu verbergen. Wir brauchen sie beide, um wirklich glücklich zu sein. Obwohl ich sie nicht kenne, bin ich mir sicher, dass ihr Fehlen dieses schreckliche Gefühl in mir auslöst. Vertrau mir, ich werde alles dafür tun, damit wir endlich wieder zusammen sein können. Such nicht nach mir, ich werde bald zurückkommen. Mit ihr!*

*Ich liebe dich, Mom.*

*Kuss, Thea*

Mir war bewusst, dass mein Abschied sie treffen würde. Ich verließ sie, und sie ahnte es bereits. Schließlich kannte sie mich gut genug. Sie hatte gewusst, dass ich eines Tages nach meiner Schwester suchen würde. Doch ich musste es tun. Es gab einfach keine andere Möglichkeit.

Dann griff ich nach einem weiteren Papier und schrieb Jonas ebenfalls eine Nachricht, in der ich ihm alles erklärte. Ich gestand, dass ich nicht bis morgen warten konnte, versicherte ihm, dass ich vorsichtig sein würde, und nicht wollte, dass er mitkam – denn das wäre er, hätte ich ihn in meinen Plan eingeweiht. Da ich ihn aber in Sicherheit wissen musste, ging es nicht anders. Während ich die Worte schrieb, brannten Tränen in meinen Augen. Es schmerzte, die zwei wichtigsten Menschen in meinem Leben zurückzulassen.

Aber es würde nicht für immer sein.

Ich verschloss den Brief, schrieb seinen Namen drauf und legte ihn neben den meiner Mutter. Dann wischte ich mir die Tränen aus dem Gesicht. Ich durfte keine Zeit mehr verlieren und packte ein Messer sowie etwas Verpflegung in eine kleine Tasche. Nur für den Notfall.

An der Tür wandte ich mich noch einmal um und warf einen letzten Blick auf meine Mutter, die auf dem Sofa schlief. Ich wollte mir ihr Gesicht einprägen, denn ich war mir nicht sicher, ob ich es jemals wiedersehen würde. Dann machte ich mich auf den Weg.

# Kapitel 2

## Jenna

Ich betrachtete mein Spiegelbild und wollte gerade meinen Lippenstift nachziehen, als sich mir jemand von hinten näherte.

Sanft schmiegte sich mein Verlobter Mike an mich, sodass ich den Stift schnell beiseitelegte. Ich ließ die Umarmung zu, genoss sie und lächelte unserem Spiegelbild verträumt entgegen.

»Babe, du machst mich verrückt. Du siehst einfach heiß aus«, hauchte er, drehte mich um und presste mich an die Wand des Badezimmers zu unserer Rechten.

Er griff nach meinen Armen und hielt sie über meinem Kopf fest, während er seinen Mund fest auf meinen drückte. Als seine Zunge sanft über meine Lippen fuhr, gewährte ich ihr Einlass. Mike ließ meine Arme los und wollte mein enges, blaues Kleid hochschieben, was ich jedoch unterband. Genervt seufzte er und ließ mich abrupt los, wobei er mich finster ansah.

»Liebling, wir sind zu einer Traumparty eingeladen und sollten uns nicht verspäten. Lass uns das später nachholen, okay?«, gab ich kokett zurück, um ihn zu besänftigen, und zwinkerte ihm zu.

Er biss glücklicherweise an, und sein harter Blick wurde weicher. »Ich nehme dich beim Wort, Babe.«

Über seine Worte schmunzelnd, schüttelte ich den Kopf. Selbst nach fünf Jahren liebte ich ihn wie am ersten Tag und genoss es, wie sehr er mich begehrte.

Verliebt musterte ich meinen Traummann, dessen warme, braune Augen mich hungrig ansahen. Seine blonden Haare trug er nach links gekämmt, die rechte Seite hatte er kurz rasiert. Obwohl seine Frisur für unsere Zeit als außergewöhnlich galt, gefiel sie mir, weil sie sein schmales, kantiges Gesicht gut betonte. Ich hob meine rechte Hand und fuhr langsam seinen ausgeprägten Wangenknochen nach. Er schloss die Augen. Meine Hand strich an seinem Hals entlang und wanderte über seinen durchtrainierten Bauch.

Unwillkürlich musste ich lächeln. Viele Frauen beneideten mich um diesen Mann, denn einen sportlichen Menschen zu finden, war selten. Für so etwas wie Sport gab es schlicht und ergreifend keine Zeit. Die Arbeit zählte mehr als das körperliche Wohl. Letztendlich war man nur so viel wert, wie man leistete.

Er knurrte, bevor er von mir zurückwich. »Babe, lass das, ansonsten kann ich mich wirklich nicht mehr zurückhalten.«

Ich lachte leise. »Okay, Liebling. Gib mir noch zwei Minuten, damit ich meinen Lippenstift auftragen kann. Danach können wir los.«

Er küsste mich erneut. Dieses Mal sanft, fast flüchtig, ehe er sich abwandte, den Raum verließ und sich die automatische Schiebetür des Bades leise hinter ihm schloss.

Ich widmete mich wieder meinem Bild in dem großen Spiegel hinter dem Waschbecken, aus dem mich meine unnatürlich hellblauen Augen anblickten. Sie waren schön und machten mich zu etwas Besonderem. Doch das war nicht das einzige Besondere an mir: Ich war die Tochter des Senators von Highland Lake. Mein Vater gehörte zu den wichtigsten Leuten in Amerika, und ich genoss die Aufmerksamkeit und Vorteile, die dies mit sich brachte.

»Babe? Bist du so weit?«, schallte Mikes Stimme zu mir herüber und riss mich aus meinen Gedanken.

»Einen Moment, ich komme sofort«, rief ich zurück und warf einen letzten Blick in den Spiegel.

Meine mittellangen, dunkelblonden Haare hatte ich zu einem lockeren Knoten zusammengesteckt. Einzelne Strähnen umflossen mein Gesicht und ließen es strahlen. Ich trug Lippenstift auf und unterdrückte ein Schmunzeln, als ich an den stürmischen Kuss mit Mike dachte.

Zufrieden trat ich zurück und ging ins Wohnzimmer, in dem Mike auf seinem bequemen, dunklen Sofa saß, das mitten im Raum stand. Er wippte nervös mit den Füßen, wobei er mich abwartend musterte. Gegenüber der Couch hing ein riesiger Flachbildschirm. Darunter befand sich eine Kommode aus dunklem Holz, auf der einige bunte Topfpflanzen standen, die jedoch verwelkten. Vom Wohnzimmer gingen drei Türen ab: eine führte in einen kleinen Flur, in dem eine Garderobe und eine riesige Palme standen. Die zweite Tür führte in ein geräumiges Schlafzimmer und die dritte ins Badezimmer. Vom Flur gingen noch zwei weitere ab – die eine gehörte zu dem kleinen Arbeitszimmer und die andere zur Küche mit Essbereich.

»Da bist du ja endlich«, fuhr Mike mich ungehalten an. Sein Tonfall versetzte mir einen leichten Stich, doch ich ignorierte ihn und griff nach meiner Handtasche.

»Ich wäre dann so weit«, sagte ich mit einem falschen Lächeln und übertrieben fröhlich.

Es verletzte mich, wenn er mich von oben herab behandelte, obwohl ich ihm keinen Grund dafür gegeben hatte. Das kam zwar selten vor, dennoch schmerzte es jedes Mal. Als Tochter des Senators wusste ich nicht, wie es war, zu arbeiten, was unserer arbeitenden Gesellschaft widersprach. Aber das machte mich nicht zu einem schlechteren Menschen. Immerhin hatte mein Vater mich darauf vorbereitet, irgendwann sein Amt zu übernehmen. Doch wenn Mike mich so behandelte, dann fühlte es sich an, als wäre ich Abschaum und einfach nur unfähig.

Gemeinsam verließen wir seine Wohnung. Während wir auf den Aufzug warteten, der uns vom zwanzigsten Stock ins Erdgeschoss bringen sollte, betrachtete ich bewundernd die Stadt unter uns. Die Sonne ging gerade unter und tauchte das Tal in ein warmes, mystisches Licht, sodass ich das bedrückende Gefühl von Mikes abfälligen Verhalten schnell vergaß.

Ich mochte diese Aussicht auf Highland Lake. Noch mehr liebte ich es, wenn in der Nacht das Licht aus den Fenstern leuchtete und die Häuser wie Sterne funkeln ließ.

Es hatte sich so viel geändert in den letzten dreihundert Jahren, jedenfalls hatte mir das mein Vater erzählt. Nachdem die Menschen die Erde fast zugrunde gerichtet hatten, waren die Götter zurückgekommen, um die Bewohner zu belehren. Das soll der Tag gewesen sein, an dem die Erdbevölkerung angefangen hatte, sich bewusster zu ernähren und der Erde zu huldigen. Eine Volkslehre besagte, dass Gaia auf die Erde gekommen war und sie erneuert hatte, während Zeus den Menschen erklärt hatte, was deren Verhalten bedeutete. Gleichzeitig soll Morpheus den Menschen als Bestrafung die Fähigkeit zu träumen genommen haben. Doch das meiste davon waren sowieso nur Ammenmärchen.

Mein Vater hatte mich vor einigen Jahren darüber aufgeklärt und die Dinge richtig gestellt. Tatsächlich war mit den menschlichen Genen experimentiert worden, sodass wir weniger Schlaf benötigten. Ich kam mit drei Stunden Schlaf aus und konnte den Tag daher sinnvoll nutzen.

Maschinen hatten die Luft gereinigt, nachdem sie durch den dritten Weltkrieg verunreinigt worden war. Außerdem hatte sich eine neue Weltordnung gebildet. Viele Systeme waren niedergerissen und neu aufgebaut worden, wodurch auf jedem Kontinent nur noch ein Land herrschte.

In Europa hatte sich die Schweiz an die Macht gekämpft und sich mit Griechenland verbündet. Zum asiatischen Osten, der bis heute immer noch unter chinesischer Führung lag, hatten sie eine riesige Mauer gebaut. Die Deutschen waren der Schweizer Regierung entgangen, indem sie Afrika erobert und sich dort niedergelassen hatten. Australien hingegen hatte sich aus dem Krieg rausgehalten und war von der neuen Weltordnung verschont geblieben.

Aber am meisten hatte Amerika von alldem profitiert. Wir hatten die größte Fläche gewonnen und uns vom Rest der Welt abgegrenzt. Auf unserem Kontinent hatten wir uns eine unabhängige Wirtschaft aufgebaut, die auf jedem einzelnen Menschen basiert. Nur wer leistete, war etwas wert. Deswegen war es so wichtig, wenig zu schlafen.

Wenn ich ehrlich war, gefiel mir diese Genmanipulation, weil sie uns Menschen leistungsfähiger machte, auch wenn wir dadurch nicht mehr träumen konnten. Dafür gab es die Traumpartys, auf denen man Träume käuflich erwerben konnte.

Es hatte sich aber noch mehr in unserer Gesellschaft verändert. Da der Fokus auf der Arbeit lag, bekam jeder einen Job zugeteilt. Bezahlt wurde man nach seiner Leistung und bekam einen entsprechenden Lohn. Armut gab es nicht mehr. Die Häuser wurden nach und nach umgebaut, sodass niemand mehr auf der Straße leben musste. Wer nichts leistete, der kostete und war damit nicht tragbar. Diese Menschen wurden dann in die Bergwerke geschickt, wo sie ihren Soll leisteten. Dort wurde für jeden etwas gefunden.

Das laute *Pling* des ankommenden Aufzugs holte mich zurück in die Gegenwart. Mike legte seinen Arm um meine Taille und führte mich in den kleinen Raum, dessen Tür sich hinter uns schloss, bevor dieser rasant in Richtung Erdgeschoss fuhr.

»Ich freue mich schon darauf, einen Traum zu erleben. Auch wenn ich unsere Gesellschaft perfekt finde, so würde ich gern träumen können«, murmelte ich, was mir einen skeptischen Blick von Mike einbrachte.

»Sag so etwas nicht, Babe. Wir Menschen sind nicht dafür gemacht, regelmäßig und selbstständig zu träumen. Sie lenken uns nur vom Wesentlichen ab.«

»Ich weiß, aber ich liebe das Gefühl, das Träume in einem hinterlassen.«

Mike lächelte sanft, bevor er mir einen Kuss auf die Stirn gab. »Ich weiß, Babe. Deswegen gehen wir ja auch zu diesen Traumpartys. Damit du dieses Gefühl erleben kannst, wann immer du möchtest.«

»Manchmal frage ich mich, wie das mit diesen Träumen überhaupt funktioniert. Wie schaffen sie es, dass sie sich so real anfühlen?«, fragte ich neugierig, doch Mike zuckte nur abweisend mit den Schultern. Er arbeitete für die Regierung und entwickelte die Maschinen, mit denen wir träumen konnten.

»Du weißt, ich darf nicht über die Details meines Jobs reden, Babe. Sei einfach glücklich, dass wir es euch ermöglichen, okay?«

»Natürlich, Liebling.« Ich wandte mich ihm zu und küsste ihn auf die Lippen, dann ging die Tür mit einem erneuten *Pling* auf und wir verließen den Aufzug.

Wir betraten ein riesiges Foyer, durch das wir eilig schritten und auf die Straße traten. Tief sog ich die laue Abendluft ein, die nach frischen Blumen und Natur duftete. Ich konnte mir gar nicht vorstellen, wie es früher gestunken haben musste, als noch alles mit Benzin betrieben worden war. Durch spezielle Filteranlagen hatte man die Luft allmählich erneuern können. Dadurch hatten sich auch die Bienenkolonien regeneriert, sodass alle Blumen neu hatten aufblühen können. Auch Krankheiten gab es kaum noch.

Aufmerksam betrachtete ich meine Umgebung, doch es nahm uns keiner wahr. Alle blickten stur geradeaus, ohne auf andere zu achten. In der heutigen Zeit blieb kein Augenblick zum Trödeln, denn nur wer etwas Sinnvolles für die Gesellschaft leistete, wurde auch geachtet. Deswegen hatte man immer ein festes Ziel vor Augen.

Für mich als Tochter des Senators gab es weniger Druck. Natürlich musste auch ich in gewisser Weise arbeiten und meinen Teil zur Gesellschaft beitragen, doch ich wurde nicht nur danach beurteilt, was ich leistete. Aufgrund meines Status zählte es mehr, was ich ehrenamtlich für die Stadt tat. Deswegen konnte ich auch zu einer Feier gehen, was sich ein normaler Bürger nie trauen würde.

So sehr ich unsere jetzige Situation genoss, so empfand ich das als einzigen Schwachpunkt in unserer Gesellschaft. Es fühlte sich nicht richtig an, dass die Bevölkerung keine Freizeit hatte. Man konnte ihnen doch sicherlich einen freien Tag im Monat gönnen, oder? Vielleicht würden die Menschen dann weniger ernst wirken und damit weniger wie Maschinen, die zu funktionieren hatten. Aber wahrscheinlich – jedenfalls hoffte ich, dass es so war – nahm ich die Menschen auch einfach nur falsch wahr.

»Babe, du grübelst schon wieder zu viel«, weckte mich Mikes tiefe Stimme aus meinen Gedanken.

Ich schenkte ihm ein strahlendes Lächeln. »Erwischt.«

»Ich werde mal mit Doktor Reydt über eine etwaige Erhöhung deiner Dosis sprechen, damit du dich besser fokussieren kannst.«

Ein Seufzen entwich mir. »Das ist nicht nötig. Ich habe meine Konzentrationsschwäche im Griff.«

Schon als kleines Kind hatte man diesen Makel bei mir festgestellt, sodass ich täglich Medizin nehmen musste.

»Aber wenn du schon wieder so abwesend bist, dann scheint die Wirkung nicht mehr ausreichend zu sein.« Mike war stets darum bemüht, dass man mir dieses Problem nicht ansah, und wollte deswegen ständig meine Dosis hochsetzen.

»Es ist alles in Ordnung. Doktor Reydt untersucht mich regelmäßig, und wir haben das richtige Maß gefunden. Dafür hat man die Krankheit früh genug erkannt.« Glücklicherweise verstand Doktor Reydt sein Fach.

Mike grinste schief, erwiderte aber nichts. Wahrscheinlich würde er morgen früh mit meinem Arzt sprechen und um eine erneute Prüfung bitten. Mike ärgerte es, wenn ich seine Worte nicht ernst nahm und meine Schwäche herunterspielte.

Dabei war wirklich alles in Ordnung.

Als ich mich von ihm abwandte, weil ich mich nicht über sein überbesorgtes Verhalten ärgern wollte, bemerkte ich eine Gestalt, die in den Schatten kauerte und schwer atmete, als wäre sie gerannt. Sie trug einfache, abgetragene Kleidung, die nicht in unsere Gesellschaft passte.

Verwundert musterte ich sie. Irgendwie kam sie mir bekannt vor, doch ich konnte nicht erklären, warum. Erst als wir mit der jungen Frau auf einer Höhe waren, erkannte ich, was mich verunsicherte: Es waren ihre Augen, die meinen so sehr ähnelten.

Sie wirkte mindestens genauso verunsichert wie ich, weswegen ich sie anlächelte, bevor ich mich wieder Mike zuwandte, um zu verhindern, dass er wieder mit mir schimpfte, weil meine Gedanken abgeschweift waren.

»Ich bin echt gespannt auf die Traumparty. Wer wohl heute dort sein wird?«, fragte mich Mike, und ich lächelte ihm zu. Gleichzeitig versuchte ich, mich so von der Unbekannten abzulenken.

»Ich schätze mal, dass all unsere Freunde da sein werden. Da es aber eine öffentliche Feier ist, denke ich, dass wir auch auf einige neue Gesichter treffen werden. Ich bin genauso gespannt, wer alles kommen wird.«

»Wer es wohl geschafft hat, sich hochzuarbeiten? Das ist immer das spannendste an diesen öffentlichen Feiern.« Typisch Mike. Er sah wieder nur, was die Menschen leisteten, aber genau das machte ihn so erfolgreich.

Ich konnte mich glücklich schätzen, dass mein Vater ihn auserwählt hatte und wir uns auch tatsächlich liebten. Er war die Liebe meines Lebens, und ich dankte Eros von ganzem Herzen dafür. Arrangierte Ehen waren in unseren Kreisen selbstverständlich, und wir galten als *das* Traumpaar schlechthin, denn es hatte sofort zwischen uns gefunkt.

Instinktiv schmiegte ich mich enger an Mike, der mir einen sanften Kuss auf den Scheitel drückte.

»Ich liebe dich, Mike«, hauchte ich, woraufhin wir stehenblieben und er sich mir zuwandte.

»Ich liebe dich auch, Babe«, sagte er und grinste verschmitzt, bevor er mich leidenschaftlich küsste. Zum Glück war mein Lippenstift knutschfest.

Als wir uns voneinander trennten, fühlten sich meine Beine weich wie Pudding an, und ich war Mike dankbar dafür, dass er wie selbstverständlich seinen Arm wieder um meine Taille legte.

Nachdem wir die Straßenseite gewechselt hatten und einmal nach rechts abgebogen waren, erreichten wir den Ort der Traumparty. Sobald der Türsteher Mike und mich sah, winkte er uns an den wartenden Menschen vorbei und ließ uns eintreten.

»Mike, wie geht es dir? Wie läuft es auf der Arbeit?«, fragte uns der Türsteher, als wir gerade an ihm vorbeigingen.

Mike winkte nur lässig ab. »Mir geht es super, und auf der Arbeit läuft es rund. Wenn alles klappt, haben wir bald einen neuen Traumgenerator.«

Ich spürte, wie mich Stolz durchflutete, weil mein zukünftiger Mann so etwas Innovatives bauen konnte. Genau deswegen hatte mein Vater ihn ausgesucht. Er war davon überzeugt, dass unsere Kinder mit Abstand die besten Gene erben würden.

»Das klingt gut. Vor allem ist ein neuer längst überfällig«, warf der Türsteher ein und zwinkerte Mike zu.

»Du wirst begeistert sein, Jules. Wenn sich träumen jetzt schon real anfühlt, so wird der neue Generator das Erlebnis noch verbessern. Ich habe ihn getestet und bin begeistert. Man kann den Traum kaum noch von der Realität unterscheiden.«

»Dann werden uns die Menschen die Bude einrennen«, lachte Jules und klatschte in die Hände.

»Davon gehe ich aus. Aber jetzt möchte ich für meine Süße den schönsten Traum reservieren.« Mit diesen Worten verabschiedeten wir uns von Jules und traten ein.

Der Raum wurde durch eine indirekte Beleuchtung und unzählige Kerzen in ein angenehm warmes Licht getaucht. Es wirkte unglaublich romantisch, aber auch gemütlich. Klassische Musik waberte leise durch den Raum, um die Träumenden in einen entspannten Zustand zu versetzen.

Der Sinn dieser Traumpartys war, dass man abschalten konnte. Ich wusste nicht, wie sie es anstellten, doch es gab diese Generatoren, in die man sich hineinlegen konnte. Dort wurde man über Kabel an das Gerät angeschlossen, bevor eine Klappe herunterfuhr. Man lag dann in einer winzigen Kapsel, in der man augenblicklich einschlief. Gleichzeitig galt dies als die einzige Möglichkeit für uns, zu träumen. Die Maschine schickte uns Träume, die wir durchlebten. Das Ganze dauerte zwischen fünf und zehn Minuten, dann wachte man wieder auf.

Mike führte mich an den Tresen, auf dem ein Ordner lag, in dem alle Träume, die man heute Abend erwerben konnte, aufgelistet waren. Neugierig durchstöberten wir den Katalog, bis ich an einem Traum über das Meer hängen blieb.

»Der ist es, Liebling. Ich wollte schon immer Mal das Meer sehen.« Ich schenkte ihm mein schönstes Lächeln.

»Wenn du diesen möchtest, dann kaufe ich ihn dir«, sagte er mit sanfter Stimme und gab mir einen Kuss auf die Stirn, bevor er sich an den Mann hinter dem Tresen wandte. »Ich würde gern den Traum vom Meer für meine Süße kaufen.«

Der Herr lächelte uns zu. »Eine sehr gute Wahl. Möchten Sie jetzt sofort oder erst später träumen?«

Mike sah mich fragend an.

»Jetzt. Vielleicht möchte ich später noch einen weiteren erwerben«, gab ich schüchtern zurück.

Der Traumverkäufer lächelte und nickte, bevor er eine Frau zu sich winkte und Mike zur Kasse bat.

»Hallo, ich bin Beth und werde dir bei deiner Traumvorbereitung helfen«, stellte sie sich vor und führte mich zum ersten der fünf Generatoren.

»Vielen Dank für deine Hilfe. Mein Name ist Jenna.«

Sie lächelte freundlich. »Kein Problem, schließlich ist das mein Job. Du siehst heute bezaubernd aus, Jenna.«

»Danke.« Ich spürte, wie meine Wangen bei diesem Kompliment warm wurden.

Als wir vor dem Generator stehen blieben, bat mich Beth, einzutreten und mich hinzulegen. Freudig und mit vor Aufregung rasendem Herzen kam ich ihrer Bitte nach und setzte mich auf die weichen Kissen, damit Beth mich an die Maschine anschließen konnte.

»Ich wünsche dir viel Spaß, Jenna«, sagte Beth, nachdem sie die Kabel an meiner Stirn befestigt hatte und zurücktrat.

Sie lächelte mir noch einmal zu, ehe sich die Klappe des Generators schloss. Es zischte leicht, und ich sah entspannt gegen den Deckel, dann schloss ich müde die Augen.

Bevor ich sie das nächste Mal öffnete, nahm ich das Rauschen des Meeres wahr. Zufrieden atmete ich die salzige Luft ein, hob meine Lider und betrachtete das Meer, dessen Wellen sanft an der Küste brandeten. Die Sonne schien heiß auf mich herab und wärmte meine blasse Haut. Langsam erhob ich mich, streifte meine Schuhe von den Füßen und trat auf das Wasser zu. Glücklicherweise trug ich einen kurzen Rock, sodass ich ohne Probleme mit den nackten Füßen durch das kühle Nass waten konnte. Fröhlich jauchzte ich auf und sprang wie ein kleines Kind durch die brechenden Wellen, wodurch Wasser aufspritzte.

In dem Moment nahm ich eine Person am Strand wahr, die mich aufmerksam musterte. Langsam kam der Mensch näher, der sich als hübscher junger Mann entpuppte und ein Tablett mit einem Cocktail in der Hand hielt. Freundlich lächelte er mir zu und hielt mir das Getränk hin, das ich dankend annahm. Er legte ein Handtuch auf den Sand, auf dem ich mich niederlassen konnte. Ich machte es mir gemütlich und schlürfte meinen Cocktail, während ich die Wellen betrachtete und die Sonne genoss. Als sie unterging, spürte ich einen Ruck durch meinen Körper gehen und erwachte im Generator.

Vorsichtig streckte ich mich und blinzelte mehrmals. Für einen Moment genoss ich das Gefühl, das der Traum in mir hinterlassen hatte. Es machte mich glücklich und erfüllte mich von innen heraus. Auch wenn wir Menschen mit den kurzen Schlafphasen effektiver arbeiten konnten, so hinterließen diese kurzen, traumlosen Nächte doch seine Spuren. Es höhlte uns aus.

Lautlos öffnete sich die Klappe des Generators, und Beth lächelte mich freundlich an. »Hat dir der Traum gefallen?«

Zufrieden nickte ich. »Ja, sehr. Es war eine tolle Erfahrung, das Meer kennenzulernen.«

Das Lächeln wirkte auf Beths Gesicht wie festgetackert, als sie mir ihre Hand reichte, um mir beim Aufstehen zu helfen. Nach einem Traumerlebnis fühlten sich die Beine immer wackelig an, weswegen ich sie dankbar ergriff.

»Ich soll dir von deinem Verlobten ausrichten, dass er sich geschäftlich zurückgezogen hat. Er sagte, dass du dich wie zu Hause fühlen sollst und er am Ende alles bezahlt – auch weitere Träume.«

Enttäuscht nickte ich. »Danke.«

Ich befürchtete, dass man meine Enttäuschung heraushören konnte, und wandte mich schnell von Beth ab, um zu schauen, ob schon wer von unseren Freunden anwesend war. Da ich jedoch keinen von ihnen entdecken konnte, setzte ich mich an die Bar und bestellte mir einen Cuba Libre, an dem ich gedankenverloren nippte. Jedes Mal, wenn jemand den Raum betrat, blickte ich nervös auf, in der Hoffnung, Mike oder einen unserer Freunde zu sehen. Doch nach einiger Zeit verging mir die Lust. Ich bestellte mir ein weiteres Glas Cuba Libre und begann, dieses anzustarren. Konnte sich Mike nicht ein einziges Mal Zeit für mich nehmen?

Ich wusste nicht, wie lange ich mich selbst bemitleidete, als plötzlich eine weibliche Gestalt neben mir auftauchte. Sie hatte meine Größe und war schlank. Dennoch wirkte es auf mich, als wäre ihr Körper harte Arbeit gewohnt. Sie ließ sich auf den Hocker fallen. Da erkannte ich, dass es die Frau von der Straße war, die meine Aufmerksamkeit erregt hatte. Sie hatte ihre verschlissene Jeans und das Shirt gegen ein dunkles Kleid getauscht, durch das sie wie eine von den Gästen wirkte. Lediglich ihre Augen verrieten sie.

Warum nur faszinierte sie mich so sehr?

»Hi, ich bin Thea«, sagte sie freundlich und strahlte mich an.

Normalerweise trat ich Fremden immer misstrauisch gegenüber, weil meine Stellung als Tochter des Senators das forderte. Doch diese Thea hatte etwas an sich, das mich dazu brachte, sie auf Anhieb ins Herz zu schließen. Es fühlte sich einfach richtig an, ihr zu vertrauen.

Deswegen schenkte ich ihr ein warmes Lächeln und reichte ihr meine Hand. »Hallo, mein Name ist Jenna. Freut mich, dich kennen zu lernen.«

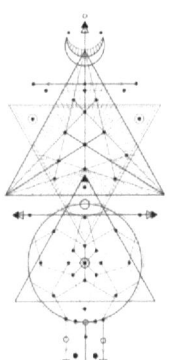

# KAPITEL 3

## THEA

Die Stadt war einen Tagesmarsch entfernt, was bedeutete, dass ich mir einen Platz zum Schlafen suchen musste. Ich wusste, dass auf halber Strecke ein Bauernhof lag, der zu einem Sympathisanten der Träumer gehörte und auf dem ich übernachten wollte. Lukas hatte mich schon einmal mit dorthin genommen, sodass die Bäuerin Maria mich kennen sollte.

Genau zur Morgendämmerung traf ich dort ein. Vorsichtig kauerte ich im Schatten der Bäume des angrenzenden Waldes und betrachtete das im Dunkeln liegende Backsteingebäude. Keine Lichtquelle erhellte die Fenster, was bedeutete, dass die Bewohner noch schlafen mussten. Mir entwich ein Seufzen.

Es war alles still, nur das leise Rauschen des Windes war zu vernehmen, als ich mich zur Scheune schlich. Zu warten bis jemand aufwachte, wollte ich nicht. Dafür war ich zu müde. Behutsam schob ich die Tür auf und lauschte, ob Geräusche aus der Scheune drangen – doch auch hier herrschte Stille. Auf einem Heuballen im hinteren, nicht direkt einsehbaren Bereich machte ich es mir gemütlich und schlief augenblicklich ein.

Laute Stimmen weckten mich aus meinem unruhigen Schlaf. »Ich schätze es, dass Sie um unsere Sicherheit besorgt sind, Sir, aber hier ist alles in Ordnung.«

Was ging nur vor sich? Ich zog mich vorsichtshalber weiter zurück und quetschte mich zwischen die Heuballen.

»Ich mache lediglich meinen Job. Sollten Sie nicht Ihren machen?«

Daraufhin herrschte Schweigen. Gleichzeitig näherten sich schwere Schritte, weswegen ich mich weiter in die Heuballen drückte. Ich sandte ein stummes Stoßgebet zum Himmel, dass man mich nicht entdeckte.

Kurz war es still, dann raschelte es kurz, bevor sich die Schritte wieder entfernten. Beinahe hätte ich erleichtert aufgeatmet, doch ich beherrschte mich. Nicht, dass ich doch noch in Schwierigkeiten geriet.

»Gut, danke für Ihre Kooperation. Ich wünsche einen arbeitsreichen Tag.« Mit einem dumpfen Laut fiel die Tür ins Schloss.

Obwohl ich wieder in Sicherheit zu sein schien, traute ich mich nicht aus meinem Versteck. Viel zu tief saß der Schock, fast aufgeflogen zu sein. Alles in mir schrie danach, so schnell wie möglich zu verschwinden, doch ich wusste nicht, ob sich der Kontrolleur noch auf dem Grundstück befand.

Erst als mich die Hitze zu überwältigen drohte und der Hunger sowie der Durst unerträglich wurden, wagte ich mich hinter den Heuballen hervor. Vorsichtig und jederzeit bereit, mich zu verstecken, schlich ich mich vorwärts bis zum Tor der Scheune. Ich schob es ein kleines Stück auf, um mir einen Überblick zu verschaffen.

Als ich niemanden sah und meinte, dass die Luft rein war, rannte ich wie von Hades und seinen Untoten gejagt über den Rasen zurück in den Wald. Ich brachte so viel Abstand wie möglich zwischen mich und den Bauernhof, wie meine Kraft zuließ. Schwer atmend ließ ich mich an einen Baum sinken.

Glücklicherweise hatte ich an einem kleinen Bach gehalten, aus dem ich mit zu einer Schale geformten Händen Wasser schöpfte. Sobald mein Durst gestillt war, setzte ich meinen Weg fort und aß ein Stück des mitgenommenen Brotes.

Gegen Nachmittag kamen die Wolkenkratzer der Stadt in mein Sichtfeld. Ich hatte mein Ziel endlich erreicht. Kurz gönnte ich mir einen Moment, die Skyline zu betrachten. Sie war pompös und gigantisch, was bei mir einen gewaltigen Eindruck hinterließ. Ich kannte nur unser kleines, selbst gezimmertes Dorf, weswegen dieser Anblick auf mich einfach … riesig wirkte.

Zum ersten Mal zweifelte ich an meinem Vorhaben. Wie sollte ich meine Schwester hier finden? Es schien mir, als würde ich die Nadel im Heuhaufen suchen. Doch obwohl mir meine innere Stimme riet, aufzugeben, kam das nicht infrage.

So aussichtslos die Situation auch erschien, ich musste es zumindest versuchen. Jedoch musste ich überlegt an die Sache rangehen. Deswegen beobachtete ich das Tor aus der Ferne. Es hatten sich mehrere Schlangen gebildet, und die Menschen traten immer einzeln ein. Gleichzeitig nahmen die Wachen jede Person genauestens unter die Lupe.

Wie sollte ich nur die Stadt betreten? Ich würde in der Menge auffallen wie ein bunter Hund. Trotzdem war es meine einzige Chance, mit den anderen zu verschmelzen und dann durch das Tor zu sprinten, in der Hoffnung, nicht gefasst zu werden. Eigentlich wollte ich nicht so kopflos handeln. Doch meine einzige Alternative wäre, umzukehren und aufzugeben.

Ich verfluchte mich, dass ich Lukas nicht eingeweiht hatte, denn er hätte mir helfen können. Er kannte Wachen, die zu uns gehörten, zudem kannte er sich in der Stadt aus wie in seiner Westentasche.

Als ich kurz vor dem Tor zum Stehen kam, fiel mir auf, wie unruhig die Menschen waren, obwohl sie brav in Reih und Glied standen. Es schien, als würde es sie beunruhigen, warten zu müssen. Als mein Blick an den Wachen hängen blieb, beschlich mich ein ungutes Gefühl. Die Wachen beobachteten nicht nur, wer eintrat, sondern sie scannten auch etwas, das sich unter der Haut der Menschen befand. Mir entwich ein Seufzen.

Dann kam mir eine Idee. Ich begann, die Menschen um mich herum zu drängen und für Aufruhr zu sorgen, in der Hoffnung, so eine Ablenkung zu erzeugen. Man warf mir strafende Blicke zu, doch einige der Menschen bissen an und pöbelten zurück. Ich tauchte in der Menge unter, als die Wachen auf uns aufmerksam wurden, und schlich mich im richtigen Moment in die Stadt, vorbei an den Scannern, ohne entdeckt zu werden.

Obwohl ich versuchte, mich unbedarft und lässig zu bewegen, wusste ich, dass es nichts brachte. Meine Kleidung sah, im Gegensatz zu der der Menschen um mich herum, schäbig aus. Mein Haar war zerzaust, und meine Haut war dunkel von der harten Arbeit auf dem Feld.

Also betrat ich das erste Bekleidungsgeschäft, das ich sah. Ich griff nach den erstbesten Stücken und wollte mit ihnen fliehen, als mich jemand ansprach. »Junge Frau, Sie müssen die Kleidung bezahlen.« Der Mann baute sich vor mir auf und wollte nach meiner Schulter greifen.

Panik durchflutete mich. Er durfte mich nicht fassen! Ich duckte mich geschickt unter seiner Hand weg, ließ die Kleidungsstücke fallen und lief davon. Ich hetzte eilig durch die Gassen, bis ich verschwitzt in einer Seitengasse stehen blieb.

Erschöpft lehnte ich mich an die Hauswand und ließ mich in Richtung Boden gleiten.

Was hatte ich mir nur gedacht? Ich hätte niemals herkommen dürfen. Die Stadt war viel zu gefährlich und außerdem eine riesengroße Falle. Hier gab es niemanden, der mir helfen konnte. Ich hatte keinen Chip, kein Geld und würde qualvoll vor lauter Hunger und Durst verenden. Wieso handelte ich ständig übereilt?

Verdammter Mist!

Im gleichen Moment spürte ich einen unglaublichen Sog, der mich dazu zwang, den Kopf zu heben, aufzustehen und die Gasse zu verlassen. Ich konnte das Gefühl, das mich immer weiter vorwärts trieb, nicht greifen, doch mir blieb keine andere Wahl, als ihm zu folgen.

Dann sah ich sie.

Sie hatte die gleichen mittellangen, dunkelblonden Haare wie ich. Ihr Körper war zierlicher, weil sie wahrscheinlich keine körperliche Arbeit verrichten musste. Trotzdem war die Ähnlichkeit zwischen uns unverkennbar.

Wie ein Magnet fand ihr Blick den meinen. Sie hatte auch die gleichen hellblauen Augen wie ich. In ihrem Gesicht war Verwunderung zu erkennen, wenn auch nur für einen kurzen Augenblick. Dann wandte sie sich wieder dem Schönling an ihrer Seite zu.

Das war der Moment, in dem ich verstand, dass ich meine Schwester gefunden hatte.

Sie lebte und war wohlauf. Ihr ging es gut.

Freude durchfuhr mich, und tonnenschwere Steine fielen von meinem Herzen.

Als sie und der komische Typ um die nächste Ecke bogen, musste ich handeln. Ich lief den beiden hinterher, beschloss aber, dass ich ihnen erst einmal nur folgen würde. Wenn ich nicht die perfekte Situation abpasste, würde ich alles vermasseln.

Meine Verfolgung endete, als sie vor einem Lokal stehen blieben, in das ich mit meiner Kleidung niemals eintreten könnte, ohne aufzufallen. Ich würde einen weiteren Versuch starten müssen, mir etwas Neues zum Anziehen zu besorgen. Deswegen ging ich an dem Lokal vorbei die Straße entlang, bis ich vor einem Laden stehen blieb, in dem Abendkleider verkauft wurden. Hier musste ich mein Glück versuchen.

Als beim Eintreten eine leise Glocke ertönte, rutschte mir mein Herz in die Hose. Auch hier würde ich scheitern. Gerade als ich den Laden wieder verlassen wollte, grüßte mich eine freundliche Frauenstimme. »Jenna, Liebes. Schön, dich zu sehen.«

Meinte die Frau mich? Konnte es sein, dass dies der Name meiner Schwester war? Ich hielt inne und ließ so meine Chance auf eine Flucht verstreichen.

Verdammt.

Ich setzte ein freundliches Lächeln auf. »Hallo.«

Abschätzig musterte mich die Frau. »Was trägst du denn da für einen Mist?«

Ich schluckte. Was konnte ich ihr Glaubwürdiges erzählen?

»Ähm … Ich …« Tief atmete ich durch, bevor ich mich noch weiter verhaspelte. »Ich habe die Einladung falsch verstanden und dachte, ich wäre auf einer Kostümparty eingeladen. Aber es ist doch eine schicke Veranstaltung, und ich brauche dringend ein schönes Kleid.«

Da strahlte die Frau, und das Misstrauen verschwand aus ihrem Blick. »Natürlich, meine Liebe. Ich habe das perfekte Kleid für dich. Komm mit.«

Brav folgte ich der Frau nach hinten. Sollte ich es wirklich tun? Vielleicht war das ja eine Falle? Doch was blieb mir anderes übrig? Wenn ich jetzt ging, würde ich definitiv auffallen.

Wir betraten einen weiteren großen Raum, in dem lange, hochwertige Kleidung ausgestellt war. Man fand hier alles – von Brautkleidern, über Abendkleider bis hin zu feinen Anzügen. Wäre ich als Städterin aufgewachsen, würde ich sagen, dass es hier alles gab, was das Herz begehrte.

Ein dunkelblaues Kleid, das bis zum Boden reichte und wie ein Mieder geschnürt war, fiel mir sofort auf. Der Ausschnitt war mit hellen Steinchen verziert. Der Rock fiel in sanften Wellen. Es schien schlicht und edel zugleich.

Ich ging darauf zu. »Das ist es. Darf ich es anprobieren?«

»Ich wusste, dass es dir gefallen würde. Wir haben es extra für dich anfertigen lassen.« Sie lächelte, während sie es mir in die Hand drückte.

»Vielen Dank. Es ist wunderschön.« Der weiche Stoff fühlte sich gut in meinen Händen an.

Ich verschwand in der Umkleide und zog es mir über. Normalerweise war ich raue, kratzige Wolle gewohnt, doch dieses Kleid schmiegte sich wie eine zweite Haut an meine. Ich genoss es, etwas Besonderes zu tragen.

Als ich jedoch aus der Umkleide trat, schnalzte die Frau mit der Zunge. »Du hast zugenommen, Liebes. Achtest du nicht genug auf dich und deine Ernährung? Ich glaube, ich muss das nächste Mal mit meinem Sohn schimpfen. Warte noch kurz, ich bringe dir andere Schuhe und eine Tasche.« Mit den Worten verschwand sie durch eine weitere Tür.

Ein wenig trafen mich ihre Worte. Ich war nicht dick, sondern muskulös von der harten Arbeit auf dem Feld. Dass mein Zwilling davon anscheinend nichts verstand, war ja nicht mein Problem. Gleichzeitig war ich so begeistert von dem Kleid, das meiner Meinung nach perfekt saß, dass ich vergaß, wegzulaufen, als sich mir die Chance bot.

Ich ging gerade auf die Eingangstür zu, als die laute, fröhliche Stimme der Dame ertönte. »Jenna, schau mal. Sind die nicht perfekt?« Sie hielt mir mörderisch hohe Schuhe in dem gleichen Blau wie das Kleid entgegen. Auch sie waren mit glitzernden Steinchen verziert. Dazu hatte sie eine kleine Umhängetasche in derselben Aufmachung mitgebracht.

»Wunderschön«, sagte ich gespielt begeistert.

Die Tasche war tatsächlich wunderschön, doch in den Schuhen würde ich niemals laufen können. Trotzdem nahm ich beides an mich und zog es an. Als ich versuchte, einen Schritt mit den hohen Schuhen zu machen, kam ich kaum vorwärts. Verwundert musterte mich die Frau.

»Hast du dich verletzt?«, fragte sie besorgt.

Ich nickte verdattert. »Ja, ich bin umgeknickt, und es tut noch ein wenig weh.«

»Oje, dann mach, dass du aus den Schuhen rauskommst. Ich bringe dir andere.« Sie wandte sich ab, blieb dann aber stehen, als ihr Blick auf meine alte Kleidung fiel. »Die nehme ich lieber mit und verbrenne sie.«

Ich musste mich beherrschen, dass mir meine Gesichtszüge nicht entglitten. Damit nahm sie mir die Chance, zu fliehen, bevor meine Tarnung tatsächlich aufflog. Denn zahlen konnte ich für diese wahrscheinlich sündhaft teuren Sachen nicht. Aber ohne Schuhe konnte ich auch nicht gehen.

Während sie den Raum verließ, blickte ich mich auf der Suche nach anderem Schuhwerk um. Ich vertrödelte viel zu viel Zeit in diesem Laden.

Doch ich fand nichts.

Da kam die Frau auch schon wieder und hatte flache Ballerinas dabei. Ich schlüpfte hinein, und auch sie passten wie angegossen.

»Du siehst toll aus, Jenna. Mike wird sich sicherlich freuen.«

Ich lächelte, auch wenn ich nicht wusste, wer Mike war. »Das glaube ich. Ich habe aber kein Geld dabei, um die tollen Sachen zu bezahlen.«

Die Frau blickte mich vollkommen entsetzt an. »Liebes, was ist heute mit dir los? Du weißt doch, dass du hier nichts zahlen musst.«

Ich spürte, wie meine Wangen heiß wurden. Wo war ich hier nur gelandet? »Tausend Dank.« Ich musste hier weg, bevor ich mich noch verriet. Meine Zwillingsschwester kannte diese Frau, und das sogar ziemlich gut. Sie musste nicht einmal für die Kleidung zahlen. Deswegen nickte ich noch einmal dankbar und sagte: »Ich gehe dann mal, die anderen warten schon auf mich.« Dann verschwand ich eilig durch die Tür, um zu dem Lokal zurückzukehren, in dem meine Schwester vorhin verschwunden war. Ich hoffte, dass sie noch immer dort sein würde.

Weil ich dieses Mal nichts falsch machen wollte, ging ich an der Schlange vorbei, richtete mich auf und ging auf den Türsteher zu. Ich beachtete ihn gar nicht und ging an ihm vorbei. Er schien verwundert, hielt mich glücklicherweise aber nicht auf.

Ich fand mich in einem großen Raum mit gedimmtem Licht wieder. Es liefen sanfte Klänge im Hintergrund, die mich irgendwie beruhigten. Im hinteren Bereich befanden sich riesige Maschinen, in die immer wieder Menschen stiegen und mit ihnen verkabelt wurden. Wozu diese wohl gut waren? Rechts von mir gab es eine gemütliche Sitzecke und dahinter eine Tür, auf der ›WC‹ stand. Zu meiner Linken befand sich die Bar, an der ich meine Schwester ausmachte.

Ich beschloss, erst einmal die Toilette aufzusuchen. Die Tür führte zu einem schmalen Gang, von dem drei weitere abgingen: Büro, Herren und Damen.

Ich trat durch die dritte und blickte mich fasziniert um. Links von mir befand sich ein Becken aus Porzellan mit einigen Armaturen. Dahinter hing ein riesiger Spiegel. Noch nie hatte ich einen gesehen, der nicht halb blind war, und so konnte ich mich zum ersten Mal genau erkennen. Ich hatte zottelige, dunkelblonde Haare, während meine Haut eine schöne Bräune aufwies. Dazu kamen meine hellen, mandelförmigen, blauen Augen, eine Stupsnase und geschwungene Lippen.

Nachdem ich mein Geschäft verrichtet hatte, suchte ich die Armaturen nach irgendetwas wie einem Hebel ab, der das Wasser zum Laufen bringen würde, fand aber keinen. Erst als ich meine Hand darunter hielt, sprudelte es plötzlich aus dem Hahn.

Erschrocken zog ich meine Hand zurück, dann musste ich grinsen. Ich wusch meine Hände, meine Arme und das Gesicht. Dann durchsuchte ich die kleine Kommode hinter mir nach etwas, mit dem ich meine Haare kämmen konnte. Glücklicherweise wurde ich fündig. Sogar Parfüm befand sich in der Schublade, mit dem ich meinen leichten Geruch nach Schweiß überdecken konnte.

Nachdem ich mit mir und meinem Spiegelbild zufrieden war, verließ ich die Toilette und trat auf den Gang. Hinter mir kicherte jemand, und ich entdeckte den Mann, der mit meiner Schwester vorhin hergekommen war. Er war so vertieft in den Kuss mit einem rothaarigen Mädchen, dass er mich glücklicherweise nicht bemerkte. Eine Verwechslung wie mit der Frau im Laden hätte mir noch gefehlt. Hastig verließ ich den Flur.

Gleichzeitig hoffte ich, dass er nur ein guter Freund meiner Schwester war, denn ansonsten würde ich ihm den Schwanz abschneiden müssen. Meiner Familie tat man nicht weh oder betrog sie.

Zielstrebig ging ich auf die Bar zu, an der meine Schwester noch immer saß und traurig in ihr Glas blickte. Derweil fuhr sie mit ihrem Zeigefinger über den Rand des Gefäßes. Ich presste die Lippen zusammen. Hatte dieser Penner sie tatsächlich allein gelassen?

Als hätte sie meine Anwesenheit gespürt, hob sie ihren Blick und sah mich an. Ich setzte ein Lächeln auf und ließ mich auf den Hocker neben ihr fallen. »Hi, ich bin Thea.«

Zögerlich trat ein Lächeln auf ihre Lippen, dann reichte sie mir die Hand. »Hallo, mein Name ist Jenna. Freut mich, dich kennen zu lernen.«

Ich blickte sie verwundert an, dann ergriff ich ihre Hand. Erleichterung durchfuhr mich. Einerseits, weil ich froh war, sie endlich gefunden zu haben, andererseits, weil ich nun die endgültige Gewissheit hatte, dass sie lebte. Es ging ihr gut. Dazu kam, dass ich mich zum ersten Mal in meinem Leben vollständig fühlte. Als hätte ich meinen verlorenen Teil meiner Seele endlich wiedergefunden, und in dem Blick meiner Schwester konnte ich sehen, dass es ihr ähnlich ging.

»Habe dich hier noch nie gesehen. Woher kommst du?«, wollte sie wissen.

Hitze schoss mir in die Wangen. »Ähm … Na, von Highland Lake.«

Sie lachte. »Na ja, alles andere wäre auch komisch. Ich meinte deinen Familiennamen und was du sonst so machst.«

Schweiß trat auf meine Stirn. »Ich … ähm … Ich …«

Verwundert blickte mich Jenna an, als ich weiterhin vor mich hin stammelte. »Ist alles okay mit dir? Brauchst du etwas zu trinken? Geht auch auf Mikes Kosten, wenn er mich schon sitzen lässt. Er ist mein Verlobter und wie immer mit seiner Arbeit beschäftigt.«

Ihr Verlobter? Dieser hinterhältige Penner. Er ließ meine wunderschöne Schwester für eine rothaarige Schlampe sitzen? Er sollte mir bloß nie wieder über den Weg laufen, denn bei unserem nächsten Wiedersehen würde ich ihn kastrieren.

»Ja, was zu trinken wäre toll. Ich nehme das Gleiche wie du.« Ich hoffte, dass sie nicht wieder auf ihre Frage zurückkam, denn ich wüsste nichts darauf zu erwidern.

»Hey, Johnny, noch einen Cuba Libre!«, rief sie dem Barkeeper zu, bevor sie sich wieder mir zuwandte. »Hast du schon einmal geträumt? Ich finde es irgendwie schade, dass wir es nicht mehr können. Jedes Mal, wenn man aus einer Traummaschine steigt, fühlt man sich wie neugeboren. Obwohl … Ich habe dich hier noch nie gesehen. Ist bestimmt dein erstes Mal, oder?«

Vorsichtig nickte ich, weil das Terrain, auf dem wir uns bewegten, gefährlich für mich werden konnte. Ich konnte ja schlecht offenbaren, dass ich eine Träumerin war und deswegen genau wusste, was sie meinte. Wenigstens wusste ich jetzt, wofür diese riesigen Maschinen gut waren.

Gleichzeitig durchfuhren mich Wut und Bedauern. Es machte mich traurig, dass man uns dafür verurteilte, dass wir etwas von Natur aus konnten, was hier in der Stadt als Luxusgut galt.

»Entschuldige bitte, ich drifte gern mal ab. Erzähl es bitte nicht Mike, der würde nur wieder mit mir schimpfen. Ich wäre viel zu verträumt, sagt er. Komm, such dir einen Traum aus – der geht auf seine Rechnung. Ach, und du hast mir noch immer nicht deinen Nachnamen verraten und was du so machst.«

»Jenna, ich … ich muss leider gehen. Hab' vergessen, dass meine Mutter meine Hilfe braucht.« Ich stand hastig auf, doch bevor ich davonlaufen konnte, hielt mich Jenna fest.

»Thea, bitte warte. Sehen wir uns wieder?«

Ich nickte und wollte mich wieder abwenden, doch sie hielt mich weiterhin fest. Mit ihrer freien Hand griff sie in ihre Handtasche und reichte mir eine Karte.

»Das ist meine E-Card. Ruf mich an, ja? Ich würde mich sehr darüber freuen. Oder nein, warte. Da steht auch meine Adresse drauf. Komm morgen einfach bei mir vorbei, okay? Ich würde dich gern kennenlernen.«

»Ich weiß nicht, ob das eine so gute Idee ist«, sagte ich, obwohl ich eigentlich nichts Anderes wollte, als Zeit mit ihr zu verbringen. Doch ihre ganzen Fragen verunsicherten mich.

»Ich wollte dich nicht bedrängen oder dir ein ungutes Gefühl geben. Können wir noch einmal von vorn anfangen? Ich weiß nicht, wieso, aber irgendwie habe ich das Gefühl, als würde ich dich schon ewig kennen. Deswegen bitte ich dich: komm morgen bei mir vorbei. Nimm meine Einladung an.«

Jenna wusste also gar nichts. Sie ahnte nicht einmal, dass unser Blut uns verband, was mich irgendwie traurig stimmte. Dann besann ich mich und rief mir meinen Auftrag in Erinnerung. Ich wollte meinen Zwilling nach Hause holen, und sie bot mir die perfekte Chance, ihr alles zu erklären. Besser hätte es also nicht laufen können. Deswegen nickte ich erneut. »Okay, ich komme bei dir vorbei.«

Dann ließ sie mich los, und ich griff nach dem Stück Plastik. Schnell verließ ich das Lokal.

Sobald mich die kühle Nachtluft umfing, meinte ich, dass sich meine Unsicherheit langsam auflöste. Was hatte ich nur gemacht? Wie hatte ich ihr zusagen können, sie zu besuchen? Wieso hatte ich zugestimmt, die Höhle des Löwen zu betreten? Immerhin war sie die Tochter des Senators.

Ich zog mich in die Schatten des nächsten Hochhauses zurück und betrachtete weiterhin das Gebäude der Party. Den Ort, in dem sich meine Schwester befand. Vielleicht war es sinnvoller, abzuwarten und sie abzufangen, sobald sie nach Hause ging. So müsste ich nicht das Anwesen meines ärgsten Feindes betreten.

Doch als meine Schwester völlig aufgelöst aus dem Gebäude stürmte, wusste ich, dass ich ihr die Wahrheit über uns noch nicht erzählen konnte. Dass ich abwarten musste.

Gleichzeitig fragte ich mich, was wohl geschehen war. Hatte sie sich mit Mike gestritten? Dem Hornochsen, der sich mit anderen Frauen vergnügte, während meine Schwester allein an der Bar saß? Oder war etwas Anderes vorgefallen?

Am liebsten wäre ich zu ihr gelaufen und hätte sie gefragt, doch eine leise Stimme in mir flüsterte, dass das keine gute Idee war. Vermutlich glaubte sie dann, ich wäre eine Stalkerin oder so. Letztendlich kam ich mir so vor, denn ich folgte ihr unauffällig, damit ich ihr Zuhause fand.

Sie schien zu spüren, dass ihr jemand folgte, denn sie sah immer wieder über ihre Schultern, bis sie vor einem pompösen Gebäude stehen blieb. Noch nie hatte ich so ein imposantes Bauwerk gesehen, was mich mit Ehrfurcht, aber auch mit Angst erfüllte. Der Anblick ließ mich erneut an meinem Plan zweifeln.

Wollte ich wirklich das Haus des Senators betreten?

Nur wusste ich, dass ich kaum eine andere Wahl hatte, wenn ich meine Schwester aus der Stadt holen wollte. Am liebsten hätte ich laut gebrüllt, doch dann hätte ich mich verraten.

Ich entschied, mir ein ruhiges Plätzchen zu suchen, wo ich mich ausruhen und überlegen konnte, ob es noch weitere Möglichkeiten gab, als direkt in mein Verderben zu rennen. Doch ich ahnte, dass mir kaum eine andere Wahl bleiben würde.

# KAPITEL 4

## JENNA

Warum war Thea so plötzlich verschwunden, obwohl sie gerade erst gekommen war? Hatte ich etwas Falsches gesagt? Wahrscheinlich hatte sie einfach nur Angst, was ich sehr gut verstehen konnte. Auch ich hatte vor meinem ersten Traum regelrechte Panik gehabt, nur, dass Mike mir keine Möglichkeit gegeben hatte, zu flüchten.

Wenn ich nur daran dachte, wie wütend er mich angesehen hätte, wenn ich es auch nur in Erwägung gezogen hätte, stellten sich mir meine Nackenhaare auf. Sein finsterer Blick und die nahezu geknurrten Worte, dass ich bloß keine Show abziehen sollte, als ich mich geziert hatte, hatten mich zum Schweigen gebracht.

Im Nachhinein war ich ihm mehr als nur dankbar dafür, denn Träumen war etwas ganz Besonderes, das ich nicht mehr missen wollte. Irgendwie hatte ich ein schlechtes Gewissen, Thea nicht am Abhauen gehindert zu haben. Vielleicht hätte ich sie festhalten und zum Träumen zwingen sollen, so wie Mike es mit mir gemacht hatte? Doch ich wusste, dass ich nicht das Recht dazu hatte. Wir kannten uns nicht einmal.

Ich zuckte mit den Schultern. Wir hatten uns vorhin zum ersten Mal getroffen, und doch kam es mir vor, als würde ich sie schon mein ganzes Leben kennen. Ihre Nähe gab mir das Gefühl von Geborgenheit, und das in einer Intensität, wie ich es noch nie gespürt hatte. Beinahe so, als wäre ich zum ersten Mal vollständig und ich selbst gewesen. Ihre Abwesenheit dagegen hinterließ eine dumpfe Leere in mir. Als sich unsere Hände berührt hatten, hatte ich geglaubt, dass so etwas wie ein leichter Ruck durch meinen Körper gegangen war. Doch das konnte nicht real sein, oder?

»Darf ich Ihnen noch etwas bringen?«, fragte mich der Barkeeper freundlich und riss mich aus meinen Gedanken.

Ich betrachtete mein leeres Glas, schob es ihm entgegen und nickte bestätigend. »Noch einen Cuba Libre, bitte.«

Wo steckte Mike eigentlich? Konnte er sich nicht einmal Zeit für mich nehmen? Vor allem jetzt, wo ich ihn wirklich an meiner Seite brauchte.

Der Barkeeper stellte mir mein neues Getränk hin, das ich dankend annahm und in einem Zug leerte. Ich schüttelte meinen Kopf, weil der Alkohol in meiner Kehle brannte und das kalte Getränk einen Schauer durch meinen Körper jagte. Abrupt stellte ich das Glas ab, sodass es laut knallte, und stand auf, um die Bar zu verlassen. Mike hätte mit mir geschimpft, doch er war nicht da.

Ich war wütend darüber, dass mich Mike wie immer sitzen gelassen hatte. Als wäre ich wertlos. Diese Demut musste ich mir nicht geben. Selbst die Lust am Träumen war mir vergangen.

Mit hoch erhobenem Kopf verließ ich die Party. Doch als ich an dem Türsteher vorbeirauschen wollte, der Jules abgelöst hatte, griff er mich am Handgelenk und hielt mich eisern fest.

»Sie sind doch vor zehn Minuten schon gegangen, wie sind Sie unbemerkt an mir vorbeigekommen?«, fuhr er mich ungehalten an.

Verwundert sah ich ihn an und versuchte, meinen Arm freizubekommen. Doch er ließ nicht los. Seine Hand umschloss mich so fest, dass es wehtat und er mir das Blut abdrückte.

Ich richtete mich zu meiner vollen Größe auf. »Wie können Sie es wagen, mich so grob anzufassen? Wissen Sie eigentlich, wen Sie vor sich haben? Lassen Sie mich los oder dies war Ihr letzter Arbeitstag!« Als Tochter des Senators musste ich mir so eine Unverschämtheit nicht gefallen lassen.

Doch meine Worte ließen ihn kalt, und er verstärkte seinen Griff. Ich war mir sicher, dass ich blaue Flecke davontragen würde. Er grinste mich unverschämt und lauernd an, während er mich zurück in den Eingang zerrte und dann zu seiner Linken das Büro öffnete.

»Weißt du, wie viele aufgeblasene Püppchen wie du sich schon so aufgespielt haben, Herzchen?« Er drängte mich unsanft gegen die Wand und fixierte mich dort mit seinem Körper.

Ich stemmte mich gegen ihn, doch er hielt mich ohne Probleme an Ort und Stelle, sodass meine Gegenwehr erlosch. Ein fieses Grinsen stahl sich auf seine Lippen, während er mich von oben bis unten anzüglich musterte. Er ließ meinen Arm endlich los, nur um dann meinen Körper abzutasten. Seine Berührungen ekelten mich an. Als er bei meiner Brust ankam, erwachte mein Kampfgeist und ich schaffte es, mich erneut aufzurichten. Ich schubste den Mann mit aller Kraft von mir. Er hatte nicht damit gerechnet, weswegen ich damit sogar erfolgreich war. Wütend sah er mich an, doch ich legte all meine Autorität in meinen Blick.

»Sie lassen mich jetzt auf der Stelle in Ruhe, wenn Ihnen Ihr Leben lieb ist! Ich bin Jenna Steele, und mein Vater ist der Senator dieser Stadt. Wenn Sie mir nicht glauben, scannen Sie doch meine ID.«

Das war der Moment, in dem er kalkweiß im Gesicht wurde und einige Schritte nach hinten stolperte. Unsere ID log nie, und dass ich ihm anbot, meine zu scannen, ließ ihn erkennen, dass ich es ernst meinte.

»Ich … Es tut mir so leid«, stotterte er vor sich hin, doch ich ließ ihn einfach stehen und verließ das Büro.

Ich musste hier raus. Einfach nur weg von all diesen Leuten. Ich brauchte meine Ruhe und musste mir die Berührungen dieses Widerlings abwaschen. Was glaubte er eigentlich, wer er war? Es schüttelte mich bei dem Gedanken, was er mit mir angestellt hätte, wenn ich nicht die Tochter des Senators gewesen wäre, und wusste, dass ich das stoppen musste. Unwillkürlich beschleunigte ich meine Schritte.

Normalerweise genoss ich die kühle Nachtluft. Ich liebte es, bei Dunkelheit durch die Gassen zu spazieren und die vielen Nuancen von Grau und Schwarz in mir aufzunehmen. Durch die neue Technologie und diverse Polizeiroboter ging unsere Kriminalitätsrate auf die Null zu, und ich konnte ohne Bedenken durch die Nacht spazieren. Es gab kaum einen sichereren Ort als Highland Lake.

Trotzdem hatte ich heute das ungute Gefühl, als würde mich jemand verfolgen, zusätzlich zu dem beschämenden Gefühl, das der Sicherheitsmann bei mir hinterlassen hatte, und dem berauschendem vom Alkohol. Wahrscheinlich war ich deswegen etwas überempfindlich und litt an Paranoia.

Sobald ich die Haustür erreicht hatte, schloss ich sie mit zitternden Fingern auf. Mein Herz pochte wie wild, und ich atmete viel zu schnell. Bevor ich eintrat, ließ ich meinen Blick ein letztes Mal über meine Umgebung schweifen. Nichts. Ich schüttelte den Kopf, trat ein und verschloss die Tür.

»Mädchen, ist alles okay?«, vernahm ich die leise Stimme unseres Butlers. Es geschah nichts auf unserem Grundstück, ohne dass Jeremiah es mitbekam. So auch mein Erscheinen.

»Klar, alles gut.« Gerade wollte ich nur meine Ruhe und nicht darüber sprechen.

Er musterte mich aufmerksam. »Du brauchst mir nichts vorspielen. Ich sehe es dir an. Du zitterst am ganzen Körper.«

Mir entwich ein Seufzen. »Danke, dass du da bist, aber ich möchte nicht darüber reden.«

Er zögerte, dann nickte er. Obwohl er eigentlich nur ein Angestellter war, so war Jeremiah irgendwie immer mein Zufluchtsort gewesen. Wenn es mir schlecht ging oder ich eine Auszeit von dem politischen Trubel brauchte, konnte ich bei ihm zu Hause Unterschlupf finden. Mein Vater wusste jedoch nichts von unserem freundschaftlichen Verhältnis. Er hätte es nie im Leben geduldet.

Ich umarmte Jeremiah kurz, bevor ich in mein Zimmer eilte. Mit großen Schritten ging ich in mein Badezimmer und zu der im Boden eingelassenen Badewanne in der Mitte des Raumes. Ich streifte meine Kleidung ab, dann nahm ich die drei Stufen in die Wanne hinein, setzte mich hin und schaltete die darüber liegende Regendusche ein. Seufzend zog ich die Beine an, während das warme Wasser sanft auf meinen nackten Körper rieselte und langsam die Schande abwusch.

Wie lange ich dort saß, wusste ich nicht, doch irgendwann schaltete ich das Wasser ab, griff nach einem der großen, flauschigen Handtücher und wickelte mich darin ein, bevor ich in mein Schlafzimmer ging. Ich zog mir mein Nachthemd an, ging ins Bett und kuschelte mich in die weichen Kissen. Als ich das Licht ausschaltete, bemerkte ich, dass das Display meines Handys leuchtete. Es zeigte mir mehrere Anrufe in Abwesenheit an: alle von Mike. Irgendwie brachte mich das zum Kichern, aber es machte mich auch rasend.

Hätte er mich nicht allein gelassen, wäre all das nicht geschehen. Er hätte auf mich aufpassen müssen, doch er hatte wie immer nur an seine verdammte Arbeit gedacht. Wütend schaltete ich mein Handy aus. Selber schuld, wenn er mich so behandelte. Das musste ich mir nicht geben. Ich atmete tief durch, bevor ich die Augen schloss und erstaunlicherweise schnell einschlief.

Als ich am nächsten Morgen erwachte, verfluchte ich den letzten Abend. Mein Kopf dröhnte wie verrückt, weswegen ich mir die Decke über den Kopf zog. Warum hatte ich das letzte Getränk auch so herunterkippen müssen? Blind tastete ich nach meiner Nachttischschublade, aus der ich eine Schmerztablette hervorholte. Nachdem ich diese genommen hatte, verschwanden meine Kopfschmerzen augenblicklich und meine Lebensgeister erwachten. Ein hoch auf das Wunderwerk der Medizin.

Fröhlich ging ich ins Badezimmer, um mich zu duschen und für den Tag frisch zu machen. Bei dem Anblick meiner Kleidung auf dem Boden kamen die Erinnerungen schlagartig zurück, und meine gute Laune verflog. Da bemerkte ich auch die blauen Flecke an meinem Handgelenk. Wieder fühlte ich mich schmutzig. Ich schlüpfte aus meinem Nachthemd und stieg erneut in meine Wanne, um mich zu reinigen. Als ich mich sauber fühlte, wickelte ich mich in ein flauschiges Handtuch. Anschließend ging ich zu dem großen Spiegel und legte ein leichtes Make-up auf. Dann verließ ich das Badezimmer und öffnete meinen begehbaren Kleiderschrank, griff nach einer feinen, blauen Seidenbluse sowie einer dazu passenden schwarzen Hose. Mein Vater erwartete, dass ich mich adrett kleidete, selbst wenn ich nur zu Hause war. Schließlich könnte immer hoher Besuch vorbeikommen. Selbst wenn er wüsste, was gestern Abend passiert war, würde er mir nur raten, dass ich den Vorfall von gestern vergaß und darüber stand, so schwer es auch war. Aber er hatte gut reden.

Viele dachten, dass man als Tochter des Senators ein besseres Leben als andere hatte, doch eigentlich stimmte das nicht. Natürlich hatten wir immer genug Geld, und ich musste mir um nichts Gedanken machen, aber mir fehlten wahre Freunde. Die Personen, die Mike als unsere Freunde betitelte, waren oberflächliche Menschen, die nur mein Geld und meinen Status sahen. Es gab niemanden, dem ich mich anvertrauen konnte – abgesehen von Jeremiah –, weswegen ich hoffte, dass ich diese Person vielleicht in Thea finden würde. Ich wusste, dass das naiv klang, doch mein Bauchgefühl sagte mir, dass ich ihr vertrauen konnte.

Apropos Thea. Würde sie sich wirklich bei mir melden? Sich an ihr vages Versprechen halten, mich zu besuchen? Da sie so plötzlich aufgebrochen war, zweifelte ich daran. Aber im Moment ließ sich daran sowieso nichts ändern. Deswegen atmete ich tief durch, setzte ein gekünsteltes Lächeln auf und ging nach unten, um zu frühstücken. Ich musste einfach abwarten.

Gemütlich schlenderte ich den Flur entlang, der gleichzeitig eine Galerie in der Eingangshalle war, und fuhr nachdenklich mit der Hand über das Geländer. Was stimmte nicht mit mir? Ich schloss nie schnell Vertrauen zu Menschen, was an meiner Position in der Gesellschaft lag, aber meine Gedanken schweiften immer wieder zurück zu Thea. Die Gedanken an sie ließen den Schmerz von gestern Abend verblassen und beschwichtigten mich beinah.

In dem Moment klingelte es an der Tür, und unser Butler Jeremiah trat aus seiner kleinen Kammer, in der er auf sämtliche Aufträge wartete. Er öffnete die Tür, und Mike trat ein. Sofort hob er den Blick und fixierte mich.

»Was ist nur in dich gefahren?«, blaffte er mich an.

Ich spürte, wie meine Wangen brannten und ich rot anlief. »Ich … Es … es tut mir so leid.«

»Es tut dir leid? Was tut dir leid? Dass du mich gedemütigt hast, indem du einfach von der Feier verschwunden bist? Oder dass du mich ignoriert und dein Handy ausgeschaltet hast? Ich habe mir verdammte Sorgen um dich gemacht, Jenna!« Seine Stimme überschlug sich regelrecht und trieb mir die Tränen in die Augen.

»Ich glaube, es ist besser, wenn Sie wieder gehen«, wies Jeremiah ihn an, doch Mike betrachtete ihn nur abwertend.

Das fachte meine Wut an. »Du meinst, ich hätte dich gedemütigt? Wer hat mich denn den ganzen Abend allein sitzen lassen? Schämst du dich nicht dafür? Wenn du auf mich aufgepasst hättest, dann …« Ich konnte den Satz nicht beenden, weil ich glaubte, dass er nichts bringen würde. Mir entwich ein Seufzen. »Jeremiah hat recht, Mike. Ich kann dich gerade nicht ertragen. Wir reden wann anders darüber. Geh bitte.«

»Das wird Konsequenzen haben!« Er warf mir einen letzten finsteren Blick zu, bevor er erhobenen Hauptes das Haus verließ.

Als die Tür laut und dumpf ins Schloss fiel, zog sich mein Herz schmerzhaft zusammen. Er hatte meine Andeutung nicht einmal begriffen. Mike war nur auf sich und seinen Ruf fixiert. Dabei hatte ich gedacht, dass ich ihm genauso viel bedeutete wie er mir und er sich um mich sorgte.

»Danke, Jeremiah«, sagte ich mit einem dankbaren Lächeln, woraufhin er nickte und sich wieder zurückzog, wenn auch widerwillig.

Die Sorge um mich stand deutlich in seinen treuen, grauen Augen geschrieben, doch er wusste auch, dass es nichts bringen würde, nachzufragen. Wenn ich nicht wollte, würde ich nicht darüber reden. Ich war versucht, mich ihm anzuvertrauen, doch das durfte ich nicht. Wenn mein Vater erfuhr, dass Jeremiah für mich mehr ein Freund als ein Angestellter war, würden wir beide Ärger bekommen. Ich war schließlich die Tochter des Senators und er der Butler. Wie ich dieses Getue hasste.

Nachdenklich sah ich mich in der Eingangshalle um, die nur so vor Eleganz strotzte und deutlich zeigte, wer hier wohnte. Von der Galerie führte eine geschwungene Treppe hinunter in den Eingangsbereich, von dem man in das angrenzende Arbeitszimmer meines Vaters kam. Die untere Etage war für geschäftliche Zwecke gedacht, während sich in der oberen Etage die Privaträume befanden. Jedes Mal, wenn ich die Treppe in Abendkleidung hinunterschritt, fühlte ich mich wie eine Prinzessin, die darauf wartete, dass ihr Traumprinz sie dort abholte. Manchmal stand Mike tatsächlich am Fuße der Treppe, doch ich hoffte vergebens darauf, dass er hoheitsvoll auf mich zutrat und mir galant die Hand reichte. Ein verträumtes Seufzen entwich meiner Kehle. Zwar konnte ich davon nicht träumen, aber ich wünschte es mir so sehr. Vielleicht würde dieser Wunsch wahr werden, wenn wir endlich heirateten.

Obwohl kein Licht brannte, war es hell in dem Raum, weil die gewölbte Decke komplett aus Glas bestand. Einige kleinere Fenster füllte Buntglas, was die Konstruktion edel erscheinen ließ.

Ich ging zu der letzten Tür des Ganges, die direkt an die Treppe anschloss, und trat ein. Sofort umfing mich der Duft von frischen Brötchen und ließ mir das Wasser im Mund zusammenlaufen. Unsere Köchin konnte nicht nur kochen, sondern sie backte auch wie eine Meisterin. Mein Vater, der an der langen Tafel saß, die in der Mitte des Raumes stand, blickte verwundert von seinem E-Reader auf.

»Guten Morgen, Daddy«, grüßte ich ihn fröhlich.

»Hallo, Kleines. Ich dachte, du verbringst das Wochenende bei Mike?«, fragte er mich ohne Umschweife.

Zerknirscht blickte ich ihn an. »Das hatte ich vor, aber wir haben uns gestritten … «

»Das ist doch kein Grund, seine Pläne zu ändern. Dann müsst ihr darüber reden und es klären«, unterbrach er mich harsch und musterte mich mit seinen dunklen Augen.

Erneut schäumte Wut in mir auf. »Wenn du mich ausreden lassen würdest, hätte ich es dir auch erklärt. Er hat mich gestern auf der Traumparty allein sitzen lassen und ist sauer, weil ich einfach gegangen bin. Dabei sollte er sich bei mir entschuldigen! Er behauptet, ich hätte ihn gedemütigt, dabei hat er mich wie ein Stück Dreck behandelt. Außerdem hätte er auf mich aufpassen müssen!«

»Ach, Kleines, du musst noch so viel lernen. So wie ich Mike kenne, hatte er Geschäftliches zu tun, richtig?«, lenkte er ein, und ich nickte. »Also war dein Verhalten nicht richtig. Du weißt, dass wir in einer Arbeitsgesellschaft leben, und der Job geht dem eigenen Wohl vor. Ich habe dich viel zu sehr verwöhnt, Jenna. Du solltest dich bei Mike entschuldigen.«

Empört stemmte ich meine Arme in die Hüften. »Das ist jetzt nicht dein Ernst, Daddy!«

»Doch, Jenna. Ich meine es sogar sehr ernst. Entschuldigst du mich bitte? Ich erwarte hohen Besuch. Also trödele nicht beim Frühstück, ich brauche dich in meiner Gesellschaft, wenn du schon da bist.« Damit wandte er sich ab und ließ mich verdutzt stehen. Auch ihn schienen meine Sorgen nicht zu interessieren.

Ich griff nach einem Apfel und einer Banane und lief ihm hinterher. Das konnte doch nicht wahr sein! Ich verhielt mich falsch, obwohl mein Verlobter mich so behandelte? Weil Mike mich im Stich gelassen hatte, wäre ich fast vergewaltigt worden! Dachte ich so falsch? Ein einziger freier Abend für meinen Liebsten konnte nicht zu viel verlangt sein. Ich wollte doch auch mal Zeit mit ihm verbringen.

»Dad! Darf ich von meinem Verlobten nicht verlangen, dass er sich einen Abend in der Woche Zeit für mich nimmt? Ich saß wie eine verlassene Prinzessin an der Bar und kam mir schäbig vor. Darf ich mich etwa nicht gedemütigt fühlen?«

Mein Vater seufzte schwer. »Ach, Jenna, ich kann mit Mike reden, damit er sich etwas mehr Zeit für dich nimmt, doch ich bezweifle, dass er auf mich hören wird. Er ist ein Arbeitstier, durch und durch. Sei stolz auf ihn. Er ist das Beste, das du dir wünschen kannst. Beim nächsten Mal solltest du dich lieber geehrt fühlen, dass er arbeitet und nicht seine Zeit verschwendet.«

Bevor ich etwas antworten konnte, klingelte es an der Tür. Mein Vater warf mir einen warnenden Blick zu, bevor er Jeremiah zunickte, der daraufhin die Tür öffnete.

Noch bevor sie eintrat, wusste ich, dass Thea vor der Tür stand. In dem Streit mit Mike und meinem Vater hatte ich sie total vergessen. Als sie eintrat, in der gleichen, edlen Kleidung von gestern, wirkte sie eingeschüchtert. In dem hellen Licht bemerkte ich als Erstes ihre gebräunte Haut und die zerzausten, blonden Haare. Erneut wirkte sie, als gehörte sie nicht in diese Welt, und doch kam sie mir so vertraut vor. Ich spürte sofort unsere Verbindung und musste unwillkürlich lächeln.

Als mein Vater sie erblickte, meinte ich so etwas wie Erkennen in seinem Gesicht zu sehen, doch dann straffte er seine Schultern und sein zuvor freundlich aufgesetztes Lächeln verschwand augenblicklich. Thea versteifte sich, nachdem sie eingetreten war und mich neben meinem Vater entdeckte. Bevor ich die Situation jedoch hinterfragen konnte, lief alles aus dem Ruder.

»Jeremiah, ergreife sie und sperre sie ins Verlies!«, brüllte mein Vater, und unser Butler reagierte sofort.

»Daddy, nein, sie ist doch meine Freundin! Was tust du?«, schrie ich, doch Jeremiah führte Thea schon durch die Tür in den Keller, wo sich mehrere kleine Gefängniszellen befanden, die dazu dienten, Menschen kurzfristig gefangen zu nehmen.

»Sie ist eine Flüchtige, Kleines. Wir haben sie so lange gesucht, und endlich ist sie uns in die Falle getappt«, sagte mein Vater ruhig, als er auf mich zutrat. Er legte mitfühlend seine Hand auf meine Schulter. Als würde das etwas ändern.

Vehement schüttelte ich den Kopf. »Das kann unmöglich sein! Sie würde nie jemanden etwas zuleide tun. Daddy, das muss ein Missverständnis sein.«

Argwohn trat in seine Augen. Eine Geste, die ich von ihm so nicht kannte und mich deswegen stutzig machte. »Liebes, wie lange kennst du sie schon?«

Verwundert über diese Frage antwortete ich prompt: »Seit gestern.«

Nun legte sich wieder sein übliches Lächeln auf seine Lippen. Als wäre für ihn damit alles geklärt. »Siehst du, du kannst diese Person also gar nicht richtig kennen. Ich habe sie nur zu deinem Schutz einsperren lassen.«

»Aber sie hat doch gar nichts gemacht. Sie war sehr freundlich zu mir.« Noch immer verstand ich die Welt nicht.

»Natürlich war sie das, Liebes. Sie wollte sich ja auch bei dir einschmeicheln.« Als würde er wissen, dass ich protestieren wollte, schüttelte er den Kopf. »Hast du sie dir mal genau angesehen?«

»Klar.«

»Gut, und ist dir etwas Besonderes an ihr aufgefallen?«, wollte er wissen.

Ich dagegen war nun komplett verwirrt. »Sollte es mir?«

Ein leises Seufzen entwich meinem Vater. »Ich bin schon lange Senator und habe einige Träumer gesehen. Deine neue Freundin ist eindeutig eine. Hast du ihre dunkle Haut und das zerzauste Haar gesehen? Alles an ihr wirkt billig, abgesehen von der Kleidung, die sie vermutlich gestohlen hat.«

»Ich …« Irgendwie wollte ich nicht glauben, was mein Vater mir da sagte. Doch es hörte sich unglaublich schlüssig an. Mir war ja auch aufgefallen, dass sie muskulöser wirkte als normale

Städter. Dazu kam, dass sie dasselbe Kleid wie gestern trug. Unschlüssig schüttelte ich den Kopf und stürmte zurück in mein Zimmer. Dort schloss ich die Tür hinter mir, bevor ich mich an diese mit dem Rücken lehnte und mich auf den Boden gleiten ließ.

Das konnte und durfte nicht wahr sein! Ich kannte Thea kaum, das stimmte, doch wollte sie mir wirklich Schaden zufügen? Irgendwie wollte ich das nicht glauben. Irgendetwas in mir bestand vehement darauf, dass Thea nichts Böses im Schilde führte.

Gleichzeitig verwirrten mich die Worte meines Vaters, die mich zum Zweifeln brachten. Warum war Thea gestern plötzlich aufgetaucht? Sie hatte sich zielstrebig auf den Hocker neben mir fallen lassen, anstatt sich einen anderen, freien zu suchen. Genauso hatte sie keine Sekunde gezögert, mich anzusprechen.

Ich schluchzte laut auf. Wollte sie mir wirklich nur schaden? Hatte ich mir diese Verbundenheit nur eingebildet? Mein Vater würde mich niemals anlügen, also musste ich mich in der Fremden wirklich getäuscht haben. Ich stützte mein Gesicht auf meine Hände und versuchte, mich zu beruhigen, damit ich einen klaren Gedanken fassen konnte.

Es klopfte an der Tür, und die Stimme meines Vaters drang dumpf durch das Holz. »Kleines, mach dich bitte fertig. Unsere Gäste werden jeden Moment eintreffen, und ich erwarte, dass du mir Gesellschaft leistest.«

Ich hasste seinen Befehlston, weswegen ich hilflos kreischte: »Geh weg!«

»Jenna, beherrsche dich! Du bist die Tochter des Senators, und ich gestatte dir nicht, deine Beherrschung zu verlieren. Denk daran, dass es wichtig ist, wie wir uns geben.« Seine Worte brachten mich zur Besinnung.

Es hatte keinen Sinn, wenn ich wie ein Kind heulend auf dem Fußboden saß. Mein Leben musste weitergehen. Über Thea konnte ich mir später den Kopf zerbrechen.

Ich atmete tief durch, trat in mein Badezimmer und machte mich frisch. Ein paar Minuten später trat ich aus meinem Zimmer, wo mein Vater stand und mir anerkennend zunickte.

»So kenne ich meine Kleine.« Mit diesen Worten führte mich mein Vater die Treppe hinunter in sein Arbeitszimmer, wo unser Besuch bereits auf uns wartete.

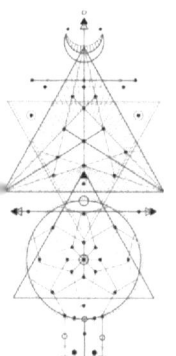

# Kapitel 5

## Thea

Das … das konnte nicht wahr sein. Hatte sie mich wirklich verraten? Mich ihrem Vater ausgeliefert? So sehr ich mir auch wünschte, dass dem nicht so war, so sah es doch ganz danach aus. Wie hatte ich nur so dämlich sein und darauf hoffen können, dass sie mich freudig empfangen würde? Wie hatte ich nur so naiv sein können?

Der komische Butler im Pinguinfrack und mit dem Stock im Hintern zerrte mich unbarmherzig hinter sich her, wobei sich seine Finger wie Schraubstöcke in meinen Unterarm bohrten. »Wehren Sie sich nicht. Sie tun sich nur selbst weh.«

Ich schnaubte belustigt. »Sie können mich mal!«

Er hielt einen Moment inne, verwundert über meinen trotzigen Tonfall. Diesen Augenblick wollte ich ausnutzen, indem ich all meine Kraft zusammennahm und mich von ihm wegdrehte. Dabei entriss ich mich seinem Griff. Sofort sprintete ich die Treppenstufen wieder nach oben. Als die Tür in Sicht kam, konnte ich mein Glück kaum fassen. Doch als ich den Knauf drehte, erkannte ich, warum der Kerl mir so gemütlich folgte: die Tür ließ sich nicht öffnen.

Wütend riss ich daran und hämmerte wild dagegen. Vielleicht würde mich jemand hören. Meine Knöchel rissen mit jedem Schlag gegen das mir fremde Material weiter auf, doch ich umarmte den Schmerz. Er zeigte mir, dass ich noch lebte und

Kampfgeist besaß. Noch hatten sie mich nicht gebrochen, wenn auch gefangen genommen.

»Ich bedaure, aber das wird nicht helfen. Eher würden die Götter Ihnen ein Wunder senden, als dass Sie hier rauskommen. Es tut mir sehr leid.« Die leise Stimme des Butlers war freundlich, wenn auch mit lauerndem Unterton.

Wieder griff er nach meinen Handgelenken und zerrte mich grob nach unten.

»Was wird mit mir geschehen?« fragte ich, doch er ignorierte mich. »Wollen Sie mich dort unten verrotten lassen?«

Der Butler seufzte, doch schwieg weiterhin. Das machte mich rasend. »Hey, ich spreche mit Ihnen! Habe ich nicht das Recht, zu erfahren, was mit mir geschehen wird?«

Endlich hielt er inne. »Das möchten Sie nicht wissen.« Seine Augen wirkten ernst, als er mich kurz musterte und dann den Weg fortsetzte.

Dass er mir nicht in die Augen blicken konnte, ließ einen eisigen Schauer meine Wirbelsäule hinablaufen. Wenn der Kauz vermutet hatte, dass das meinen Kampfwillen brechen würde, so hatte er sich getäuscht. So schnell würde ich mich nicht geschlagen geben. Viel mehr fachte es meine Neugier an, was so Schlimmes in der Stadt geschah. »Es ist mir egal, ob man mich foltert! Ich würde niemals etwas verraten, was meiner Familie schadet.«

Darauf antwortete er nicht. Viel zu spät bemerkte ich, dass wir unten angekommen waren, sodass ich stolperte. Wenn der komische Kauz mich nicht aufgefangen hätte, wäre ich schwer auf den steinernen Boden gestürzt. Doch bevor ich wirklich realisieren konnte, wie mir geschah, stieß er mich in die erstbeste Zelle, die vollständig aus Glas bestand. Mit einem lauten Knall fiel die Tür hinter mir zu. Dabei klang dieses Geräusch so endgültig, als wäre mein Schicksal damit besiegelt.

Im ersten Moment war ich überrumpelt. Aber ich wusste auch, dass ich mich nicht unterkriegen lassen würde. Deswegen strich ich meine Haare zurück und ging auf die unsichtbare Barriere zu. Für einen winzigen Augenblick schien Bewunderung im Blick des Butlers zu liegen, doch dann seufzte er resigniert, als ich begann, wie eine Irre gegen das Glas zu hämmern. Es musste einen verdammten Ausweg geben. Ich wollte hier nicht sterben.

Der Butler musterte mich ein letztes Mal voller Mitleid, dann wandte er sich ab und verließ den Kerker. Erst als die dumpfen Schritte verklungen waren, traf mich die Erkenntnis wie ein Paukenschlag: Ich hatte versagt.

Ich war allein. Mutterseelenallein. Ich würde allein sterben, ohne das süße Lächeln meines Freundes ein letztes Mal zu sehen. Nie wieder würde ich in die traurigen Augen meiner Mutter blicken oder sie und Jenna zusammenführen … Nein, ich wollte noch nicht aufgeben. Dafür gab es noch zu viele Dinge, die ich erledigen wollte.

»Hilfe! Hört mich jemand?«, schrie ich in meiner Verzweiflung immer und immer wieder.

Erst als mein Hals und meine Hände wie Feuer brannten, ließ ich mich erschöpft an der gegenüberliegenden Wand zu Boden gleiten. Schließlich gab es hier keine Liege oder andere Sitzmöglichkeit. Meine Stirn bettete ich auf meine Arme, die ich auf meine angewinkelten Beine legte.

Tränen brannten in meinen Augen, gegen die ich nicht ankämpfte. Die Situation war mehr als hoffnungslos. Es gab keinen Weg nach draußen, außer mich ließ jemand raus. Brüllen und weiter Kraft zu verschwenden würde vergebener Liebesmühe gleichkommen.

Doch da war eine leise Stimme in mir, die mir zuflüsterte, dass meine Chance kommen würde. Dass mein Weg hier noch nicht enden würde. Langsam hob ich den Kopf und wischte mir die Tränen von der Wange. Bei genauem Hinsehen stellte ich fest, dass diese Zellen mit ihrer nicht vorhandenen Einrichtung lediglich für kurze Aufenthalte ausgelegt waren. Also würde man mich früher oder später abholen. Dann würde ich mich freikämpfen. Aber vorerst blieb mir nichts Anderes übrig, als abzuwarten.

Die Zeit verging quälend langsam, zumindest fühlte es sich so an. Vielleicht täuschte ich mich auch, weil alles gleich aussah und sich nicht veränderte. Nicht einmal Tageslicht bekam ich zu Gesicht. Das nagte an meinen Kraftreserven und meinem Willen, zu kämpfen. Die viele Zeit darüber nachzudenken, was ich nie wieder erleben würde, wie das gesellige Treiben in unserem Dorf, machte es nicht besser.

Das selige Lächeln meiner Mom, wenn sie in der Küche stand. Unwillkürlich stieg mir der Geruch nach Zucker, der sie stetig umgab, in die Nase, sodass ich mich nach ihrer tröstenden Umarmung sehnte.

Oder Jonas. Er fehlte mir so sehr. Seine ruhige Art, die mich stets geerdet hatte. Sein wunderschönes Gesicht, das von seinen braunen Haaren umrahmt wurde. Die Liebe in seinem Blick, wenn er mich ansah. Allein der Gedanke an ihn und dass ich ihn nie wiedersehen würde, ließ sich mein Herz schmerzhaft zusammenziehen. Tränen stiegen mir in die Augen.

Doch ich hatte all das zurückgelassen, um nach meiner Schwester zu suchen. Ich hatte mein geregeltes Leben gegen den Verrat einer Unbekannten getauscht. Wie hatte ich nur glauben können, dass sie sich mir einfach anschließen würde? Dass sie mir bei unserer ersten Begegnung in Freudentränen ausbrechen und mir aus der Stadt folgen würde? Dass dann alles gut werden würde?

Wütend löste ich mich aus meiner starren Haltung. Seit ich denken konnte, hatte man mich vor der Stadt und deren Einwohnern gewarnt. Man hatte mir beigebracht, dass sie uns nicht leiden konnten, weil sie eifersüchtig auf unsere Fähigkeit zu träumen waren. Dass sie uns deswegen jagten. Aber ich Idiot hatte nicht darauf gehört, hatte all die Warnungen ignoriert. Wieso auch musste ich immer meinen sturen Willen durchsetzen?

Mein innerer Monolog wurde durch schwere Schritte unterbrochen. Wer kam mich wohl besuchen? Meine Schwester konnte es nicht sein, denn dafür waren die Schritte zu dumpf. Aber auch der Butler war es mit Sicherheit nicht. Er hatte sich beinah lautlos bewegt. Deswegen tippte ich auf den Senator.

Stolz richtete ich mich auf und hob trotzig das Kinn, als die Tür aufgestoßen wurde und ich in die dunklen, eiskalten Augen meines Gegenübers blickte: Senator William Kratos Steele. »Ich wusste gar nicht, dass ihr Träumer so dämlich seid.«

Seine Worte fachten meine Wut noch mehr an. »Wenigstens entführen wir keine kleinen Kinder!«

Jetzt lachte er, obwohl er dabei irgendwie gelangweilt klang. »Auf den Mund sind wir also nicht gefallen.«

»Was weißt du schon von mir? Vor allem, woher weißt du, dass ich eine Träumerin bin?«, fauchte ich ihn an.

Ein süffisantes Grinsen trat auf sein Gesicht. »Ach, Mädchen, man sieht euch das Leben außerhalb der Stadt an. Ihr seid muskulöser und braun gebrannt. Auch eure zotteligen Haare verraten euch. Aber das sollte dein kleinstes Problem sein, nicht wahr? Schließlich bist du meine Gefangene und von deiner Schwester verraten worden. Wie fühlt es sich an? Wunderbar, oder?«

Ekel rief eine Gänsehaut hervor, die langsam meine Wirbelsäule hinablief. »Wieso weißt du so viel über uns? Vor allem, dass sie meine Schwester ist?«

Der Senator rollte mit den Augen. »Die Ähnlichkeit zwischen euch beiden lässt sich nicht verleugnen. Zumal ich die Herkunft meiner Tochter nur zu gut kenne.«

»Sie ist eine Träumerin, was wollt ihr also von ihr?«

Erneut lachte er. »Die eigentliche Frage ist, was *du* von ihr willst. Hast du gedacht, du würdest sie einfach mitnehmen und dann mit ihr glücklich bis ans Ende eurer Tag leben? Mädchen, du bist echt unterhaltsam. Du glaubst doch nicht wirklich, dass sich die Tochter des Senators auf einen Niemand wie dich einlassen würde? Sie hat die Gefahr, die von dir ausgeht, sofort gespürt und richtig gehandelt.«

Mir war bewusst, dass er mich provozierte, doch seine Worte verletzten mich. Gleichzeitig rüttelten sie an meiner Hoffnung in Jenna. Ich wollte nicht wahrhaben, dass sie sich wirklich gegen mich entschieden hatte. Hatte ich mich wirklich so in ihr getäuscht? Hatte sie mich mit ihrer Einladung wirklich nur in eine Falle locken wollen?

Wenn ich genau darüber nachdachte, dann hatte er recht. Warum sollte die Tochter des zweitmächtigsten Mannes von Amerika jemanden wie mich in ihre Nähe lassen? Das hätte mir von Anfang an klar sein sollen, doch ich hatte nicht aufgeben wollen. Nicht so kurz vorm Ziel.

Er schien mein Schweigen als Bestätigung anzusehen, denn ein siegessicherer Ausdruck zierte seine Züge. Da wusste ich, dass er mich dort hatte, wo er mich wollte. Dass ich in seine Falle getappt war. »Ach, Mädchen. Deine Zeit ist sowieso abgelaufen. Genieße deine letzten Stunden, denn so viel Luxus wie hier wirst du wohl nie erlebt haben und auch nie wieder erleben. Mit dem Wissen, dass deine eigene Schwester dich verraten hat.«

Das brachte das Fass zum Überlaufen. »Du meinst, dass du mich kennst? Tut mir leid, aber da muss ich dich enttäuschen, denn ich bin stolz darauf, eine Träumerin zu sein. Ich brauche all diesen Luxus nicht, um glücklich zu sein. Und ich verspreche dir eines: Ich werde nicht aufgeben, bis ich Jenna aus deinen schmierigen Händen befreit und dich zu Fall gebracht habe. Verlass dich darauf.«

Einen winzigen Moment konnte ich Angst in seinen Augen aufflackern sehen. Der Augenblick war so kurz, dass ich meinte, ihn mir nur eingebildet zu haben. Gleichzeitig war ich verwundert über mich selbst, denn ich wusste nicht, woher ich den Mut nahm, mich dem Senator so mutig entgegenzustellen.

»Da bin ich aber gespannt. Denn du sitzt in dieser Zelle und nicht ich.« Das siegessichere Grinsen wich aus seinen Zügen. Vermutlich war sein Plan gewesen, mich zu brechen. Nun war er enttäuscht, weil er nicht aufgegangen war.

»Im Gegensatz zu dir und deinen hirnlosen Marionetten habe ich Fantasie. Du wirst sehen, ich werde dir entkommen und kräftig in den Arsch treten.«

»Das wirst du noch bereuen.« Da hatte ich wohl einen Nerv getroffen. Seine Augen verzogen sich zu schmalen Schlitzen.

Mir entwich ein Lachen. »Oder was? Möchtest du mich umbringen? Einsperren klappt ja nicht, da ich es schon bin. Nur zu, ich habe doch eh nichts mehr zu verlieren.«

»Du solltest dich nicht mit mir anlegen, Mädchen.« Seine Stimme glich dem Knurren eines Wolfes.

Um ihn noch weiter zu provozieren, gähnte ich gelangweilt. Wahrscheinlich würde ich mein Handeln bereuen, doch wenn ich schon in naher Zukunft sterben sollte, dann wenigstens mit hoch erhobenem Haupt. »Du kannst mir drohen, aber es ist mir schlichtweg egal. Ich bin keine deiner Schachfiguren, die sich hin und her schieben lassen. Schon vergessen? Ich bin eine Träumerin und schere mich nicht um deine Regeln. Mir machst du keine Angst.«

Ich wandte mich ab und ging zur gegenüberliegenden Wand. An die lehnte ich mich mit dem Rücken und ließ mich zu Boden gleiten. Wütend verfolgte der Senator jede meiner Bewegungen. Seine Hände hatte er zu Fäusten geballt, während er unschlüssig auf der anderen Seite des Glases stand.

»Das wirst du noch bitter bereuen, Mädchen. Glaub' es mir«, presste er zwischen zusammengebissenen Zähnen hervor.

Ich zuckte mit den Schultern. »Ach, Willi, es ist mir ziemlich schnuppe, was du sagst. Ich lasse mir von dir nicht drohen.«

Er schnaubte zornig, dann wandte er sich ab und ging. Mir entwich ein Lachen - vor Unglauben, Angst und Erleichterung. Ich hatte mich mit dem Senator angelegt und ihn bis aufs Blut provoziert. Wenn ich ehrlich war, fühlte es sich verdammt gut an. Dennoch fragte ich mich, ob das eine gute Idee gewesen war. Wahrscheinlich würde er mir meine letzten erbärmlichen Stunden nun zur Hölle machen. Immerhin war er der mächtigste Mann in Highland Lake.

Ich wusste nicht, wie lange ich hier saß und mit meinem Inneren diskutierte. Darüber rätselte, ob ich stolz sein oder mir einen Strick aus meiner Kleidung machen sollte, um mich damit aufzuhängen. Doch das leise Trippeln bedachter Schritte weckte mich aus dieser Spirale. Als es verstummte, meinte ich kurz, mir das Geräusch nur eingebildet zu haben. Dann öffnete sich die Tür erneut und belehrte mich eines Besseren.

# KAPITEL 6

## JENNA

Das Treffen mit den Kunden meines Vaters verlief schleppend. Politik hatte mich noch nie interessiert, weswegen ich nach kurzer Zeit nicht mehr wirklich zuhörte. Dafür beschäftigte mich Thea umso mehr.

Ich konnte und wollte nicht glauben, dass sie etwas Böses im Sinn hatte. Auch wenn sie offensichtlich eine Träumerin war. Immerhin war mir ihr merkwürdiges Erscheinungsbild ebenfalls aufgefallen. Doch das bedeutete auch, dass sie zu der Gruppe Menschen gehörte, die der Stadt, meinem Vater und damit auch mir schaden wollten. Und warum? Weil sie eifersüchtig darauf waren, dass wir mit wenig Schlaf auskamen und deswegen effektiver arbeiten konnten.

Aber Thea wirkte nicht so. Viel mehr glaubte ich, in ihr mein Spiegelbild zu erkennen. Als würde ich sie ewig kennen, dabei hatte ich sie nie zuvor gesehen. Trotzdem wollte ich einfach nicht glauben, dass sie mir schaden wollte.

Als mein Vater und seine Gesellschaft aufstanden, bemerkte ich, dass ich das ganze Treffen über tief in Gedanken versunken war. Dafür schalt ich mich, denn wenn mein Vater das bemerkt hatte, würde er mich gleich wieder mit diesem enttäuschten Gesichtsausdruck ansehen. Etwas, das ich hasste, denn ich wollte, dass er stolz auf mich war.

Sobald ich in seine dunklen Augen blickte, realisierte ich sofort, dass er genau wusste, dass ich nicht zugehört hatte. Doch zuerst verabschiedeten wir unsere Gäste.

Nachdem die Tür hinter ihnen ins Schloss gefallen war, verschränkte mein Vater die Arme vor der Brust. »Jenna?« Sein Ton war streng. »Wie fandest du das Treffen heute? Stimmst du Mister Meyers zu, was die Träumer angeht?«

Ich spürte, wie meine Wangen heiß wurden. Auch meinem Vater entging nicht, dass ich rot anlief, denn er musterte mich aufmerksam, beinah lauernd wie eine Katze auf der Jagd.

»Ich weiß nicht, Daddy. Sind sie denn wirklich so schlimm, wie alle behaupten?«, rutschte es mir heraus. Am liebsten hätte ich mir mit der flachen Hand vor die Stirn geschlagen.

»Wer hat dir denn diesen Floh ins Ohr gesetzt? Du weißt doch, dass die Träumer uns stürzen wollen«, gab er barsch zurück.

»Ich … ich weiß es nicht«, stammelte ich, und es war die Wahrheit.

»Ich kann dir sagen, woher er stammt: von dem Mädchen da unten im Keller, von dem du dich hast täuschen lassen, Jenna.«

Entschieden schüttelte ich den Kopf. »Thea hat damit nichts zu tun, Daddy. Ich kenne sie erst seit gestern, und wir haben kaum miteinander geredet.«

»Was auch gut ist. Wer weiß, was für einen Schaden sie angerichtet hätte.«

»Daddy, ich möchte sie sehen.« Wieder waren die Worte einfach aus mir herausgeplatzt und wieder bereute ich sie.

Mein Vater seufzte genervt. »Warum solltest du sie sehen wollen? Damit sie dir Schwachsinn erzählen kann? Du bist im

Moment nicht ganz bei Sinnen. Geh und ordne deine Gedanken!«

Mit hängenden Schultern ging ich die Treppe hinauf in mein Zimmer und ließ mich an der geschlossenen Tür zu Boden sinken. Ich zog meine Knie an, legte meine Arme um diese und bettete meinen Kopf darauf.

In mir tobte ein Orkan, der mich an allem zweifeln ließ. An Thea, die eine Verräterin war. An Mike, der immer an mir rummäkelte, und an meinem Vater, der mich komplett einschränkte. War denn wirklich alles schwarz und weiß? Musste Thea denn unbedingt etwas Böses wollen? Warum bestand meint Vater so sehr darauf? Er war doch sonst immer so diplomatisch.

Hatte er Angst vor ihr? Lag es an unserer auffallenden Ähnlichkeit? Doch wieso sollte er sich fürchten? Wir waren eine der fünf einflussreichsten Familie Amerikas. Selbst die anderen vier Senatoren mieden uns, denn mein Vater könnte sie mühelos in Grund und Boden stampfen, wenn er wollte. Lediglich der Präsident stand über meinem Vater.

Trotzdem war Highland Lake die am besten ausgebaute Stadt in ganz Amerika. Neben unserer gab es noch Cold Cainaday im Norden, Middle Mexico, Seaside Kolumbia, Big Brazilia und South Angenzia.

Um unsere Umwelt zu schützen, hatte der Präsident veranlasst, dass wir Menschen nur noch in großen Städten leben sollten. Gleichzeitig förderte das unsere Leistung, da man innerorts am besten und schnellsten von Ort zu Ort kam.

Als einzige Ausnahme galten die Bauern, die für ihre Einsamkeit reich belohnt wurden. Schließlich ließ sich in einer Stadt schlecht Land bewirten. Leider hatte sich herausgestellt, dass eben jene Bauern häufig Träumer waren oder sich mit ihnen zusammenschlossen. Mittlerweile hatte man die meisten Träumerringe gesprengt und die Verräter eingesperrt. Trotzdem wurden noch immer Razzien durchgeführt.

Mir entwich ein Seufzen, und ich strich mir die Haare zurück. Es war mir egal, was mein Vater sagte. Ich musste mit Thea reden und in Erfahrung bringen, warum sie mich hintergangen hatte. Gehörte sie wirklich zu meinen Feinden? Das musste ich wissen, denn eigentlich konnte ich mich auf meine Menschenkenntnis immer verlassen.

Selbst wenn sie eine Feindin war, war es meine Pflicht, sie auszuhorchen und Informationen zu sammeln, die für meinen Vater wichtig waren. Vor allem aber könnte ich damit zeigen, dass auch ich meinen Nutzen für die Gesellschaft hatte. Dann würde er endlich stolz auf mich sein.

Als es allmählich dämmerte, saß ich an meinem Fenster und beobachtete, wie mein Vater in seine dunkle Limousine mit den getönten Scheiben stieg. Jeremiah schloss hinter ihm die Tür und setzte sich dann ans Steuer. Sobald das Auto aus meiner Sicht verschwand, stand ich lächelnd auf. Dass mein Vater zu einem Geschäftsessen musste, war die Gelegenheit, auf die ich gewartet hatte.

Vorsichtig schlich ich mich aus meinem Zimmer und blickte mich um. Einem der Bediensteten wollte ich nicht begegnen, denn die würden mich sofort aufhalten. Glücklicherweise war der Flur leer, sodass ich schnell den Gang entlanghuschte.

»Miss?«, hielt mich dann jedoch die Stimme meiner Zimmerdame Caren auf.

Langsam und um Fassung bemüht drehte ich mich zu ihr um. Ich gab mich stolz und erhaben, um nicht ertappt zu wirken. »Ja, bitte?«

Caren nestelte an dem Saum ihres Rockes und blickte betreten zu Boden. »Ich … ähm … Ihr Vater…«

Genervt seufzte ich und musterte Caren abschätzig. »Was ist mit meinem Vater?«

»Er sagte mir, dass Sie Ihr Zimmer nicht verlassen dürfen und ich es ihm unverzüglich melden soll, wenn Sie sich seiner Anweisung widersetzen«, gab sie mit dünner Stimme zu.

Mir entwich ein Seufzen. »Wenn du mich verpfeifen solltest, dann werde ich dich sofort entlassen, Caren.« Ich hasste es, wenn ich so mit Menschen reden musste. Natürlich genoss ich es, reich und einflussreich zu sein, doch den Chef raushängen zu lassen, gehörte nicht zu meinem Naturell.

»Es … es tut mir leid, Miss. Ich folge doch nur den Anweisungen Ihres Vaters.« Traurig sah sie zu Boden.

»Hör zu, Caren. Ich weiß, wie sehr du diesen Job brauchst. Du hast nichts gesehen, okay? Mein Vater wird nichts davon erfahren, und du darfst weiter hier arbeiten.« Fast widerte ich mich selbst an, doch meine Worte schienen etwas zu bewirken.

In ihren Augen las ich sowohl Zweifel als auch Zuversicht. Sie hatte eine große Familie und brauchte die gut bezahlte Anstellung in unserem Haus. Deswegen nickte sie zögernd und wandte sich ab.

Als sie aus meiner Sicht verschwunden war, atmete ich erleichtert auf. Dann setzte ich meinen Weg fort, für den Fall, dass sie doch einknickte und meinem Vater Bescheid gab.

Ohne weitere Zwischenfälle kam ich zur Kellertür, öffnete sie und schritt langsam die Treppe hinab. Fast schien es mir, als würde ich das Treffen hinauszögern wollen. Das lag daran, dass ich furchtbar aufgeregt war. Zum einen weil ich noch nie im Gefängnistrakt war und nicht wusste, was mich dort erwartete, zum anderen weil ich nicht wusste, wie ich Thea gegenübertreten sollte.

Sobald ich unten angekommen war, stockte mir der Atem. Diese spartanische, nicht vorhandene Einrichtung war menschenunwürdig. Als ich Thea wie ein Häufchen Elend auf dem Boden kauernd sah, zog sich mein Herz schmerzhaft zusammen. Alles in mir schrie danach, ihr zu helfen. Doch vorher musste ich sie zur Rede stellen.

Langsam trat ich näher, während sich ihr Blick auf mich richtete. Wut und Trauer paarten sich mit Erleichterung, als sie aufsprang und zur Wand der Zelle kam. Ihre Augen funkelten. »Was willst du hier? Mir deinen Verrat vorhalten? Dich über mich lustig machen? Dann verschwinde gleich wieder!«

Ich zuckte aufgrund ihres harschen Tonfalls zusammen. Am liebsten hätte ich meine Beine in die Hand genommen und wäre tatsächlich geflohen. Doch ich brauchte Antworten. »Mit dir reden.«

Ihre Haltung entspannte sich ein wenig, doch sie blieb weiterhin wachsam. »Was soll das denn noch bringen? Mein Schicksal war in dem Moment besiegelt, als ich dir vertraut habe.«

Ihr bissiger Unterton schmerzte. Gleichzeitig ergaben ihre Worte keinen Sinn. »Was soll das denn jetzt heißen? Du hast doch meine Nähe gesucht. Woran sollte ich bitte Schuld haben?«

Sie lachte laut auf. »Jetzt stell dich doch nicht dümmer als du bist, Jenna. Du wusstest genau, wer ich war, als du mich zu dir eingeladen hast. Und ich war so dämlich und habe mich darauf eingelassen. Du warst so freundlich, dass ich dachte, du wärst besser als all die Städter, die uns hassen.«

Ich schüttelte fassungslos den Kopf. »Thea, ich kannte dich nicht, genauso wenig wie ich dich jetzt kenne. Woher sollte ich wissen, dass sich eine Träumerin bei mir einschmeichelt, um meine Familie zu stürzen?«

Verdutzt sah mich Thea an. »Ist es das, was der Senator dir erzählt hat? Dass ich nur deine Nähe gesucht habe, um eure Regierung zu stürzen?«

Ich presste die Lippen fest aufeinander und nickte. »Ihr Träumer seid doch nur neidisch, dass wir so viel leisten können und ihr den halben Tag verschlaft.«

Thea entgleisten sämtliche Gesichtszüge, dann begann sie, zu lachen. »Himmel, Jenna. Das ist nicht dein Ernst, oder?«

»Warum sollte ich Scherze machen?«, erwiderte ich gereizt.

»Die verdrehen euch hier aber gehörig den Kopf. Jenna, glaub mir, wir sind glücklich mit dem, was wir haben. Was meinst du, warum sie uns jagen? Weil wir nicht in dieses ach so perfekte System passen. Wenn ich euch stürzen wollen würde, meinst du, dann wäre ich allein gekommen? Wie soll ich denn alles im Alleingang zerstören?«

Obwohl ich versuchte, ihre Worte nicht an mich heranzulassen, so zeigten sie ihre Wirkung. Denn wenn ich ehrlich war, hatte sie recht. Was sollte eine einzelne Person schon ausrichten? »Doch warum hast du dann ausgerechnet meine Nähe gesucht? Vielleicht kann eine Person nicht viel ausrichten, aber ich bin die Tochter des Senators und mein Vater ist eine der mächtigsten Personen Amerikas.«

Genervt seufzte sie. »Komm schon, Jenna. Du stellst dich dümmer als du bist.«

Wütend funkelte ich sie an. »Was denkst du eigentlich, wer du bist? Du sitzt in einer verdammten Zelle!«

»Wie könnte ich das nur vergessen? Schließlich hast du mich ja auch verraten«, gab sie kalt zurück.

Was erzählte sie da für einen Unfug? »Ich habe dich nicht verraten! Du hast versucht, mich zu manipulieren.«

Wieder lachte sie auf. »Ha! Jetzt wird mir so einiges klar. Der Senator versucht, uns gegeneinander auszuspielen. Wahrscheinlich hat er dir sogar verboten, zu mir zu kommen. Oder?«

Verdutzt sah ich sie an. Erneut brachte sie alles ins Wanken, zeigte mir, dass an dieser Situation etwas nicht stimmte. Mir wurde bewusst, dass mein Vater tatsächlich ein Keil zwischen uns treiben wollte, was mich nur umso mehr verwirrte. Ich hatte Antworten gewollt, doch andere erwartet als ich nun bekam.

Was wurde hier gespielt? Was verheimlichte mein Vater mir?

Überfordert von der Situation trat ich einen Schritt zurück. Ich wollte fliehen, und doch alles verstehen. Wieso sah Thea aus wie mein Ebenbild? Warum fühlte ich mich ihr verbunden?

»Warum bist du hier? Was willst du von mir?« Es war ein verzweifelter Versuch, Herr über meine Gefühle zu werden. Nachdem ich die Worte ausgesprochen hatte, wusste ich, dass ich kläglich scheitern würde. Dass es ein Fehler gewesen war, Thea zu besuchen.

»Weil ich nicht anders konnte, als dich zu suchen. Mein Herz sehnt sich nach dir, seit du damals entführt worden bist. Ich habe gespürt, dass du lebst. Dass es eine Chance gibt, dich zu uns zurückzuholen, und nun stehst du vor mir. Es macht mich einfach nur glücklich, auch wenn ich eingesperrt bin. Aber ich weiß, selbst wenn ich sterbe, dass es dir, meiner Zwillingsschwester, gut geht. «

Ich taumelte mehrere Schritte zurück, unfähig, zu begreifen, was sie da gerade gesagt hatte. Wäre da nicht die kühle Wand gewesen, wäre ich vermutlich gestürzt, weil meine Beine mich nicht länger tragen konnten. »Nein! Das ist unmöglich.«

»Jenna, bitte. Du spürst diese Verbindung doch auch. Hör in dich hinein, dann weißt du, dass ich die Wahrheit sage.«

»Das heißt rein gar nichts!« Wie sehr ich es hasste, dass meine Stimme so dünn und zittrig klang.

»Wenn du mir das mit der Verbindung nicht glauben möchtest, okay. Aber schau uns beide doch an. Sieh in meine Augen!«, forderte sie mich harsch auf.

Ich musste nicht näher treten, um zu wissen, dass sie recht hatte. Sie sah mir nicht nur ähnlich, sondern hatte die gleichen Augen. Jene, die mich von allen anderen abhob und Mike so atemberaubend schön fand.

Trotzdem schüttelte ich den Kopf. So sehr ich ihr auch glauben wollte, ich konnte es nicht. Denn wenn ihre Worte wahr wären, würde es alles auf den Kopf stellen. Die Wahrheit würde mir nicht nur mein Leben, sondern auch meine Existenz stehlen.

»Das … kann ich nicht glauben«, flüsterte ich und ergriff die Flucht.

Den ganzen Weg nach oben verfolgten mich Theas Schreie und ihre Bitten, bei ihr zu bleiben, doch ich lief immer weiter, als wäre Hades höchstpersönlich hinter mir her. Ich ertrug kein weiteres Wort mehr.

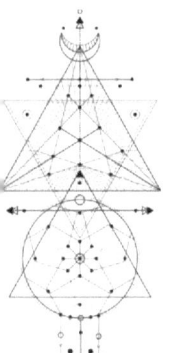

# Kapitel 7

## Thea

Fassungslos blickte ich Jenna hinterher, als sie vor mir davonlief. Gleichzeitig hinterließ ihre Reaktion einen merkwürdigen Gefühlscocktail in mir. Ich wusste nicht, ob die Hoffnung oder Angst dominierte.

Würde sie wiederkommen oder hatte ich meine Chance bei ihr verspielt? Hatte ich sie zu sehr bedrängt? War sie dem Mann loyal, der sie aufgezogen, aber von vorn bis hinten nur verarscht hatte? Dem Menschen, dem sie blind vertraute, doch der sie manipulierte?

Wir kannten uns doch gar nicht, und so konnte ich nicht einschätzen, ob ich sie einfach nur überfordert oder vergrault hatte. Himmel, sie war die verdammte Prinzessin von Highland Lake, während ich der größte Abschaum war. Als würde sie mir helfen und ihr Leben damit in Gefahr bringen. Wieso sollte sie wegen mir ihr Leben hinter sich lassen? Den Luxus gegen Nichts eintauschen?

Mal davon abgesehen, dass ich gerade ihr komplettes Leben auf den Kopf gestellt hatte. Meine Mutter hatte mir lediglich meine Schwester verschwiegen, doch Jennas Leben baute auf einer kompletten Lüge auf.

Gleichzeitig fragte ich mich, was der Senator davon hatte. Wieso entführte er Jenna und zog sie als seine eigene Tochter auf? Doch die Antwort darauf würde ich so schnell nicht erfahren.

Erschöpft lehnte ich mich an die Wand und ließ mich erneut zu Boden gleiten. Ich hatte ein Abenteuer gewollt und mir gewünscht, aus dem Dorf rauszukommen – und hier saß ich nun und fand es furchtbar. Ich sehnte mich nach der tröstenden Umarmung meiner Mutter und der Nähe meines Freundes. Vermisste die endlose Weite der Berge, in dessen Tal unser Dorf lag.

Ich hatte keine Ahnung, wie lange ich hier saß und in Heimweh und Erinnerungen schwelgte. Als jedoch die Tür aufsprang, rührte ich mich nicht. Erst als Jenna mich ansprach, erkannte ich, dass sie zurückgekommen war.

»Stimmt es, was du gesagt hast? Sind wir wirklich Schwestern?« Sie legte ihre Handflächen an das durchsichtige Material meiner Zelle.

Ich stand auf und ging auf sie zu. Verzweiflung stand in ihrem Gesicht. Sie schien geweint zu haben, denn ihre hellen Augen leuchteten rot. Mir entwich ein Seufzen, dann legte ich meine Hände ebenfalls an das Glas, direkt auf ihre. »Ja, das sind wir. Sieh uns beide doch an, Jenna. Du weißt, dass ich nicht lüge.«

Neue Tränen schimmerten in ihren Augen. Stumm wandte sie sich ab, ihre Schultern bebten. Traurig senkte ich den Blick, denn ich wollte sie nicht leiden sehen.

»Warum? Wieso hat er mich mein Leben lang belogen?«, wollte sie wissen.

»Das weiß ich nicht, aber vielleicht kennt unsere Mom die Antwort.«

Sie antwortete nicht darauf, sondern ging zur Tür. Im ersten Moment dachte ich, dass ich sie nun endgültig verloren hatte, doch sie öffnete ein verborgenes Fach neben dem Eingang, aus dem sie einen Chip holte. »Unsere Mutter lebt?«

»Ja, und du fehlst ihr sehr.«

Jenna kam näher und musterte mich einen Moment lang. Sie schien mit sich zu ringen, dann legte sie den Chip auf die dafür vorgesehene Einrichtung. Es klickte, und die Tür sprang auf.

Ich war frei.

Frei.

Freudig fiel ich Jenna in die Arme. »Danke! Einfach nur danke.«

Obwohl sie lächelte, blickte sie mich verwundert an. »Die gefangenen Träumer werden nicht getötet, Thea. Sie werden in eine Reanimationsanstalt geschickt, in der sie arbeiten müssen, damit sie ihren Teil zur Gesellschaft beitragen können.«

Dieses Mal war es an mir, verblüfft zu schauen. »Das glaubst du doch selbst nicht, oder?«

Sie zuckte mit den Schultern. »Ich hatte bisher nie einen Grund, das anzuzweifeln.«

»Wenn das stimmt, dann müssen wir sie befreien, Jenna! Einige meiner Freunde sind dort.«

Traurig sah sie mich an. »Auch wenn es herzlos klingt, aber zuerst sollten wir verschwinden, bevor mein Va–« Sie stockte. »Der Senator zurückkommt. In diese Anstalt kommt man nicht so einfach hinein. Sie ist abgesichert und wird schwer bewacht. Selbst ich komme dort nicht rein und das als angebliche Tochter des mächtigsten Mannes dieser Stadt. Also, komm jetzt. Wenn wir in Sicherheit sind, können wir uns noch immer einen Plan zurechtlegen.«

Ich nickte, denn sie hatte recht. Gleichzeitig wunderte es mich, dass sie plötzlich so gefasst wirkte. Als hätte sie eine Maske aufgelegt. »In Ordnung. Bedeutet das, du kommst mit mir mit?«

Sie zuckte mit den Schultern. »Irgendwie schon. Ich möchte wissen, wieso mein Leben auf einer Lüge basiert, und unsere Mutter scheint die einzige Person zu sein, die Antworten auf diese Frage hat. Ich habe also keine andere Wahl.«

Für einen Moment musterte ich sie aufmerksam. Sie wirkte einerseits entschlossen, andererseits unschlüssig, beinah gebrochen. Es tat mir furchtbar leid, ihr den Boden unter den Füßen weggezogen zu haben. Aber es war nicht anders gegangen.

»Ich verspreche dir, dich zu Mom zu bringen, okay? Das ist das Mindeste, das ich für dich tun kann.«

Sie lächelte dankbar, als wir die Treppe nach oben nahmen und damit den ersten Schritt in Richtung Freiheit wagten.

Oben angekommen, hielten wir inne. Vorsichtig sah sich Jenna um, bevor sie mir andeutete, dass die Luft rein war. Als wir nach dem Türknauf griffen, ertönte hinter uns ein Räuspern. Erschrocken wandten wir uns um.

»Jeremiah!«, entfuhr es Jenna.

»Was wird das hier, wenn es fertig ist?« Sein Blick war undurchschaubar, seine Stimme kalt wie Eis.

Sofort beschleunigte sich meine Atmung. Mein Herz raste. Nein, ich wollte nicht wieder in diese Zelle zurück. Nie wieder. Mein Blick glitt durch den Raum und suchte nach etwas, mit dem wir uns wehren konnten. Doch ich fand nichts. Die herumstehenden Vasen waren vermutlich zu schwer, und die Bilder waren nutzlos.

»Jeremiah … ich … «, stammelte meine Schwester und schien genauso überfordert wie ich. Ihr Gesicht hatte rote Flecken bekommen, und sie strich sich nervös durch die Haare.

Der Butler trat näher. Zu gut erinnerte ich mich an seinen festen Griff. Er blieb vor mir stehen und musterte mich kurz, dann schlich sich ein Lächeln auf seine Lippen. Machte es ihm Spaß, Menschen zu quälen?

»Ach, Mädchen, du weißt doch, dass dein Vater unzählige Sicherheitsmaßnahmen eingerichtet hat. Wenn ihr einfach die Tür öffnet, löst ihr den Alarm aus. Mit Glück hättet ihr es bis zum Tor geschafft.«

Perplex starrte ich den Mann in seinem Pinguinfrack an, der an uns vorbei und zur Tür ging. Wir beobachteten, wie er eine Klappe an der Wand öffnete. Bedeutete das, dass er uns helfen wollte? Oder gehörte das zu seiner sadistischen Art, uns unsere Fehler genau aufzuzeigen? Was geschah hier gerade?

»Du musst mir nichts erklären, aber bist du dir sicher, dass du alles zurücklassen möchtest?«, fragte er meine Schwester und musterte sie eindringlich. Sie schienen sich besser zu kennen, als ich gedacht hatte.

»Ich weiß es nicht.«

»Wenn du es nicht weißt, wer dann?«, erwiderte er nüchtern.

Ich wollte mich darüber freuen, dass er uns half, doch ich zögerte. War er nicht die Marionette des Senators? »Wo ist hier der Haken?«

Jeremiah wandte sich mir zu. »Wieso? Darf ich einem Menschen, der mir wichtig ist, nicht helfen?«

»Ach, Jeremiah … danke.« Jenna ging auf den Mann zu und umarmte ihn.

Die Mimik unseres Gegenübers wurde weicher. »Nicht dafür. Und jetzt geht. Ihr habt fünf Minuten, um das Grundstück zu verlassen. Dann schaltet sich die Alarmanlage wieder ein.«

Widerwillig ließ Jenna ihn los. »Du wirst mir fehlen.«

Jeremiah antwortete nicht darauf, sondern drängte uns dazu, endlich zu gehen. Er begann, die kleinen Hebel umzulegen, und öffnete anschließend die Tür. Dann liefen wir los Richtung Freiheit.

91

# KAPITEL 8

## JENNA

Ich hatte es tatsächlich getan – ich hatte das Leben verraten, das ich eigentlich immer geliebt hatte. Hatte es für etwas Ungewisses aufgegeben, und ich fragte mich, wieso. Vielleicht weil ich diese Lüge nicht mehr weiterleben konnte. Weil ich nach Antworten suchte, und die würde ich in der Stadt nicht bekommen.

Mike hätte jetzt wieder gesagt, dass ich zu viel nachdachte. Dass ich zu naiv und gutgläubig war. Er hätte mir vor Augen geführt, wie mich Thea manipulierte. Obwohl die Wahrheit ihrer Worte nur allzu deutlich zu sehen war. Dass wir Geschwister waren, ließ sich nicht leugnen.

»Komm, Jenna!«, holte mich meine Schwester ins Hier und Jetzt zurück.

Wir hatten es eilig, mussten so schnell wie möglich verschwinden, bevor wir den Alarm auslösten. Nicht auszudenken, was mein Vater mit uns anstellen würde, sollte er uns erwischen.

Ich atmete kurz durch, dann lief ich los. Griff nach Theas Hand und führte sie zielsicher über unser Grundstück, das ich wie meine Westentasche kannte.

Am Rande meines Blickfeldes nahm ich wahr, wie hinter uns nach und nach die Lichter angingen, was bedeutete, dass sich die Alarmanlage bereits wieder einschaltete. Wenn der letzte Scheinwerfer auf dem Grundstück leuchtete, wäre das System wieder scharf und würde jede noch so geringe Bewegung wahrnehmen und den Alarm auslösen. Das bedeutete für uns, dass wir uns beeilen mussten, sonst würde unsere Flucht scheitern, bevor sie überhaupt begonnen hatte. Deswegen beschleunigte ich meine Schritte weiterhin. Dabei vergaß ich, dass Thea hier fremd war. Denn auch wenn ich der Wurzel der alten Eiche auswich, so brachte sie meine Schwester zum Stolpern.

Sie schlug hart auf dem Boden auf. Fast glaubte ich, den Aufschlag selbst zu spüren, doch das war unmöglich. Die Lichter kamen derweil immer näher. Schnell packte ich Thea am Arm und zerrte sie zurück auf die Beine. Sie taumelte und schien nach Luft zu ringen, doch ich zog sie unerbittlich hinter mir her.

Als wir das Tor erreichten, hatten die Lichter uns eingeholt, was bedeutete, dass nur noch ein Scheinwerfer fehlte, bis die Alarmanlage scharf geschaltet war. Ich spürte, wie die Angst mich lähmen wollte. Wie sie meinen Herzschlag und meine Atmung beschleunigte.

Alles in mir schrie danach, aufzugeben, doch als ich Thea ansah, erwachte so was wie Kampfgeist in mir. Ich zwang mich, weiterzulaufen, und zog meine Schwester, die sich mittlerweile gefasst hatte, mit mir.

Gerade als wir das Tor erreichten und es aufstießen, ging die letzte Lampe an. Schnell stieß ich Thea durch die Öffnung und folgte ihr dann.

»Hat es geklappt?«, fragte mich meine Schwester, die ihren Arm nach Blessuren absuchte.

»Ich weiß es nicht. Deswegen sollten wir uns beeilen. Bist du okay?«, fragte ich sie.

»Ein paar Schürfwunden, aber nichts, das mich umbringt. Also, lass uns losgehen. Ich bin froh, wenn ich diese gottverdammte Stadt endlich hinter mir lassen kann.«

Ein leichtes Lächeln schlich sich auf meine Lippen. So schlimm war die Stadt gar nicht, doch das würde ich Thea nicht sagen. Sie hatte nur die negativen Dinge erlebt. Den Luxus und die Vorteile kannte sie noch nicht. Trotzdem konnte ich sie irgendwie verstehen.

Gemeinsam, wenn auch schweigend, gingen wir die Straßen entlang – zügig und mit einem klaren Ziel vor Augen. Dadurch fielen wir nicht auf und gelangten ohne Zwischenfall zum Stadttor.

Als ich darauf zuging, hielt Thea mich jedoch zurück. »Ich komme da nicht durch, ohne aufzufallen.«

Im ersten Moment musterte ich sie irritiert, bis ich verstand, was sie meinte. »Du bist nicht gechipt.«

»Hast du eine Idee, wie wir an so ein Ding kommen?«

Mühsam unterdrückte ich ein Schmunzeln. »So leicht ist das nicht. Der Chip wird dir als Baby eingesetzt, und er verwebt sich mit deinen Zellen. Dein Körper würde ihn abstoßen, wenn wir ihn jetzt einsetzen würden. Das wäre lebensgefährlich, weil dann Stoffe freigesetzt werden, die einen vergiften.«

»Okay, dann fällt diese Option wohl weg. Fällt dir etwas Anderes ein? Du kennst dich hier immerhin besser aus als ich.« Fahrig strich sie sich die Haare zurück.

Momentan wusste ich nicht, wie wir das Problem lösen sollten, weswegen ich mich umsah. Unruhe trieb mich an, gepaart mit der Sorge, dass wir doch einen stummen Alarm ausgelöst hatten. Da ich aber keine Wachen ausmachte, hoffte ich auf unser Glück. Dennoch mussten wir handeln, durften keine weitere Zeit verschwenden.

Mein Blick blieb an dem einzelnen Wachposten am Tor hängen. Um diese Uhrzeit verließen nicht viele Menschen die Stadt. Das könnte unsere Chance sein und vermutlich die einzige Möglichkeit, wenn wir nicht über die riesige Mauer klettern wollten. »Ich lenke die Wache ab, dann kannst du dich rausschleichen. Wenn er mich scannt, passiert schließlich nichts.«

Thea sah wenig begeistert aus, seufzte jedoch ergeben. »Was Besseres fällt mir auch nicht ein.«

»Gut, also steht der Plan. Wir treffen uns an den Ausläufern des Waldes, okay?«

Thea nickte, dann versteckte sie sich im Schatten, während ich zum Stadttor ging. Der Wächter entdeckte mich sofort und beobachtete jeden meiner Schritte. Ich atmete tief durch, dann setzte ich ein Lächeln auf, während ich mir panisch eine Ausrede zurechtlegte.

»Miss, um diese Uhrzeit möchten Sie doch nicht die Stadt verlassen?«, fragte der Mann mich, als ich das Tor erreichte.

»Doch, genau das habe ich vor.« Meine Stimme klang bestimmend, sodass der Wächter mich verwundert musterte. Ich trat an seine Seite und betrachtete das Gerät, mit dem er die Chips auslas. Gleichzeitig zwang ich ihn so, mit dem Rücken zum Ausgang der Stadt zu stehen. »Der Senator schickt mich, damit ich mir Ihr Gerät anschaue. Ich soll mir alle Gerätschaften und Tore genau ansehen.«

»Bitte, gehen Sie Ihrer Arbeit nach.« Er reichte mir das Auslesegerät.

Ich setzte eine ernste Miene auf und betrachtete die einzelnen Knöpfe sowie die feine Verarbeitung. Es war technisch gesehen auf einem sehr guten Stand, auch wenn ich von den Meetings meines Vaters wusste, dass es neuere Modelle gab. Nach kurzer Zeit gab ich ihm das Ding zurück.

»Sind Sie zufrieden, Miss Steele? Oder möchten Sie mir jetzt die Wahrheit sagen?«

Mir entwich ein leises Seufzen. War ja klar, dass man mich erkennen würde. Also musste ich mir schnell etwas Glaubwürdiges einfallen lassen. Nur was? Schweiß trat mir auf die Stirn. »Nun ja … Mein Vater sprach von einem neueren Gerät, und ich wollte es mir ansehen, damit ich bei der nächsten Sitzung weiß, wovon gesprochen wird. Verstehen Sie das?«

Ein Lächeln legte sich auf seine Lippen. »Ja, ich verstehe das. Sie sind sehr gewissenhaft, Miss Steele.«

»Ich gehe jetzt trotzdem noch was spazieren. Im Mondlicht soll am Waldrand eine wunderschöne Blume gedeihen. Die möchte ich mir ansehen.«

Noch immer sah der Nachtwächter mir freundlich entgegen. »Ich wünsche Ihnen einen angenehmen Spaziergang. Passen Sie auf sich auf, Miss Steele.«

Ich ging an dem Mann vorbei und ließ die Stadt hinter mir. Wehmut legte sich über mich, denn ich wusste, dass ich meine Heimat so schnell nicht mehr betreten würde. Dass ich mein jetziges Leben für immer hinter mir ließ.

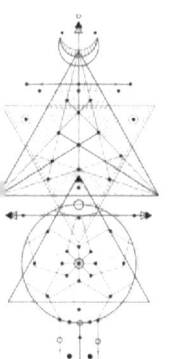

# KAPITEL 9

## THEA

Als ich den Waldrand erreichte, umhüllte mich die Dunkelheit wie ein Schleier. Unbehagen beschlich mich und ließ mich frösteln. Das Dickicht hielt einige Fallen bereit - von hervorstehenden Wurzeln über wilde Tiere, wobei ich letzteren nicht begegnen wollte.

Ungeduldig trat ich vom einen Fuß auf den anderen, gespannt, wo Jenna blieb. Plötzlich raschelte es neben mir, und eine zarte Gestalt tauchte auf. Ihr entwich ein leiser Schrei, sodass ich ihr meine Hand auf den Mund presste.

»Ich bin es nur«, flüsterte ich genervt und ließ sie wieder los.

»Musst du mich so erschrecken?«, entwich es ihr. Dass ihr die Situation nicht behagte, war offensichtlich, doch sie hatte sich nun einmal gegen ihr bisheriges Leben entschieden. Da würde sie mit den Unannehmlichkeiten einer Flucht zurechtkommen müssen.

»Wir müssen so viel Abstand wie möglich zwischen uns und diese Stadt bringen, damit uns niemand finden kann.« Um meine Aussage zu verdeutlichen, begann ich, mir meinen Weg durch den dunklen Wald zu suchen.

»Ist es nicht gefährlich, abseits der Wege zu laufen? Uns könnten wilde Tiere anfallen«, maulte sie, wodurch sich zeigte, wie verwöhnt sie war. Mich beschlich die Befürchtung, dass es ein Fehler gewesen war, sie aus dem Luxus der Stadt zu befreien, denn unser Dorf würde ihr nicht viel bieten können. Jedenfalls nicht die Standards, die sie gewöhnt war.

»Wenn wir auf den Wegen gehen, können wir auch gleich zurückgehen. Schließlich wollen wir nicht gefunden werden.«

Sie schloss zu mir auf und klammerte sich an mir fest. Zuerst wollte ich mich von ihr losreißen, weil der unebene Weg schon schwer genug zu passieren war, sodass ich so viel Bewegungsfreiheit wie möglich benötigte. Doch als das Mondlicht ihren ängstlichen Gesichtsausdruck offenbarte, hielt ich mich zurück. Ich hatte ihr diese Situation eingebrockt, jetzt musste ich sie dabei auch unterstützen.

Schweigend bahnten wir uns unseren Weg durch das Unterholz. Mehrfach wichen wir in letzter Sekunde Bäumen aus oder stolperten über hervorstehende Wurzeln. Mit jedem weiteren Schritt schien Jenna langsamer zu werden. Beinah meinte ich sogar, dass sie humpelte. Auch meine Füße schmerzten, denn ich trug noch immer das Abendkleid mit den feinen Schuhen, die wirklich nicht für eine Wanderaktion durch das Dickicht geeignet waren.

»Lass uns hier ausruhen. Wir sind erschöpft, und meine Füße pochen wie verrückt. Dazu ist es viel zu dunkel, und wir tragen eindeutig die falsche Kleidung. Deswegen ist es sicherer, hierzubleiben. Es bringt nichts, wenn wir uns verletzen.« Dabei ließ ich mich auf den Boden gleiten und seufzte erleichtert.

Ich hatte erwartet, dass Jenna es mir gleichtun würde, doch sie sah mich nur verdutzt an und schien sich zu zieren. »Ich … ich bin nicht müde.«

Mir war bewusst, dass der Wald kein Luxushotel war, doch was blieb uns anderes übrig? Da ich zu müde und erschöpft von meiner Gefangenschaft war, zuckte ich mit den Schultern. »Gut, dann kannst du die erste Wache übernehmen. Trotzdem solltest du dich ausruhen.«

»Hier? Auf dem Boden? Das kann nicht gesund sein«, jammerte Jenna, doch ich ignorierte ihr Luxusproblem. »Thea, komm schon!«

Ich seufzte. »Was soll ich denn machen, Jenna? Wir sind mitten in einem Wald. Auf der Flucht. Da müssen wir mit dem auskommen, was wir haben. Tut mir leid.«

Fahrig strich ich mir durch die Haare und blinzelte, doch meine Lider waren einfach zu schwer. Auch wenn ich dagegen ankämpfte, so empfing ich den Schlaf dankend.

Ein gellender Schrei ließ mich aus meinem Schlaf hochschrecken. Desorientiert blickte ich mich um, bis mir bewusst wurde, dass er von Jenna ausging. Plötzlich war ich hellwach, weil ich glaubte, dass sie angegriffen wurde. Doch sie lag zusammengerollt auf dem Boden und schien zu schlafen, geplagt von einem Albtraum.

Ich rüttelte an ihr, bis sie ihre Augen aufschlug. »Hey, Jenna, wach auf! Alles okay mit dir?«

Sie blickte sich ängstlich um, schien nicht zu begreifen, was gerade geschehen war. »Wo … wo ist das Monster? Es war direkt vor mir. Ich war am Strand, und der Kellner … Der hat sich verwandelt. Aber er ist weg. Ich bin wieder hier im Wald …«

Wie von allen Geistern verlassen blickte ich Jenna an. Was faselte sie für ein Zeug? »Ich verstehe nicht, was du meinst. Du scheinst eine ausgeprägte Fantasie zu haben.«

Nun war es Jenna, die irritiert war. »Wie meinst du das?«

»Na ja, dein Traum. Strand, Kellner und Monster. Das klingt aufregend.«

Mit weit aufgerissenen Augen sah sie mich an. »Was erzählst du da für einen Mist? Ich kann nicht träumen.«

Irgendwie nervte es mich, dass wir gefühlt alles erst einmal diskutieren mussten. Dass sie prinzipiell alles anzweifelte, was ich ihr sagte oder erklärte. Zumal es ja mehr als offensichtlich war, dass sie eine Träumerin und keine Städterin war. »Natürlich kannst du träumen, du Nuss. Du bist meine Zwillingsschwester. Unsere Familie ist immun gegen das veränderte Gen.«

Vehement schüttelte sie den Kopf. »Ich habe noch nie zuvor ohne eine Traummaschine geträumt.«

Mir entwich ein Seufzen. »Und ich habe gedacht, du hättest den anderen die ganze Zeit etwas vorgespielt«

»Wie kommst du da drauf? Wenn ich früher hätte träumen können, wäre mir vorher aufgefallen, dass etwas nicht stimmt. Aber so war es nicht. Ich habe das ganz normale Leben der Städter geführt. Mit wenig Schlaf und ohne Träume und das meine ganzen zwanzig Jahre auf dieser Erde.«

Ich blieb ihr eine Antwort schuldig und zuckte ahnungslos mit den Schultern. Die ganze Situation war verwirrend. Stattdessen sah ich mich um und versuchte, mich zu orientieren. Es dämmerte bereits, sodass wir unseren Weg bald würden fortsetzen können. Das kam mir gelegen, denn ich wollte nicht von den Städtern eingeholt werden.

Ich erhob mich vom Boden, glättete das feine Kleid und befreite es von Moos und Schmutz. Meine Schwester dagegen blieb sitzen und schien noch immer orientierungslos.

»Hat man dir vielleicht Medikamente oder so gegeben? Vielleicht haben sie deine Träume so unterdrückt? Wenn ich ehrlich bin, habe ich keine Ahnung, was alles möglich ist.« In der Stadt kannte ich mich nicht aus. Das war Jennas Spezialgebiet.

»Nicht, dass ich wüsste … « Jenna stockte. »Obwohl … Ich leide an einer Konzentrationsschwäche. Mir fällt es schwer, mich auf Dinge zu fokussieren, sodass ich mich oft in meinen Gedanken verliere. Dafür habe ich ein Medikament bekommen, das ich jeden Tag einnehmen muss.«

»Meinst du mit Konzentrationsschwäche, dass du dir Dinge ausmalst, die du gern hättest? Wünsche und Träume, die du hegst?« Als sie nickte, seufzte ich. »Und mit dem Medikament ist das kontrollierbarer geworden?«

»Warum fragst du mich das? Aber ja, dadurch ist meine Schwäche angenehmer geworden.«

»Angenehmer? Jenna, ich bitte dich. Vermutlich haben sie dich damit kontrolliert. Wann hast du es das letzte Mal genommen?« In dem Moment wirkte sie so naiv, dass ich fast rasend vor Wut wurde. Nicht wegen ihr, sondern wegen den Städtern.

Sie überlegte einen Moment. »Ich habe die Tabletten jetzt zwei Tage nicht genommen. Nach der Traumparty habe ich sie vergessen, und vor der Flucht habe ich nicht daran gedacht.«

»Das ist auch gut so. Du musst dich nicht für dein Dasein schämen. Sei stolz, eine Träumerin zu sein.« Zorn rauschte durch meine Adern. »Eine Konzentrationsschwäche, dass ich nicht lache! Ich schwöre dir, wenn ich den Senator jemals wiedersehe, dann kann er sich warm anziehen.«

Trauer durchzog Jennas Miene. »Weißt du, er ist eigentlich gar nicht so übel. Er hat mich stets gut behandelt. Ich habe keine Sekunde lang daran gezweifelt, dass er mein Vater ist.«

»Er ist wie Hades in Form eines Menschen, Jenna! Das Böse in Person. Ich kann mir kaum vorstellen, dass er eine positive Seite hat.«

Sie schüttelte den Kopf. »Dieser Mann hat mich liebevoll großgezogen. Ich habe zu ihm aufgesehen. Er ist all die Jahre meine Familie gewesen. Tut mir leid, dass ich ihn nicht als den Bösen ansehen kann.«

Ich seufzte resigniert. »Es fällt mir schwer, das zu glauben. Aber wenn du so etwas über meine Mutter sagen würdest, würde ich wahrscheinlich auch trotzdem zu ihr halten. Deswegen werden wir bei diesem Thema nicht auf einen grünen Zweig kommen, und auf einen unnötigen Streit hab ich keine Lust. Also, Frieden?«

»In Ordnung.« Ein leichtes Lächeln legte sich auf ihre Züge, dann wandte ich mich ab und ging mit großen Schritten voran. Stumm liefen wir nebeneinanderher, beide in unseren eigenen Gedanken gefangen. Erst als wir den Bauernhof ausmachten, auf dem ich auf dem Hinweg übernachtet hatte, hielt ich kurz inne. Hier würden wir für einen Moment rasten können.

Ein Räuspern hinter uns ließ uns erschrocken herumfahren. Ein heißer Stich fuhr durch meine Wirbelsäule, ließ sie kribbeln und drohte, mich vor Angst erstarren zu lassen. Hatten die Städter uns bereits entdeckt?

Doch dann erkannte ich die Bäuerin des Hofes. »Thea! Dich habe ich ja schon lange nicht mehr gesehen. Was treibt dich hierher?«

»Maria! Es ist wirklich eine Ewigkeit her. Meine Mutter hat mich nicht mehr gehen lassen, weil sie glaubt, dass ich nur Unfug im Kopf habe.«

Die Bäuerin lachte. »Wenn ich die Situation richtig einschätze, dann hat sie damit sogar recht.«

»Sehr lustig, Maria«, gab ich zurück.

»Stellst du mir deine Begleitung nun endlich vor?« Auffordernd sah mich Maria an.

»Das ist Jenna, meine verlorene Schwester.«

Für einen Moment schwieg Maria. Sie musterte Jenna intensiv, schien sie regelrecht zu prüfen. »Du bist Senator Steeles Tochter, richtig?«

»Tochter stimmt wohl nicht wirklich«, murmelte Jenna verbittert.

Maria hob ihre Augenbrauen, wandte sich dann aber mir zu. »Hast du sie etwa entführt? Ist dir klar, dass du das ganze Dorf damit in Schwierigkeiten bringst? Nein, du bringst alle Träumer und ihre Sympathisanten in Gefahr, Mädchen.«

Mir entwich ein Seufzen. »Ich habe sie nicht entführt, sie ist freiwillig mitgekommen. Dass mein Handeln Folgen hat, ist mir durchaus bewusst, genauso, dass es egoistisch war. Aber ich konnte den traurigen Anblick meiner Mutter nicht mehr ertragen. Die stummen Vorwürfe, die sie sich macht. Genauso wie ich diese Leere in mir nicht mehr ertragen habe. Ich konnte einfach nicht anders.«

Maria schenkte uns ein warmes Lächeln. »Vor mir brauchst du dich nicht zu rechtfertigen. Ich bin schließlich nicht in einer Position, in der ich urteilen darf. Meine Aufgabe ist es, Träumern auf der Durchreise behilflich zu sein. Deswegen sagt mir, was ich für euch tun kann.«

»Hast du andere Kleidung und etwas zu essen für uns? Ich möchte nicht unhöflich sein, aber wir haben es eilig.«

»Das kann ich mir denken. Also, kommt mit. Ich habe alles, was ihr benötigt.« Sie ging an uns vorbei und hinein in das gemütliche Bauernhaus. Wir folgten ihr durch den schmalen, vollgestopften Flur in eine gemütliche Wohnküche, in der wir uns an den Tisch setzten. Sie stellte Brot und Aufstrich vor uns ab sowie eine Flasche Orangensaft und Wasser. »Bedient euch. Ich bin gleich wieder da.«

Dankbar machten wir uns über das Essen her. Wie lange ich nichts mehr Richtiges gegessen hatte, wusste ich nicht, doch es fühlte sich gut an, den leeren Magen endlich zu füllen. Mir entwich ein zufriedenes Seufzen.

»Woher kennst du sie? Sie ist eine Registrierte«, fragte mich plötzlich meine Schwester.

Die Frage verwirrte mich. War sie wirklich so naiv und glaubte stets an Treue und Loyalität in Menschen? »Du denkst doch nicht, dass alle Registrierten der Regierung treu ergeben sind, oder? Wir können uns zwar größtenteils selbst versorgen, aber wir benötigen auch Dinge aus der Stadt. Marias Hof ist eines unserer sicheren Häuser, in denen wir immer Zuflucht suchen können, wenn es mal eng wird.«

Meine Schwester antwortete nicht. Viel mehr konnte ich sehen, wie ihr Gehirn auf Hochtouren arbeitete. Doch wirklich helfen konnte ich ihr nicht. Wie auch? Ich kannte sie ja kaum. Umso mehr freute es mich, dass sie sich dafür entschieden hatte, ihre Welt zu verlassen und mich zu begleiten. Ich war zuversichtlich, dass sie sich schnell bei uns einleben würde.

Nachdem Maria uns frische Kleidung und bequemere Schuhe gebracht hatte, verabschiedeten wir uns von ihr und setzten unseren Weg fort. Wir hatten noch einen Marsch von etwa sechs Stunden vor uns und wussten nicht, ob die Städter uns folgten.

Unser Weg führte uns immer weiter in Richtung des Gebirges. Es war ein kleiner Umweg, doch ich wollte meiner Schwester einen ersten Eindruck auf das Dorf gewähren. »Schau, dort unten! Das ist das Dorf.«

Im ersten Moment schien sie irritiert. Klar, das kleine Dorf, das von Holzpalisaden umgeben war, wirkte schäbig und hatte nichts von ihrem Luxus aus der Stadt. Doch es war nun ihr Zuhause.

»Es ist … « Mehr brachte sie nicht heraus. Das Entsetzen stand ihr mehr als deutlich ins Gesicht geschrieben.

Gut, was hatte ich erwartet? Jenna galt als die Prinzessin von Highland Lake. Sie hatte alles besessen, was das Städter Herz begehrte. Wie hatte ich also erwarten können, dass sie das Dorf wenigstens ein kleines bisschen imposant finden würde?

»Ich weiß, es ist nicht ganz das, was du kennst, aber es ist okay. Bist du bereit?« Ich zwang mich zu einem Lächeln, um zu überspielen, dass mich ihre kühle Reaktion verletzte.

Sie nickte, dann ging ich voran und nahm den gewundenen Pfad hinab ins Tal.

Am Tor begrüßte uns Lukas mit einem erleichterten Strahlen, das seine feinen Gesichtszüge aufhellte. Er fuhr sich durch seine wirren, braunen Haare, ehe er mich in seine Arme schloss. »Thea! Schön, dass du wieder da bist. Aber in deiner Haut möchte ich jetzt nicht stecken. Deine Mutter wird dich umbringen.«

Ich verzog mein Gesicht. »Nein, das wird sie nicht. Warum auch? Sie wird toben wie ein Hurrikan, aber am Ende eines jeden

Sturms strahlt wieder die Sonne, nicht wahr? Außerdem habe ich jemanden mitgebracht.«

Da trat Lukas einen Schritt zurück und musterte meine Schwester aufmerksam. Im ersten Moment wirkte er erstaunt, doch dann zeichnete Misstrauen seine Züge. »Du hast sie tatsächlich gefunden. Das freut mich für dich.«

»Danke. Dürfen wir jetzt gehen, damit ich mir meinen Rüffel abholen kann?«

Mit einer ausholenden Bewegung ließ Lukas uns passieren. Während wir durch die mir vertrauten Gassen gingen, bemerkte ich die Skepsis der Dorfbewohner, die sie meiner Schwester entgegen brachten, mehr als deutlich. Die Kinder, die normalerweise fröhlich über die Wege tollten, versteckten sich hinter den Beinen ihrer Mütter oder flohen in ihre Häuser.

Als sich Jonas in unseren Weg stellte, atmete ich erleichtert auf. Ich konnte mich nicht mehr halten und lief auf ihn zu. Fest schloss ich ihn in meine Arme und presste mich an ihn. Wie sehr er mir gefehlt hatte.

»Thea, was ist nur in dich gefahren? Wie konntest du so etwas Verrücktes machen?«, murmelte er. In seiner Stimme schwang mehr Freude als Verärgerung mit.

Langsam löste ich mich von ihm, obwohl ich ihn am liebsten nie wieder losgelassen hätte. »Jonas, ich habe sie gefunden.«

Sein Blick fand Jenna, und er musterte sie kurz. Als er wieder zu mir sah, hatte die Sorge und die darauf basierende Wut Oberhand genommen. »Das hast du. Aber das ändert nichts daran, dass dein Handeln falsch war. Wir haben uns Sorgen gemacht, Thea.«

Bedrückt senkte ich den Kopf. »Es tut mir leid.«

»Das sollte es auch.« Er strich sanft meinen Wangenknochen entlang und sah mich nun wieder voller Liebe an. »Ach, Thea, ich bin einfach nur froh, dass es dir gut geht. Jetzt geh zu deiner Mutter. Sie ist beinah durchgedreht, als sie bemerkt hat, dass du verschwunden bist. Wir reden später noch, okay?«

Ich nickte, dann griff ich nach Jennas Hand und zog sie durch die Gassen bis zu unserem Haus. Kurz atmete ich tief durch, dann schob ich den Vorhang beiseite und trat mit Jenna ein. Gemütliches Chaos begrüßte uns, gepaart mit dem Geruch nach köstlichem Essen. Mein Magen knurrte laut, als würde er mir mitteilen wollen, wie sehr er Moms essen vermisst hatte. Im selben Moment wandte sie sich um. Zorn und Erleichterung standen in ihrem Gesicht geschrieben, als sie uns bemerkte. Eilig durchschritt sie den Raum und gab mir eine schallende Ohrfeige, bevor sie mich fest in ihre Arme schloss. »Tu mir das nie wieder an, Thea!«

»Versprochen«, murmelte ich. Am liebsten hätte ich mir über die schmerzende Wange gerieben, doch ich hatte sie verdient. Deswegen kostete ich das feine Ziehen bis zum Schluss aus und ertrug meine Bestrafung still.

Als wir uns voneinander lösten, deutete ich auf Jenna. »Mom, das ist Jenna, meine Schwester. Ich habe sie tatsächlich gefunden.«

Unglaube stand in ihren Augen. Zunächst schüttelte sie den Kopf, dann zog sie Jenna in ihre Arme, während sie leise schluchzte und ihr Tränen über die Wangen liefen.

# KAPITEL 10

## JENNA

Zum ersten Mal seit dem Betreten des Dorfes fühlte ich mich willkommen. Die hasserfüllten und misstrauischen Blicke der Dorfbewohner hatten sich eingebrannt und wehgetan. Sie hatten mich anzweifeln lassen, das Richtige getan zu haben. Doch in der Umarmung unserer Mutter fiel die gesamte Anspannung ab.

»O Jenna, ich bin so froh, dass du wieder da bist.« Sie löste sich von mir und trat einen Schritt zurück. Aufmerksam und mit Tränen in den Augen musterte sie mich. Dabei lag ein ungläubiges, wenn auch warmes Lächeln auf ihrem Gesicht. Dann wandte sie sich wieder Thea zu. »Du hast keine Ahnung, was du angerichtet hast.«

»Wenn du einmal mit mir sprechen und nicht aus allem ein Geheimnis machen würdest, dann würde ich nicht planlos durch die Gegend irren.« Wut zierte Theas Züge.

Mir war die Situation unangenehm, weswegen ich etwas Abstand zwischen uns brachte. Am liebsten wäre ich im Erdboden versunken.

»Gut«, begann unsere Mutter und atmete tief durch, als würde sie sich damit Mut zusprechen. »Dann wird es Zeit für die Wahrheit. Kommt her, nehmt Platz, denn es wird eine etwas längere Geschichte werden.«

Verdutzt blickten wir unsere Mutter an, wagten es aber nicht, irgendetwas zu sagen. Man konnte die

Spannung regelrecht fühlen, die in der Luft hing. Was auch immer es war, was sie uns mitteilen wollte, es schien sehr wichtig zu sein. Wir setzten uns auf die Stühle ihr gegenüber und sahen sie abwartend an. In ihrem Blick konnte ich Trauer und Wehmut erkennen.

Sie atmete erneut tief durch. »Jenna, Liebes, mir ist wichtig, dass du weißt, dass ich mich sehr freue, dich endlich wieder bei mir zu wissen. Ich liebe euch beide, auch wenn ich dich nicht habe aufwachsen sehen. Trotzdem wäre es besser gewesen, wenn ihr euch nie wieder getroffen hättet.«

Ihre Worte versetzten mir einen harten Stich. War es doch ein Fehler gewesen, die Stadt zu verlassen? Für ein Leben, in dem ich nicht willkommen war? Ich spürte, wie Tränen in meinen Augen brannten, doch ich rang sie zurück.

Thea stemmte empört die Hände in die Hüften. »Mom, was soll das?«

Unsere Mutter seufzte leise. »Das kam jetzt falsch rüber. Wisst ihr, das alles hat mit eurer Herkunft zu tun. Es geht um euren Vater.«

»Um unseren Vater?«, begehrte Thea auf. »All die Jahre hast du eisern über ihn geschwiegen, und kaum taucht Jenna auf, rückst du mit der Sprache raus? Warum ausgerechnet jetzt?«

Erneut wünschte ich mir, einfach verschwinden zu können. Wie gern würde ich rückgängig machen, Thea überhaupt getroffen zu haben, denn sie hatte alles auf den Kopf gestellt. Ich musste gerade nicht nur damit klarkommen, dass mein Leben auf einer Lüge basierte, sondern anscheinend auch noch mit äußerst brisanten Details ausgeschmückt war. Unruhig rutschte ich auf meinem Stuhl herum.

»Es tut mir leid, Thea. Er hatte mir das Versprechen abgerungen, so lange zu schweigen, bis ihr wieder miteinander vereint seid.«

Hoffnung trat auf Theas Gesicht. »Bedeutet das, dass er lebt? Dass ich ihn treffen kann?«

»Lass mich bitte von vorn anfangen. Gib mir einen Moment, um auszuholen, dann wirst du alles verstehen.« Sie klang ungehalten und sah meine Schwester streng an. Die nickte, sodass unsere Mutter zu erzählen begann. »Wie ihr wisst, haben die Götter unsere Erde nach dem dritten Weltkrieg wieder aufgebaut.«

Mir entwich ein Schnauben. »Das sind doch Ammenmärchen.«

»Die Götter wollten, dass man sie als Geschichten ansieht, Liebes. Es gibt sie wirklich, auch wenn das unglaublich klingt.« Unsere Mutter klang mehr als von alledem überzeugt.

»Klar, und unser Vater ist angeblich einer von ihnen? Mom, ich bitte dich. Götter gibt es nicht.« Thea warf ihre Hände in die Höhe und schien verärgert.

»Ich weiß, dass es schwer ist, zu glauben, aber es ist wirklich so. Euer Vater ist Morpheus, der Gott der Träume, Sohn von Hypnos und Herrscher über das Reich der Träume.«

»Das ist tatsächlich schwer zu glauben«, gab ich zurück.

Thea dagegen schnaubte belustigt. »Vor allem weil es kaum noch Träumer gibt. Unser Vater wäre dann also der Herrscher über ein Reich, das kaum noch jemand braucht.«

Ich konnte Theas Ärger verstehen. »Es würde auch bedeuten, dass wir Halbgöttinnen wären, Thea. Fast könnte ich darüber lachen, denn wenn du nicht aufgetaucht wärst, würde ich mich noch immer für ein Stadtkind halten. Dann wäre der Senator von

Highland Lake noch immer mein Vater, und ich würde weiterhin meine Lüge leben.«

Unsere Mutter schien im ersten Moment irritiert, dann lächelte sie. »Und was ist mit euren Augen? Ist euch aufgefallen, dass sie blasser wirken als die der anderen?«

Thea und ich wechselten fragende Blicke. »Das kann vieles bedeuten, Mom. Mir reicht das nicht als Beweis.«

Dankbar sah ich meine Schwester an, bevor ich wieder zu unserer Mutter sah.

Sie strich sich fahrig durch die Haare, dann richtete sich ihr Blick auf mich. »Gut, dann sagt mir, warum sich der Senator um ein einfaches Träumerkind gekümmert und es großgezogen hat? Er hätte sich wohl kaum die Mühe gemacht, wenn nicht mehr hinter eurer Herkunft stecken würde, oder?«

»Ich weiß es nicht.« Tränen traten mir in die Augen, die ich nicht mehr zurückhalten konnte. Mir bereitete die Situation schon genug Unbehagen. Es hatte mich zutiefst erschüttert, zu erfahren, dass ich nicht die war, die ich zu sein geglaubt hatte. Und jetzt noch das …

»Selbst, wenn Morpheus unser Vater wäre, warum sagst du uns das jetzt? Warum war er nie hier und hat sich für uns interessiert? Wieso hat er uns allein gelassen, Mom?« Theas Stimme überschlug sich fast. Gleichzeitig riss sie mich aus meinen Grübeleien.

»Weil er es nicht konnte«, flüsterte unsere Mutter traurig.

»Aber er ist doch ein verdammter Gott!«

Nun füllten sich die Augen unserer Mutter mit Tränen. »Aber nicht allmächtig. Ich weiß, dass du frustriert bist, Thea. Mir ist durchaus bewusst, dass du etwas Anderes erwartet hast. Doch Morpheus ist euer Vater. Du wirst das akzeptieren müssen.«

Thea atmete tief durch. Die Verzweiflung stand ihr deutlich ins Gesicht geschrieben, was ich gut nachvollziehen konnte. Deswegen legte ich ihr eine Hand auf die Schultern. Woher ich die Kraft nahm, wusste ich nicht, doch irgendwie ließ mich die Nachricht, dass unser Vater ein Gott sein sollte, kalt. Vielleicht weil ich sowieso nicht mehr wusste, wer ich war, und diese Tatsache auch nicht mehr viel änderte. »Ich weiß genau, was du fühlst. Aber wir sollten unserer Mutter bis zum Schluss zuhören, okay?«

Erleichtert und dankbar lächelte unsere Mutter mir zu. »Ich verstehe euch durchaus. Als ich euren Vater traf und er mir nach einiger Zeit offenbarte, wer er war, konnte ich es selbst kaum glauben.«

»Wie habt ihr euch denn kennengelernt?«, fragte ich, damit das Gespräch nicht zum Stocken kam. Es hielt mich immerhin von weiteren Grübeleien ab.

Ihr Blick wurde verträumt. »Ich war früher einmal eine Kundschafterin. An einem wolkenverhangenen Tag begegnete ich ihm. Er stand auf einem Felsen, betrachtete die Stadt und wirkte dabei irgendwie verloren. Noch bevor ich überlegen konnte, ob ich ihn ansprechen oder mich besser verstecken sollte, wandte er sich mir zu. Er hatte mich sofort bemerkt. Als sich unsere Blicke trafen, war es um mich geschehen. Ich habe nie an Liebe auf den ersten Blick geglaubt, aber bei ihm war es so.« Sie räusperte sich kurz. »Aber gut. Es kommt selten vor, dass sich ein Gott auf eine Sterbliche einlässt. Sie verstecken sich lieber, denn wenn sie sich in einen Menschen verlieben, dann für immer. Chronos hat ihnen diesen Fluch auferlegt, bevor seine Kinder ihn ermordet haben. Aber gut, ich schweife ab. Wir wussten von Anfang an, dass es für uns niemals eine Zukunft geben würde. Schließlich gehört er nicht auf unsere Erde, und ich kann sein Reich nicht betreten. Trotzdem konnten wir unsere Gefühle nicht ablegen.« Ihre Augen schimmerten verräterisch, als sie aufstand und wie ein Tiger im Käfig auf- und ablief. »Als ich bemerkte, dass ich schwanger war, habe ich gehofft, dass er nun bei mir bleiben dürfte, doch ich irrte mich. So sehr er es sich auch wünschte, er konnte nicht für euch da sein.

Als ihr geboren wurdet, war ich der glücklichste Mensch der Welt, auch wenn Morpheus nicht bei uns sein konnte. Doch durch euch hatte ich wenigstens einen Teil von ihm bei mir.

Erst viel später erfuhr ich, dass ihr ein Wunder seid, denn unter den Göttermischlingen gibt es keine Zwillinge. Man sagt, dass in euch eine besondere Kraft stecken soll, die selbst die Götter fürchten. Und bevor ihr fragt: Ich weiß nicht, welche. Euer Vater hatte gerade genug Kraft, mich zu warnen, dass ihr in Gefahr wart. Nur leider kam er zu spät, denn Jenna war bereits fort. Er rang mir noch das Versprechen ab, Thea erst etwas zu sagen, wenn ihr wieder vereint seid. Denn dann könnt ihr gemeinsam sein Reich betreten, wo er auf euch wartet.«

Thea schnaubte ungläubig. Ich konnte sie verstehen, denn das Ganze klang so unglaubwürdig. Es hörte sich verrückt an, doch in den Augen unserer Mutter konnte ich erkennen, dass sie jedes Wort ernst meinte.

Wenn ich genau über ihre Geschichte nachdachte, würde das wenigstens erklären, warum man mich entführt und mich mein Leben lang belogen hatte. Aber die Tochter eines Gottes? Vor allem die Tochter von Morpheus, dem Herrscher des Traumreiches. Für mich klang das beinah wie Ironie, denn in unserer Welt zählte Träumen als Luxusgut.

»Das ist wirklich wahr?«, hauchte ich.

Sie nickte auf meine Frage lediglich. Ich presste die Lippen fest aufeinander und schüttelte den Kopf. Gleichzeitig spürte ich, wie Tränen in meinen Augen brannten, weil mein Körper einfach nicht wusste, wie er mit alledem umgehen sollte. Ich hatte gedacht, mich unter Kontrolle zu haben, doch das war ein Irrtum. Wie eine Flutwelle überrollten mich meine Emotionen und brachen aus mir hervor.

Warum musste ausgerechnet jetzt alles aus den Fugen geraten? Reichte es nicht, dass ich meine sichere Heimat hinter mir gelassen hatte? Dass mein Leben auf einer Lüge basierte? Dass all die Menschen, die ich geliebt hatte, nicht mich, sondern eine Illusion von mir gemocht hatten? Ich versuchte, mich zu orientieren, und doch wusste ich nichts. Jedes Mal, wenn ich glaubte, Fuß zu fassen, brach der Boden erneut unter mir ein. Abrupt stand ich auf. Alles in mir schrie nach Flucht, trieb mich voran, weg von meinem neuen Leben.

»Jenna, bleib bitte sitzen. Wir müssen das jetzt klären«, bat mich meine Mutter, doch ich ignorierte sie. Ich konnte kein weiteres Wort mehr ertragen. An der provisorischen Tür hatte sie mich eingeholt und hielt mich fest. Ich wollte mich freikämpfen, doch sie ließ nicht von mir ab.

»Lass mich sofort los!«, fauchte ich sie an.

Irritiert hielt sie inne und lockerte ihren Griff etwas. Die Chance nutzte ich, um mich loszureißen. »Jenna, warte! Wo gehst du hin?«

Ich hielt inne. Einfach weiterzugehen, wäre der leichtere Weg, aber ihr gegenüber unfair gewesen. Deswegen wandte ich mich ihr noch einmal zu. »Ich brauche frische Luft, okay? Es tut mir ja leid, dass dein Gott nicht bei dir sein kann, aber ich habe gerade meine eigenen Probleme. Ich habe alles verloren und anstatt, dass ich einfach neu beginnen kann, muss ich auch noch erfahren, dass ich ein Götterkind mit irgendeiner unbekannten Kraft bin. Was muss ich denn noch alles ertragen? Mir wird das einfach zu viel.« Dann wandte ich mich ab und wanderte ziellos durch das Dorf, doch die misstrauischen und neugierigen Blicke brachten mich nur noch mehr aus der Fassung. Sie zeigten mir, wie wenig ich hierhergehörte.

Als das Tor in mein Sichtfeld rückte, hielt ich inne. Ich blickte zurück zum Dorf und dann wieder auf die weite Rasenfläche, die mich verlockend anlachte. Sie brachte mir keine Verachtung entgegen. Nein, vielmehr meinte ich, sie rufen und flüstern zu hören, dass ich in die Stadt gehörte. Dass hier kein Platz für mich war.

Gleichzeitig sah ich Theas trauriges Gesicht vor mir. Sie hatte so viel Mühe auf sich genommen, um mich zu finden. Doch die Gedanken wischte ich fort. Viel lieber konzentrierte ich mich auf Mike, mit dem ich mich nicht hatte aussprechen können. Auch meinen Vater würde ich mit einer Ausrede beruhigen können.

Deswegen beschloss ich, dass es besser war, zu gehen.

Ich näherte mich langsam dem Tor, weil ich nicht wusste, ob man mich einfach gehen lassen würde. Die Situation fühlte sich wie ein Déjà-vu an. Als ich die Stadt hinter mir gelassen hatte, hatte ich auch irgendwie an dem Tor vorbeikommen müssen. Nur dass die Situation in der Stadt anders gewesen war.

Heimweh durchflutete mich wie eine brechende Welle. Es schmerzte so unglaublich, weder hierher noch in meine alte Heimat zu gehören.

Angetrieben von meinem Schmerz, lief ich los. Ich rannte, als wären Hades höchstpersönlich und seine Wesen aus der Unterwelt hinter mir her. Es war mir egal, ob mich jemand sehen oder versuchen würde, mich aufzuhalten. Ich wollte einfach nur weg.

Erst als die Umgebung grau und trist wurde, stoppte ich. Vorsichtig sah ich mich um, doch wenn ich ehrlich war, sah alles identisch aus. Es gab keinen Punkt, an dem ich mich orientieren konnte. Hatte ich mich verlaufen? Angst rauschte durch meine Adern. Ich wollte … zurück in die Stadt? Zu Thea? Keine Ahnung, doch ich wusste, was ich nicht wollte: verhungern oder verdursten, weil ich mich verirrt hatte.

War es sinnvoll, umzukehren? Wenn ich das Dorf wiederfand, könnte ich mich neu orientieren, oder? Irgendwie klang das sinnvoll, weswegen ich mich umdrehte und versuchte, den Weg zurück zu finden. Doch wo war ich wirklich hergekommen? Ich war so tief in Gedanken versunken gewesen, dass ich nicht wusste, wo ich lang musste.

Mit jedem weiteren Schritt bemerkte ich, wie sich der Himmel zuzog, und dann, passend zu meiner Stimmung, öffnete er seine Schleusen. Innerhalb weniger Minuten war ich bis auf die Haut durchnässt. Dazu begleitete mich der Gedanke, dass ich sterben würde - qualvoll, allein und ohne mein inneres Gleichgewicht wiedergefunden zu haben.

Ich atmete tief durch und zwang mich zur Ruhe. Wenn ich weiterhin nur in Panik verfiel, würde ich hier draußen wirklich sterben. Mit neuer Kraft versuchte ich, mich zu orientieren, doch es sah wirklich alles identisch aus. Dazu kam, dass der strömende Regen mir die Sicht erschwerte. Ich tastete mich an der steilen Bergwand entlang, um nicht aus Versehen abzurutschen. Als diese plötzlich eine Biegung machte, ließ der Regen nach und ich stand im Trockenen. Ich konnte mein Glück kaum fassen: Ich hatte einen Unterschlupf gefunden.

Vorsichtig suchte ich mir meinen Weg durch die dunkle Höhle, bis ich plötzlich über etwas stolperte, das laut schepperte. Entsetzt schrie ich auf, als ich dumpf auf dem Boden landete. Ich richtete mich auf, griff nach dem Gegenstand und trug diesen zum Eingang der Höhle, wo ich wenigstens etwas erkennen konnte. Der Gegenstand entpuppte sich als eine Art Lampe.

Es schien ein uraltes Gerät zu sein, das durch Batterien betrieben wurde. Gab es so etwas überhaupt noch? Seit fast fünfzig Jahren stellte unsere Industrie diese nicht mehr her. So traute ich meinen Augen kaum, als das Licht tatsächlich entflammte, nachdem ich den kleinen Hebel umgelegt hatte. Freudig juchzte ich auf.

Als ich mich in der Höhle umsah, weiteten sich meine Augen. Der hier entstandene Raum war zwar klein, doch interessanterweise eingerichtet. Mir gegenüber stand ein kleines Feldbett, auf dem sich ein grüner Stoff spannte. Daneben standen mehrere kleine Holztruhen. In der Mitte der Höhle gab es eine kleine Feuerstelle, in der noch einige Holzscheite lagen. Ich ging zu den Truhen und öffnete diese vorsichtig.

In der ersten entdeckte ich Kleidungsstücke, von denen ich mir einen Pullover und eine Hose nahm, damit ich die nasse Kleidung ausziehen konnte. In der nächsten Truhe fand ich allerlei Kleinkram, wie Töpfe und Besteck, aber auch ein Feuerzeug, mit dem ich das Feuer anzünden konnte. In der letzten Truhe fand ich Lebensmittel, die erstaunlich frisch waren, als wären sie dort erst vor kurzem abgelegt worden. Ob Bewohner des Dorfs diesen Ort als Unterschlupf nutzten?

Hoffnung keimte in mir. Ich würde nicht qualvoll an Hunger und Durst sterben. Mit etwas Glück würden mich sogar die Dorfbewohner finden.

Als Erstes entzündete ich das Lagerfeuer. Ich fröstelte, fühlte, wie die nasse Kleidung mir die Wärme entzog. Deswegen schälte ich mich mühsam aus dem Stoff. Die viel zu großen, trockenen Klamotten fühlten sich an wie ein Segen. Dann setzte ich mich auf das Feldbett, lehnte mich an die Felswand und zog die Knie an. Gedankenverloren starrte ich auf das wärmende Feuer. Die kleine Lampe hatte ich ausgeschaltet.

Als ich vor Müdigkeit die Augen nicht mehr aufhalten konnte, legte ich mich hin und schloss die Lider. Innerhalb von Sekunden schlief ich ein.

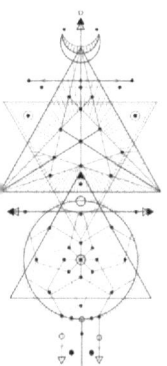

# KAPITEL 11

## THEA

Unschlüssig sah ich zwischen meiner zitternden Mutter und meiner flüchtenden Schwester hin und her. Was sollte ich nur machen? Meine Mutter trösten? Jenna folgen? Ich wusste es einfach nicht.

Dazu kam, dass ich noch immer damit zu kämpfen hatte, was wir gerade erfahren hatten. Es klang so … abgefahren. Verrückt. Unlogisch. Ich konnte und wollte es irgendwie nicht akzeptieren. Die Tochter von Morpheus? Dem Gott der Träume und Herrscher über das Traumreich? Und doch flüsterte eine leise Stimme in mir, dass es wahr sein könnte. Denn warum sonst hätten die Städter Jenna nicht einfach getötet? Zumal man sie als Tochter des Senators aufgezogen hatte.

»Geh schon, Liebes. Ich komme klar. Es wäre schlimmer, wenn sich Jenna verlaufen würde. Schließlich kennt sie sich hier nicht aus«, riss mich meine Mutter aus meinen Gedanken und nahm mir die Entscheidung ab. Dafür war ich ihr dankbar.

Ich trat auf sie zu und umarmte sie. Erst dann lief ich aus dem Haus. Wie eine Verrückte rannte ich durch die Gassen unseres Dorfes und hoffte, Jenna zu finden.

»Thea, warte!«, hörte ich jemanden rufen und blieb stehen. Es war Jonas, der auf mich zukam. Ein warmes Kribbeln breitete sich in meinem Bauch aus, das mich all meine Probleme vergessen ließ. »Was ist los mit dir?«

Es irritierte mich, dass er sauer wirkte, doch verübeln konnte ich ihm das nicht. »Du bist mir böse.«

Er seufzte. »Natürlich, du bist ohne ein Wort verschwunden. Ich habe gedacht, ich sehe dich nie wieder, Thea.«

»Ich musste sie einfach finden.«

Er musterte mich traurig. »Das verstehe ich. Aber bist du sicher, dass das richtig war?«

Verwirrt blickte ich meinem Freund entgegen. »Ich weiß es nicht. Aber es hat sich richtig angefühlt.«

Jonas trat auf mich zu und zog mich in seine Arme. »Zweifel hätte ich jetzt nicht erwartet. Ist alles okay?«

Ich schüttelte den Kopf. »Nein, nichts ist okay. Erst erzählt Mom eine verrückte Geschichte über unseren Vater, und dann ist Jenna weggelaufen.«

Sanft strich Jonas über meine Wange. »Kannst du sie nicht verstehen? Dich scheint die Sache schon aus der Bahn zu werfen. Wie soll sie sich dann fühlen? Du hast sie aus ihrer für sie sicheren Umgebung gerissen. Zudem sind die Bewohner ihr nicht unbedingt freundlich gesinnt.«

»Wenn ihr etwas passiert, dann ist das meine Schuld. Weil ich so egoistisch war«, brachte ich stockend hervor.

Mein Freund schüttelte den Kopf. »Mach dir keine Vorwürfe, Thea.«

»Aber wenn ich nicht gegangen wäre, dann wäre sie noch immer in der Stadt.«

Jonas dunkle Augen strahlten eine Zuversicht aus, die mich irgendwie beruhigte. »Und dann? Ich glaube, dass es Schicksal war. Dass ihr euch begegnen solltet. Dein Fehler war nicht, dass du sie geholt hast. Immerhin ist sie eine Träumerin und gehört hierher. Du hättest nur mit jemandem drüber reden müssen. Dann hätte man das planen können.«

Verwundert musterte ich Jonas. »Ich hab gedacht, dass ihr mir mein Vorhaben nur ausreden wollt.«

Das brachte die Liebe meines Lebens zum Lachen. »Ach, Thea, wir kennen dich. Wenn du dir etwas in den Kopf gesetzt hast, dann ruhst du nicht, bis du es bekommen hast. Das macht dich ja gerade so besonders.«

»Ihr hättet mir wirklich geholfen?« Noch immer konnte ich nicht glauben, was Jonas mir gerade offenbart hatte.

»Das hätten wir. Aber jetzt komm, wir müssen deine Schwester finden, bevor ihr noch etwas passiert. Übrigens erwarte ich, dass du mir dabei erzählst, wie es in der Stadt ist, was du dort erlebt hast und was deine Mutter über deinen Vater erzählt hat, okay?«

Also begann ich, zu erzählen, während wir systematisch die Gassen unseres Dorfes nach Jenna durchsuchten. Doch wir fanden sie nicht. Auch die Bewohner hatten sie nicht gesehen. Am Tor begrüßte uns Lukas.

»Hast du Jenna gesehen? Ist sie an dir vorbeigekommen?«, wollte ich wissen und konnte die Panik in meiner Stimme kaum verbergen.

Lukas schüttelte den Kopf. »Ich habe meinen Posten erst vor zehn Minuten wieder aufgenommen. Davor war ich in Pause. In der kurzen Zeit habe ich jedoch niemanden gesehen.«

Tränen brannten in meinen Augen. »Aber im Dorf ist sie nicht. Wir haben es mehrfach und systematisch durchkämmt, Lukas.«

Jonas und Lukas tauschten Blicke, dann seufzte unser bester Freund. »Wartet ihr kurz hier? Dann frage ich bei den Kollegen nach, ob sie Jenna gesehen haben, okay?«

Während Jonas mich in seine Arme zog, verließ Lukas seinen Posten. Ich war ihm dankbar, dass er fragen ging, doch die Angst um Jenna trieb mich schier in den Wahnsinn.

Jonas schien das zu spüren. »Thea, wir werden sie finden. Wir haben so viel erlebt, da überstehen wir das ebenfalls, oder?«

Ich nickte nur, weil ich zum Antworten nicht fähig war. Die Angst um meine Schwester lähmte mich und ließ mich an nichts Anderes denken.

Als Lukas zurückkam und dabei tiefenentspannt wirkte, wäre ich ihm am liebsten an die Kehle gesprungen, doch Jonas hielt mich noch immer fest. Gleichzeitig wusste ich, dass ich überreagierte. »Einer der Wachen meinte, dass du das Dorf verlassen hättest. Da du das nicht warst, vermute ich, dass er damit Jenna meinte.«

Mir entwich ein Schnauben. »Du meinst wohl eher, dass er sie absichtlich hat passieren lassen? Weil er froh war, dieses Problem loszuwerden?«

Lukas seufzte. »Dich mit ihr zu verwechseln, ist nicht unwahrscheinlich. Ihr seid schließlich Zwillinge.«

»Aber wir haben doch eine ganz andere Frisur!«, protestierte ich.

Lukas zuckte mit den Schultern. »Das mag sein, aber nicht jeder achtet darauf. Es bringt momentan nichts, andere zu verurteilen oder zu beschuldigen. Dafür ist unsere Gemeinschaft zu klein. Wenn wir einander nicht vertrauen, dann überleben wir nicht mehr lange.«

»Er hat recht, Thea«, stimmte Jonas ihm zu. Ich schälte mich aus seiner Umarmung und stemmte die Arme in die Seiten. Doch Jonas schüttelte den Kopf. »Hör mir zu, okay? Stell dir vor, dass du meinem Chef nicht traust, anständige Möbel herzustellen. Oder die anderen dir, dass du die Kleidung nicht vernünftig nähst. Wenn wir einander nicht zutrauen, unsere Arbeiten zu tätigen, würden wir alles selbst machen müssen. Deswegen basiert unsere Gemeinschaft auf dem Vertrauen, dass jeder sein Bestes gibt, um im Dorf zu helfen.«

»Ich kenne das Prinzip unseres Dorfes, Jonas«, seufzte ich.

Mein Freund lächelte. »Ich weiß.«

Verwirrt sah ich ihn an. Worauf wollte er hinaus? Er hatte einen Plan, das konnte ich Jonas ansehen. »Was hast du vor?«

»Ich? Gar nichts.« Er wandte sich Lukas zu. »Aber, Lukas, kannst du sie vielleicht suchen gehen? Keiner kennt sich im Umland so gut aus wie du. Wenn jemand Jenna findet, dann du.«

»Dein Wort in den Ohren der Götter, aber so gut bin ich nicht. Davon abgesehen habe ich Wachdienst.«

Ein Grinsen legte sich auf Jonas Züge. »Wieso wusste ich, dass du das sagen würdest?«

Lukas zuckte mit den Schultern. »Weil wir uns kennen. Deswegen weiß ich, dass du mir jetzt anbieten wirst, meine Wache zu übernehmen. Das war mir schon klar, als ihr mich zu meinen Kollegen geschickt habt, und deswegen weiß ich auch, in welche Richtung Jenna gegangen ist.«

Stürmisch fiel ich Lukas um den Hals. »Danke!«

»Dank mir erst, wenn ich deine Schwester heil zurückgebracht habe, okay? Ich kann und möchte nichts versprechen.«

# KAPITEL 12

## JENNA

Leichter Nebel stieg aus dem Rasen unseres Gartens auf und umhüllte meine nackten Beine. Auch wenn ich ihn nicht fühlen konnte, glaubte ich, dass er kühl meine Knöchel umhüllte. Die ersten Strahlen der Sonne brachen sich in den weißen Waben und tauchten meine Welt in etwas Undefinierbares.

Ein Lächeln trat auf meine Lippen. Ich liebte das Mystische, das der Nebel mitbrachte, denn es war ein seltenes Bild in der Stadt. Unsere riesigen Wolkenkratzer und die betonierten Straßen boten keinen Raum dafür.

Langsam verdichtete er sich und stieg immer weiter, höher und höher, bis er das ganze Anwesen umschloss wie ein dichter Schleier. Plötzlich legte sich eine Hand auf meine Schulter und drückte fest zu.

Erschrocken schrie ich auf, und das Bild verschwand. Mein Herz raste, schlug viel zu schnell gegen meine Brust. Orientierungslos sah ich mich um, bis mir bewusst wurde, dass ich auf einer Pritsche in einer Höhle irgendwo im Nirgendwo saß.

Der Nebel war lediglich ein Traum gewesen.

Ob ich mich jemals daran gewöhnen würde? Es fühlte sich unwillkürlich an, beinah falsch. Vielleicht dachte ich das, weil ich mein Leben lang geglaubt hatte, nur mit Maschinen träumen zu können.

Dazu kamen diese seltsamen Verläufe meiner Träume. Sie begannen wunderschön und endeten in grausamen Bildern. Wenn natürliches Träumen so war, gab es nichts, was ich in den letzten Jahren verpasst hatte. Dann wünschte ich mir mein altes Leben zurück, obwohl es nicht echt gewesen war.

Um ehrlich zu sein, wünschte ich mir, dass alles wieder so war wie früher. Ich wollte wieder Jenna Steele sein, die Tochter des Senators. Die Prinzessin von Highland Lake, zu der man aufsah. Die man nicht mit Verachtung und Misstrauen strafte, weil sie aus der Stadt kam. Die nicht die Tochter von Morpheus, dem Herrscher eines nicht benötigten Reiches, war.

Mir entwich ein Seufzen. Ich zog die Beine an und stützte meinen Kopf auf die Knie.

Wie hatte es nur so weit kommen können? Von dem perfekten Leben zu diesem Scherbenhaufen? Zu allem Überfluss hatte ich mich im Gebirge verirrt, und meine einzige Hoffnung waren nun meine Schwester und ihr Dorf. Ich musste also zu den Göttern beten, dass man mich hier finden würde.

Gleichzeitig wusste ich, dass ich hier nicht ewig bleiben konnte. Dieses Nichtstun trieb mich in den Wahnsinn. Deswegen erhob ich mich und durchsuchte die Höhle erneut, ohne zu wissen, wonach. Letztendlich war es auch egal, denn es ging darum, mich zu beschäftigen.

Als mir ein Rucksack auffiel, kam mir eine Idee. Ich würde ihn mit Lebensmitteln und Getränken befüllen und das Gebirge weiter erkunden, bevor ich weiterging. Vermutlich würde das keinen wirklichen Unterschied machen, weil ich nicht glaubte, dass mich hier jemand finden würde. Da erschien es mir logischer, dass ich auf jemanden traf, wenn ich in Bewegung blieb. Oder?

»Du weißt schon, dass diese Vorräte nicht für dich gedacht sind, oder?«, durchschnitt eine tiefe Stimme die Stille um mich herum, sodass ich erschrocken aufschrie.

Ich wandte mich um und blickte einem jungen Mann mit längeren, braunen Haaren entgegen, die ihm nass im Gesicht klebten. Er hatte braune, schmale Augen, die mich aufmerksam, aber mit Zurückhaltung musterten. Ein Dreitagebart hob seine kantigen Gesichtszüge hervor und betonte seine Schönheit. Seine durchnässte Kleidung zeigte mir, dass er ein Träumer sein musste. Wenn ich ehrlich war, kam er mir sogar bekannt vor, als hätte ich ihn im Dorf bereits gesehen.

»Ich … Es … es tut mir leid«, stotterte ich und verfluchte mich dafür. Da wurde ich einmal nicht mit Respekt behandelt, und schon bekam ich Panik?

»Sollte es auch. Sie sind für unsere Kundschafter, die einen unerwarteten Unterschlupf benötigen, weil sie von Unwettern überrascht wurden, und nicht für überforderte, verwöhnte Prinzessinnen, die beim kleinsten Problem davonlaufen.«

Empört schnappte ich nach Luft. »Du kennst mich doch gar nicht. Woher willst du das alles so genau wissen?«

»Alles an dir schreit nach einem Stadtmenschen, und die sind alle gleich: egoistisch, verwöhnt und kalt.«

Ich schüttelte den Kopf. »Das stimmt doch gar nicht.«

»Du weißt es natürlich besser. Rechthaberisch habe ich vergessen, entschuldige.«

Was hatte er bitte für ein Problem? Ich hatte ihm doch gar nichts getan. »Ach ja? Und du bist wohl nur fähig, in Schubladen zu denken. Zu blöd, dass in mir das Blut einer Träumerin fließt. Genauso wie in dir. Ja, vielleicht bin ich wie eine verwöhnte Göre in der Stadt aufgewachsen, aber ich bin eine von euch. *Entschuldige*, aber das musst du wohl akzeptieren.«

Er schwieg, doch irgendwie schien es, als würde er minimal lächeln. Vielleicht bildete ich mir das auch nur ein, weil ich das Gefühl hatte, dass so etwas wie eine Blase in mir zerplatzt war.

Zum ersten Mal fühlte ich mich lebendig, genoss es, dass mir jemand Konter gab. Etwas, das in der Stadt niemals geschehen wäre, weil man dort einfach akzeptierte. Wenn ich ehrlich war, fühlte es sich in diesem Augenblick gar nicht mehr so schlimm an, eine Träumerin zu sein.

»Du meinst, durch kratzige, selbstgenähte Kleidung und Träumerblut gehörst du zu uns?«

Ich stemmte empört meine Hände in die Seiten. »Und du bist der Herr der Träumer und kannst das natürlich bestimmen, hab' ich recht?«

Er hob seine Augenbrauen, sagte jedoch nichts. Dann ging er an mir vorbei und griff in eine der Truhen, aus der er trockene Kleidung herausholte. Er schälte sich mühsam aus seinen komplett durchnässten Sachen.

Als schien er zu spüren, dass ich ihn perplex beobachtete, wandte er sich zu mir um und präsentierte seinen schlanken, durchtrainierten Körper. Meine Wangen brannten mit einem Mal, und ich wandte mich beschämt ab. Dennoch konnte ich nicht abstreiten, dass ich ihn attraktiv fand, so sehr mich seine unhöfliche Art auch ankotzte.

Er lachte leise. »Noch nie einen halb bekleideten Mann gesehen?«

Ich wandte mich ihm wieder zu und war erleichtert, dass er mittlerweile angezogen war. »Stell dir vor, das verwöhnte Gör hat sehr wohl schon einen nackten Mann gesehen, du Idiot.« Mir reichte seine unhöfliche Art. Wie großkotzig konnte ein Mensch eigentlich sein? Nein, das musste ich mir nicht geben. Ich griff nach dem gepackten Rucksack und verließ die Höhle.

Als ich den Höhleneingang erreichte, griff er nach meinem Handgelenk und hielt mich fest. »Das war ernst gemeint, dass die Vorräte nicht für dich sind.«

Irgendetwas in mir explodierte. »Keine Ahnung, wer du bist, dass du mich wie ein Stück Dreck behandelst. Ich habe dir nichts getan, aber ich lasse mir von dir nicht verbieten, zu meiner Familie zurückzukehren. Da ich den Weg nicht kenne und von dir anscheinend keine Hilfe erwarten kann, muss ich schauen, dass ich in diesem beschissenen Gebirge irgendwie überlebe.« Tränen brannten in meinen Augen, und ich war es leid, gegen sie anzukämpfen. Alles in mir schrie danach, Distanz zwischen ihn und mich zu bringen, weswegen ich mich losriss und aus der Höhle stürmte. Draußen atmete ich tief durch und lehnte mich an die nasse Wand des Felsen.

Ich wusste in diesem Moment nicht, was ich machen sollte, wer ich war und was ich wollte. Mir war einfach alles zu viel. Es fühlte sich an, als würde mir die Decke auf den Kopf fallen, obwohl ich an der frischen Luft war.

Momentan wollte ich diese Leere in mir füllen, die entstanden war, als ich erfahren hatte, dass ich nicht die war, die ich zu sein geglaubt hatte. Wünschte mir, dass mich jemand akzeptierte, und irgendwie sollte es der unhöfliche Kerl in der Höhle sein. Vielleicht weil er gerade der einzige Mensch in meiner Nähe war.

»Du kannst den Rucksack zurückbringen. Ich sorge dafür, dass du sicher im Dorf ankommst, und dafür brauchen wir keine Vorräte.« Von seiner vorherigen Verachtung und seinem Spott war keine Spur mehr zu vernehmen. Fast klang er versöhnlich.

Vorsichtig wandte ich mich ihm zu. Ich hatte mich nicht geirrt, denn auch sein Gesichtsausdruck schien freundlicher. Er streckte seine Hand aus und griff nach dem Rucksack, den ich losließ. Dann ging er zurück in die Höhle.

Ich dagegen wandte mich ab und ließ meine Umgebung auf mich wirken. Der Regen hatte aufgehört, und die Sonne spiegelte sich auf dem feuchten Gestein. Dazu roch es frisch und modrig zugleich.

»Ich heiße übrigens Lukas«, holte er mich zurück ins Hier und Jetzt.

Irgendwie mochte ich den sanften Klang seiner Stimme, die mir eine angenehme Gänsehaut bescherte. Unwillkürlich schlug mein Herz schneller. Irritiert von dieser Reaktion strich ich mir über die Arme. Gleichzeitig verfluchte ich mich, denn so eine Regung sollte mir kein anderer außer Mike …

Mir entwich ein Seufzen, und Sehnsucht nach meinem Verlobten durchflutete mich. Er machte sich wahrscheinlich große Sorgen um mich. Wir waren nicht im Guten auseinandergegangen, und das störte mich. Erneut stiegen mir Tränen in die Augen, die ich nicht mehr zurückhalten konnte. Laut schluchzte ich auf.

»Hey, es tut mir leid.« Sanft legte er eine Hand auf meine Schulter und drückte sie kurz.

Doch dadurch wühlte er mich nur noch mehr auf, anstatt mich zu beruhigen. In diesem Moment brach alles aus mir heraus, was sich seit meiner Flucht aufgestaut hatte. Irgendwann zog er mich in seine Arme und strich mir langsam über den Rücken. Jeder einzelne Kreis hinterließ ein leichtes Kribbeln, das mir gefiel. Seine Nähe und sein Geruch nach einer frischen Herbstbrise hüllten mich ein wie ein schützender Kokon. Beinah glaubte ich, dass mir in seiner Umarmung nichts geschehen konnte, dass ich alles einfach vergessen konnte. Es fühlte sich einfach gut an. Zu gut … Ich stieß ihn von mir, obwohl alles in mir schrie, ihn näher zu mir ziehen und nie wieder loszulassen.

»Was zur … «, stieß er verwirrt hervor, während er zurücktaumelte. Verärgert schüttelte er den Kopf. »Lass uns gehen. Deine Schwester sorgt sich um dich.«

In diesem Augenblick war auch das letzte Bisschen Anziehung, das gerade noch zwischen uns geherrscht hatte, verpufft. Erleichtert nickte ich und folgte ihm, als er sich abwandte.

Es wurde Zeit, dass ich in das Dorf zurückkam, damit ich ihn hoffentlich nicht mehr so schnell wiedersehen musste. Auch wenn er momentan nett zu mir war, so hatte ich sein unfreundliches Verhalten nicht vergessen. Mal davon abgesehen, dass er irgendetwas an sich hatte, das mir gefiel. Optisch jedenfalls. Dabei war ich glücklich verlobt.

Vielleicht könnte ich Thea ja davon überzeugen, dass wir Mike ebenfalls ins Dorf holten. Schließlich gehörten wir zusammen. Gerade als ich mir vornahm, sie darauf anzusprechen, tauchte das Dorf in meinem Sichtfeld auf. Erleichterung durchfuhr mich.

»Findest du den Weg von hier allein?«, fragte mich Lukas, als wir das Tor passiert hatten.

»Ich denke schon. Solange ich das Tor nicht wieder verlasse, werde ich Thea irgendwann finden«, antwortete ich.

»Gut, ich habe noch genug Anderes zu tun, das wegen dir liegen geblieben ist.« Da war er wieder: der arrogante, unhöfliche Mistkerl.

Ich musterte ihn mit schmalen Augen und baute mich bedrohlich vor ihm auf. »Hey, ich habe dich nie darum gebeten, mir zu helfen! Ich hätte den Weg auch allein zurückgefunden.«

Er lachte. »Wenn du das sagst.«

»Was denkst du eigentlich, wer du bist? Einer der verdammten Götter? Ich habe keine Lust mehr auf dich und dein überhebliches Gehabe.«

Bevor er etwas erwidern konnte, schrie Thea meinen Namen und rannte auf mich zu. Sie schlang ihre Arme um mich und drückte mich fest an sich. Als sie mich losließ, versuchte sie, mich böse anzusehen, doch die Freude gewann die Oberhand. »Jenna! Wie konntest du uns das nur antun? Wir haben uns solche Sorgen gemacht.«

»Es tut mir leid, Thea. Ich werde nie wieder weglaufen. Versprochen«, sagte ich kleinlaut, konnte mir aber ein glückliches Lächeln nicht verkneifen. Es fühlte sich in diesem ganzen Desaster einfach zu gut an, dass mich jemand gern hatte.

»Ist schon gut. Hauptsache, du tust das nie wieder.« Thea seufzte und brachte mich damit zum Lachen.

»Nein, definitiv nicht. Ich dachte schon, ich würde qualvoll an Hunger und Durst verenden.«

Da fiel sie mit in mein Kichern ein und legte einen Arm um mich, bevor sie sich Lukas zuwandte. »Danke, dass du sie mir zurückgebracht hast.«

Der nickte nur, sagte jedoch nichts mehr. Stattdessen wandte er sich ab und ließ uns stehen.

»Du musst mir berichten, was passiert ist«, befahl Thea, als wir durch die Gassen schlenderten.

Zu gern erzählte ich ihr alles. Dass mich alles überfordert und ich mich nach etwas Vertrautem gesehnt hatte. Dass ich gedacht hatte, wenn ich in die Stadt zurückkehrte, alles wieder in Ordnung kommen würde. Aber auch, dass ich mich geirrt hatte. Dann berichtete ich ihr, wie ich die Höhle gefunden hatte und von Lukas Auftauchen. Nur unseren kurzen intimen Moment ließ ich aus.

»Thea, schick mir bitte nie wieder diesen Idioten hinterher«, beendete ich meine Erzählung und spürte, wie meine Wangen bei dem Gedanken an Lukas brannten.

Sie musterte mich aufmerksam und grinste. »Er gefällt dir.«

Entsetzt schüttelte ich den Kopf. »Nein, niemals! Ich bin froh, dass ich ihn los bin.«

»Er gefällt dir trotzdem.« Ihr Grinsen wurde breiter, weswegen ich sie in die Seite boxte.

»Hör auf! Das ist Schwachsinn. Ich bin verlobt.«

Jetzt schnaubte Thea. »Ich kann dich verstehen. Lukas ist wirklich attraktiv. Vor allem aber ist er ein guter Kerl, der dich niemals belügen und betrügen würde.«

Irritiert und verärgert musterte ich Thea. »Was weißt du schon über Mike? Er ist ein wundervoller Mann.«

»Anscheinend mehr als du.«

Ich schüttelte den Kopf. »Wie meinst du das?«

»Er scheint doch die rechte Hand des Senators zu sein«, wich sie aus.

»Aber das ist nicht das, was du meintest. Was verheimlichst du mir?«

Sie seufzte leise. »Ist nicht wichtig. Du solltest ihn vergessen. Er gehört nicht mehr zu deinem Leben.«

Damit zerplatzte meine Hoffnung, dass Mike ebenfalls hierhergehören könnte.

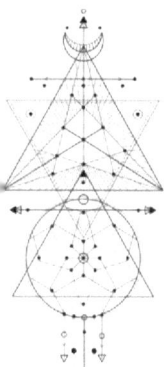

# KAPITEL 13

## THEA

Ich wurde das Gefühl nicht los, dass ich Jenna verärgert hatte. Dabei war es doch nur ein Spaß gewesen, dass sie auf Lukas stand. Verübeln konnte ich ihr das allerdings nicht.

Zu Hause setzte sie sich auf einen der Küchenstühle und starrte schmollend zu Boden. So hatte ich mir unser Wiedersehen nicht vorgestellt. Es hätte nun alles gut sein sollen. Freude und Glück hätten meine Gefühle sein sollen, nicht Verwirrung.

»Jenna«, versuchte ich, auf sie zuzugehen, doch sie schwieg eisern. »Komm schon, rede mit mir.«

Endlich hob sie ihren Kopf. Ihre Augen wirkten matt, und zum ersten Mal merkte ich, was mein egoistisches Handeln angerichtet hatte. Ich hatte ihr komplettes Leben auf den Kopf gestellt, und man sah ihr mehr als deutlich an, dass sie das innerlich auffraß. »Es tut mir so unendlich leid.«

Sie wirkte irritiert. »Was denn?«

»Dass ich so egoistisch war und dich aus allem gerissen habe, was du kennst.«

Meine Schwester schüttelte den Kopf. »Hör auf.«

»Aber … «

»Nein, hör auf«, unterbrach sie mich. »Es ist gut, dass ich nun weiß, dass mein Leben eine komplette Lüge war. Du kannst nichts dafür.«

»Aber warum bist du dann sauer?«

Sie seufzte. »Weil du schlecht über Mike geredet hast. Ich liebe ihn, und es tut weh, wenn du so abfällig über ihn sprichst.«

Schuldgefühle mischten sich mit dem Bedürfnis, alles richtig zu stellen. Sollte ich ihre heile Welt noch weiter zerstören? Ihr erklären, was ich gesehen hatte, als ich auf dieser sogenannten Traumparty war? »Jenna … ich …«

»Ist schon gut, ich weiß, dass du ihn nicht magst. Dabei kennst du ihn ja nicht einmal.«

Ich strich mir durch die Haare. »Weil er nicht gut für dich ist. Was ich von ihm gesehen habe, reicht mir, um das einschätzen zu können.«

Jenna musterte mich verwirrt. »Wann hast du ihn denn getroffen?«

Unruhe befiel mich und trieb mich dazu, wie ein Tiger im Käfig auf- und abzugehen. »Auf der Traumparty.«

»Aber er saß doch gar nicht bei uns«, widersprach sie verwundert.

»Im hinteren Bereich bei den Toiletten – dort habe ich gesehen, wie er mit einer Rothaarigen rumgemacht hat.« Ich musste einfach ehrlich sein. Sie anzulügen, hätte sich falsch angefühlt.

Jennas Gesichtszüge entgleisten. »Das … Nein, das sagst du nur, weil du ihn nicht magst. Weil er ein Städter ist und du ihn nicht hier haben möchtest.«

Ich schüttelte den Kopf und bereute meine ehrlichen Worte ein wenig. »Wieso sollte ich mir so etwas ausdenken? War ich bisher nicht die Einzige, die immer ehrlich zu dir war? Er hat eine andere geküsst, Jenna. Abgesehen davon würde er niemals hierher passen. Er ist nicht wie wir.«

»Wie wir? Wir beide passen hier doch genauso wenig her. Wir sind schließlich nicht wie die anderen – wir sind Götterkinder.« War das Sarkasmus in ihrer Stimme? Anscheinend schmerzte es sie wirklich, dass Mike sie hintergangen hatte.

»Es tut mir leid, Jenna. Ich wollte dich nicht verletzen.«

Sie atmete tief durch. »Mir tut es auch leid. Ist alles nur ein bisschen viel im Moment.«

»Ich weiß, aber du bist nicht allein, denn ich bin für dich da.« Dass sie das, was ich über Mike gesagt hatte, noch immer beschäftigte, konnte ich ihr ansehen. Genauso konnte ich sehen, dass sie darüber nicht mehr sprechen wollte. Dass sie damit selbst erst einmal klarkommen wollte.

»Und ich auch«, mischte sich unsere Mutter ein, die unauffällig zu uns gestoßen war. »Ich bin froh, dass Lukas dich heil zurückgebracht hat, Liebes. Für einen Moment hatte ich gedacht, dich schon wieder verloren zu haben, obwohl ich dich doch gerade erst zurückhabe.«

Ein Schluchzen entwich meiner Schwester. »Ihr seid aber auch die Einzigen, die sich über meine Ankunft freuen.«

Unsere Mutter trat auf Jenna zu und strich ihr sanft über die Wange. »Sie meinen das nicht böse. Wir wachsen mit der Angst, von den Städtern entdeckt und gefangen genommen zu werden, auf. Uns wird beigebracht, dass sie unsere Feinde sind. Dann jemanden zu sehen, der von dort kommt, verängstigt einen. Es macht die Furcht nur noch realer. Gib ihnen ein wenig Zeit, um dich kennenzulernen.«

Jenna nickte vorsichtig. »Ich hoffe, dass sie mir die Chance geben werden. Dafür müsstet ihr mir aber ein bisschen mehr über das Leben hier erzählen.«

Ich war mir nicht sicher, ob sie sich zuversichtlich gab oder ob sie es wirklich war. Doch irgendwie stimmte es mich glücklich, dass sie es versuchen wollte. »Puh, wo soll ich anfangen?«

Ein Schmunzeln lag auf Jennas Zügen. »Vielleicht bei der Struktur und der Arbeit?«

»Gut, also unser Dorf wird von den drei Ältesten geleitet. – Marius, Elisabeth und Josh. Sie sorgen dafür, dass hier alles rund läuft, und behalten den Überblick. Außerdem teilen sie uns Arbeiten zu, die dem entsprechen, was wir gut können. Meine Mutter ist Köchin und ich Schneiderin. Lukas ist Kundschafter und Jonas Schreiner. Das sind nur Beispiele. Das was ansteht, wird von demjenigen erledigt, der es am besten kann. Dann gibt es noch die Feldarbeit, die sich das ganze Dorf teilt. Niemand mag sie gern, doch ohne sie würden wir verhungern.«

Meine Mutter nickte. »Wir müssen dich den drei noch offiziell vorstellen.«

»Das klingt interessant. Wenn ich ehrlich bin, ist das gar nicht so unterschiedlich zu der Arbeit in der Stadt. Also sollte ich mich hier schon zurechtfinden, oder?« Jenna rang sich ein Lächeln ab.

»Selbstverständlich. Jetzt müssen wir nur noch deine Stärken herausfinden.«

»Ich habe noch nie wirklich gearbeitet«, gab sie zähneknirschend zu und senkte beschämt ihren Blick.

Das brachte mich zum Lachen. »Das wirst du hier schon lernen. Wir können ja damit anfangen, herauszufinden, was du gut kannst.«

»Ich kann sie mir gut bei der Unterrichtung der Kinder vorstellen. Ihre Bildung übersteigt unsere bedeutend«, mischte sich unsere Mutter ein.

Erstaunt sah sie auf. »Ihr habt eine Schule?«

»Hältst du uns für dumm?«, erwiderte ich forsch.

Erneut senkte sie ihren Blick. »Tut mir leid.«

»Ach, Jenna, nimm nicht alles so persönlich«, beruhigte ich sie.

Bevor wir unser Geplänkel fortsetzen konnten, vernahmen wir plötzlich Schreie vor der Tür, dicht gefolgt von schweren Schritten und einem lauten Knall. Ich zuckte zusammen. Angst durchflutete mich. Meine Mutter und ich tauschten vielsagende Blicke.

Die Städter!

Sie hatten uns gefunden. Meine Mutter sprang auf und zog den Vorhang vor unserer Tür beiseite. Es leuchtete kurz hell auf, dann knallte es erneut.

Mit geweiteten Augen taumelte unsere Mutter zurück in den Raum. »Flieht!«

Fassungslos starrte ich auf den noch immer leicht flatternden Vorhang. »Wie konnten sie uns finden?«

»Ich weiß es nicht. Das ist jetzt unwichtig. Wir müssen euch in Sicherheit bringen.« Mom kam auf uns zu und schob uns in Richtung des Fensters.

»Was ist hier los?«, fragte Jenna. Sie sah nur verwirrt zwischen uns und dem Vorhang hin und her.

»Ist das eine rhetorische Frage?«, fragte ich und bereute meinen unfreundlichen Tonfall. Doch die Angst ließ mich nicht klar denken.

Meine Mutter warf mir einen warnenden Blick zu. »Die Städter greifen uns an. Wir haben keine Zeit für Erklärungen. Ihr müsst gehen. Jetzt!«

Ich schüttelte den Kopf. »Nicht ohne dich.«

Sie seufzte. »Lass es, Thea. Ich kann sie aufhalten und euch Zeit zur Flucht verschaffen.«

»Sind sie wegen mir hier?«, flüsterte Jenna fassungslos. Sie hatte offenbar noch immer nichts begriffen.

»Wir werden sowieso gejagt, Jenna. Das hat also nichts mit dir zu tun«, sagte ich zu ihr und wandte mich wieder an unsere Mutter. »Aber ich will dich nicht zurück lassen, Mom.«

»Ich möchte euch auch nicht verlieren, Liebling. Aber ihr seid noch jung und habt euer ganzes Leben vor euch. Es ist wichtiger, dass euch nichts passiert.« Erneut schob sie uns zum Fenster.

Doch ich zog sie in meine Arme und atmete ihren Duft ein. Ihre Nähe beruhigte mich geringfügig, denn die Angst vor den Städtern ließ sich in diesem Augenblick nicht verdrängen. »Ich hab dich lieb, Mom.«

»Ich dich auch, Liebling.« Als wir uns voneinander lösten, lächelte sie tapfer. Dann trat sie auf Jenna zu und umarmte sie ebenfalls. »Wir werden uns wiedersehen, okay? Ich hab dich lieb.« Jenna nickte, sagte jedoch nichts. Nachdem sie meine Schwester aus der Umarmung freigegeben hatte, sah sie uns beide ernst an. »Und jetzt geht, bitte.«

Tränen brannten in meinen Augen. Ich wollte nicht gehen. Wollte meine Mutter nicht allein lassen. Dabei hatte man mich ein Leben lang auf so eine Situation vorbereitet. Doch jedes gespielte Szenario hatte nichts mit der Realität gemeinsam. »Mom, ich kann nicht.«

»Doch, du kannst. Du musst für Jenna stark sein, verstanden? Und jetzt geht und sucht euren Vater. Das ist wichtig. Findet den Eingang zum Traumreich!«

Erstaunlicherweise war es Jenna, die sich besann, nach meiner Hand griff und mich zum Fenster zog. Sie war auch die

Erste, die rauskletterte. Ich warf einen letzten Blick zu meiner Mutter, die mir zunickte und dann entschlossen zur Tür starrte. Erst danach folgte ich meiner Schwester aus dem Haus.

# KAPITEL 14

## JENNA

Woher ich den Mut genommen hatte, Thea an die Hand zu nehmen, wusste ich nicht. Vielleicht lag es daran, dass ich nicht wirklich wusste, was hier geschah, sich aber auch keiner die Zeit nahm, es mir zu erklären. Mir war zwar bewusst, dass das Dorf angegriffen wurde, und ich hatte eine verdammte Angst. Aber wahrscheinlich ängstigte mich die Tatsache, dass Städter im Dorf waren, nur halb so sehr wie die anderen, da ich unter ihnen aufgewachsen war. Es könnte auch sein, dass die Gefahr für mich einfach nicht real war. Dass ich sie noch nicht greifen konnte.

Woher auch? Ich war ja nicht einmal zwei Tage in diesem Dorf. Deswegen kannte ich auch diese Angst, ständig aufgespürt werden zu können, nicht.

Als hitzige Stimmen, dicht gefolgt von einem Schrei, aus dem Haus unserer Mutter drangen, zuckte ich zusammen. Geistesgegenwärtig griff ich nach Theas Hand, die Anstalten machte, zurück durchs Fenster klettern zu wollen. »Thea, komm, wir müssen weiter.«

Der Blick meiner Schwester war finster, als würde sie mich verfluchen wollen. Als würde sie mir sagen wollen, dass ich sie nicht verstand. Womit sie nicht unrecht hatte, denn ich hatte nie eine Mutter. Gleichzeitig hatte ich sie augenblicklich ins Herz geschlossen und mich bei ihr geborgen gefühlt. Es schmerzte mich, dass ich wohl nie die Chance bekommen würde, sie näher kennenzulernen.

»Aber vielleicht lebt sie noch«, brachte sie mühsam hervor, während sie offensichtlich mit den Tränen kämpfte.

Ich schüttelte den Kopf. »Und selbst wenn? Die Angreifer sind bewaffnet, Thea. So, wie das hier klingt, würden sie dich, ohne mit der Wimper zu zucken, erschießen. Lass sie sich nicht umsonst geopfert haben.«

Der Schmerz in Theas Gesicht stimmte mich traurig. Zugleich lag ein Vorwurf darin, der mich hart traf. Doch wenn ich ehrlich war, war das Ganze hier meine Schuld. Ohne mich wäre das nicht geschehen. Dann hätte mein Va– … der Senator niemals nach mir suchen lassen, und das Dorf wäre noch in Sicherheit.

»Sie hätte gar nicht sterben sollen, Jenna. Es hätte alles perfekt werden sollen! Du, ich und sie.«

Da begriff ich, dass Thea gar nicht mir die Schuld gab, sondern der Stadt im Allgemeinen. Das gab mir den Mut, endlich zu reagieren. »Gut, aber dann lass uns jetzt gehen, okay?«

Meine Schwester nickte mechanisch, dann wandte sie sich ab. Erleichtert atmete ich auf.

»Sie können noch nicht weit sein!«, bellte da eine Stimme hinter uns, die mir seltsam bekannt vorkam und mir eine unwohle Gänsehaut bescherte.

Ich warf einen Blick über die Schulter und erkannte den Ursprung der Stimme. Es war Maximilian, Mikes Vater und Truppenführer der Armee meines Vaters, der aus dem Fenster blickte.

Der Bluthund.

Mein Herz setzte für einen Moment aus, nur um danach noch schneller zu schlagen. Wenn der Bluthund uns jagte, waren unsere Chancen, zu entkommen, gleich Null. Er war der beste und begnadetste Jäger der ganzen Stadt. Hatte er einmal eine Spur aufgenommen, gab es kein Entrinnen mehr.

Mir entwich ein leiser Fluch, dann ergriff ich Theas Hand und sprintete mit ihr im Schlepptau los, als wäre Hades höchstpersönlich hinter mir her. Die Angst beflügelte mich. Doch sie ließ mich auch unvorsichtig werden. Ich stolperte. Um mit einer rudernden Bewegung mein Gleichgewicht wiederzuerlangen, ließ ich Theas Hand los. Trotzdem landete ich auf meinen Knien. Ein stechender Schmerz durchzuckte mich.

Für einen Moment wollte ich einfach sitzen bleiben, doch die Panik vor Maximilian trieb mich an und zwang mich, wieder aufzustehen.

»Alles okay?«, fragte Thea vorsichtig.

Ich nickte und griff nach der Hand, die sie mir anbot. »Los, komm, wir müssen hier weg.«

Sie musterte mich einen kurzen Moment, dann bahnte sie sich entschlossen einen Weg durch die schmalen Gassen, und ich folgte ihr. Beinah glaubte ich, dass sie meine Angst spürte, während sie uns immer näher zum Gebirge und tiefer ins Dorf führte.

Als wir um die nächste Ecke bogen, kam uns ein in Weiß gekleideter Soldat entgegen. Er trug einen Helm auf dem Kopf, sodass man seine Identität nicht ausmachen konnte. In seinen Händen trug er ein Gewehr. Schnell änderte sie die Richtung, und ihr gelang es, ihn durch ihr Gassenwissen abzuhängen.

Trotzdem verfolgten uns schmerzerfüllte Schreie und die Rufe der Soldaten. Innerlich zerriss es mich. So viel Leid auf einmal hatte ich nicht erwartet. Ich konnte nicht glauben, wie unbarmherzig die Städter die Träumer jagten. Wie sie keinerlei Mitgefühl zeigten.

Als uns plötzlich aus einer Gasse zwei hochgewachsene Männer entgegenkamen, endete unsere Flucht fürs Erste. Wir hatten gerade erst die Richtung geändert, um einer weiteren Truppe zu entkommen.

Verdammt! Man hatte uns eingekesselt.

Doch schnell wurde uns klar, dass die beiden Männer keine Soldaten waren. Fast hätte ich erleichtert aufgeatmet, als ich Lukas und Jonas erkannte.

»Es geht euch gut!« Thea umarmte die beiden.

»Wir müssen sofort weiter«, trieb ich die anderen an und unterbrach die Wiedersehensfreude, was mir einen komischen Blick von Lukas einbrachte.

Glücklicherweise diskutierte keiner mit mir, und wir setzten den Weg fort. Dieses Mal übernahm Lukas die Führung, von dem ich mittlerweile wusste, dass er ein Kundschafter war und sich gut auskannte.

Als sich uns eine Truppe aus Soldaten in den Weg stellte, änderten wir unsere Richtung. Doch dort erwarteten uns ebenfalls unsere Feinde.

Wir waren umstellt.

Dieses Mal endgültig.

Mein Herz schlug hart und schnell in meiner Brust. Pumpte das Adrenalin durch meine Adern und hinterließ ein fieses Kribbeln. Angst lähmte mich. Was sollten wir nur machen? Gab es eine Chance, zu entkommen? Meine Atmung beschleunigte sich.

Als eine Gestalt aus der Gruppe trat, hätte ich am liebsten laut aufgeschluchzt. Der Bluthund. Nein, das durfte nicht sein. Wie hatte er uns so schnell finden können?

»Na, na, wen haben wir denn da?« Seine Stimme glich einem Sing-Sang und strotzte vor Verachtung.

Gleichzeitig kämpfte ich mit der Fassung, denn zu Maximilian hatte ich einst aufgesehen. Schließlich war er Mikes Vater. Er hätte mein Schwiegervater werden sollen. Doch es hatte sich sowieso alles geändert. Immerhin war ich eine Träumerin, und Mike hatte ich nie viel bedeutet … Ich konzentrierte mich auf die Wut, die sein Verrat in mir auslöste, und schöpfte daraus Mut. »Maximilian, was wird das hier?«

Er lachte gehässig. »Dein Vater möchte dich gern zurückhaben, aber wie ich sehe, hast du dich hier schon häuslich eingerichtet. Sogar meinen Jungen hast du abgeschrieben und dir einen neuen zugelegt. Wie schade aber auch.« Er deutete auf Lukas, an den ich mich vor lauter Schreck geklammert hatte.

Schnell ließ ich ihn los. »Ihn? Niemals! Du weißt, dass ich Mike liebe und dass sich das niemals ändern wird.«

Maximilian schnaubte gehässig, was ich verstehen konnte. Die Worte schmeckten fade und fühlten sich falsch an. Als wären sie stets wie ein Mantra gewesen … »Das glaubst du doch selbst nicht. Ich war immer gegen diese Verlobung. Das Balg einer Träumerin ist unwürdig, in meine Familie einzuheiraten. Aber was sollte ich machen? Der Senator steht über mir, und er ist einer der mächtigsten Menschen unseres Landes. Er wollte die perfekte Tarnung, und es hat funktioniert, bis dein dämlicher Doppelgänger aufgetaucht ist.« Er wandte sich Thea zu. »Eigentlich müsste ich dir dankbar sein, denn nun muss mein

Junge nicht mehr mit dieser Anomalie vorlieb nehmen, die er eh nie heiraten wollte.«

Tränen stiegen mir in die Augen. Wie hatte ich zu ihm aufsehen können? Er war immer so freundlich und liebevoll zu mir gewesen, dabei hatte er mir das nur vorgespielt. So wie alle anderen auch. Irgendwie wusste ich nicht, was mich mehr schmerzte: seine Worte oder Mikes Verrat. Hatte ich denn nicht genug erlitten? »Warum?«

Maximilian rollte mit den Augen. »Du bist so erbärmlich. Klimperst mit deinen Wimpern und lässt ein paar Tränen kullern und schon hast du alle um den Finger gewickelt. Selbst den Senator. Du hast ihn verweichlicht. Er möchte, dass wir dich lebend gefangen nehmen.« Ein teuflisches Grinsen trat auf sein Gesicht. »Aber du hast Gegenwehr geleistet, sodass wir keine andere Wahl haben, als dich zu töten. Wie schade aber auch.«

Gelangweilt zuckte er mit den Schultern, dann gab er den Befehl zum Angriff. Mein Herz setzte für einen kurzen Moment aus, und meine eine Atmung beschleunigte sich, pumpte das Adrenalin durch meine Adern, das mich lähmte. Heiß rauschte es durch meinen Körper und fühlte sich an wie feine Nadelstiche unter der Haut.

Plötzlich griff Lukas nach meinem Arm und zerrte mich ins nächste Haus. Er stieß mich hart von sich und knallte die Tür zu, um sich dagegen zu stemmen. Jonas griff nach einem Stuhl und stellte ihn unter die Türklinke.

»Das wird sie nicht lange aufhalten, uns aber Zeit zur Flucht verschaffen.« Lukas ging in der Mitte des Raumes in die Hocke und tastete den Boden ab.

Ich dachte schon, er wäre verrückt geworden, doch dann öffnete er eine kleine Luke. Eine Geheimtür! Sie fügte sich so perfekt in die Umgebung ein, dass man sie nicht erkennen würde, wenn man nicht wusste, dass sie dort war.

Schnell kletterten wir die schmale Leiter hinunter, dann schloss Lukas die Luke hinter sich. In seiner Hand hielt er eine kleine, altmodische Lampe, die wohl noch mit Batterien betrieben wurde. Sie beleuchtete den schmalen Gang, der nur spärlich von Balken gehalten wurde, gerade so weit, dass wir ein Stück weit sehen konnten. »Los, kommt! Wenn er das Dorf gefunden hat, wird er den Tunnel über kurz oder lang ebenfalls entdecken.«

Wir nickten Lukas zu, dann hetzten wir den Weg entlang, der über viele Meter anstieg.

Erst als uns Sonnenlicht blendete, hielten wir kurz inne. Tief atmete ich durch, was mir einen abschätzigen Blick von Lukas einbrachte. Dann wandte er sich wieder ab und warf einen letzten Blick auf das Tal, in dem das Dorf lag. Es wäre ein magisches Bild gewesen, wie es in den letzten Strahlen der Sonne badete, wenn es nicht von den brennenden Häusern zerstört worden wäre.

»Kommt schon!«, trieb Lukas uns erneut an. Obwohl er gefasst wirkte, konnte ich das leichte Zittern in seiner Stimme wahrnehmen.

»Lukas hat recht. Maximilian wird nicht aufgeben, bis er uns gefunden hat.« Wir setzten unseren Weg endlich fort, was mich beruhigte. »Maximilian wird als ›der Bluthund‹ betitelt. Man sagt, wenn er einmal eine Spur aufgenommen hat, gibt es kein Entrinnen mehr. Er verliert niemals die Fährte.

»Dann sollten wir uns wirklich beeilen«, murrte Lukas und beschleunigte seine Schritte.

Ich folgte den anderen, auch wenn ich diesen schnellen und steilen Marsch nicht gewöhnt war. Meine Füße schmerzten bereits nach kurzer Zeit, doch ich beschwerte mich nicht. Wenn Maximilian uns einholte, dann würden wir alle sterben, und das wollte ich nicht. Vor allem weil Thea die einzige Familie war, die ich noch hatte. Ohne sie wäre ich niemand mehr. In der Stadt wurde ich gesucht, und bei den Träumern war ich nicht willkommen.

Nach einer gefühlten Ewigkeit hielten wir an, um kurz zu verschnaufen. Erschöpft lehnte ich mich an das Gestein und ließ mich zu Boden sinken. Ich zog die Beine an und umschloss diese mit den Armen. Meine Stirn bettete ich auf meine Knie. Am liebsten hätte ich einfach geweint und aufgegeben. Sollte der Bluthund mich doch holen. Denn nun gab es bis auf Thea nichts mehr, das mir noch etwas bedeutete. Mir war zwar seit dem Gespräch mit Thea bewusst, dass ich Mike hinter mir lassen musste. Dass er ein mieses Arschloch war, dem ich nichts bedeutet hatte, dennoch schmerzte es mich. Vor allem Maximilians Worte …

Dazu kam, dass ich um meine Mutter trauerte. Vielleicht war es auch nur das Bild eines mich liebenden Elternteils, um das ich trauerte. Ich würde meine Mutter niemals wirklich kennenlernen, weil mein Vater uns den Bluthund auf den Hals gehetzt hatte.

»Es tut mir so leid«, presste ich hervor. Die Tränen konnte ich nicht mehr zurückhalten.

Ich hob meinen Kopf, und als mein Blick den von Thea traf, bemerkte ich, dass auch ihre Augen schimmerten. Sie verzog ihren Mund zu einer schiefen Fratze.

»Du kannst nichts dafür«, flüsterte sie heiser, doch ich schüttelte den Kopf.

»Wenn ich niemals mit dir geredet hätte und nicht mitgegangen wäre, dann hätte Vater niemals nach mir gesucht und das Dorf gefunden.«

»Unsinn. Dann hätte ich dich niemals suchen dürfen. Schließlich habe ich den ersten Schritt gemacht.« Thea stemmte die Arme in die Seiten, nachdem sie sich die Tränen aus dem Gesicht gewischt hatte, und sah mich herausfordernd an.

»Hört auf, euch wie trotzige Kinder zu verhalten. Es wird nichts an der aktuellen Situation ändern. Keiner von euch hat Schuld daran, schließlich war uns allen klar, dass es irgendwann so weit kommen würde. Wir sind Träumer. Es war uns bewusst, dass sie uns früher oder später finden würden«, ging Jonas dazwischen und erntete böse Blicke von uns.

»Er hat recht, Mädels. Außerdem ergibt es keinen Sinn, über das Wenn, Hätte und Falls zu diskutieren. Wir müssen weiter, bevor uns dieser Bluthund einholt«, stimmte Lukas ihm zu.

Mit einem Seufzen kämpfte ich mich zurück auf meine schmerzenden Füße. Meine Beine stachen und hielten mich kaum noch vor Erschöpfung.

»Es ist nicht mehr weit«, sagte Lukas erstaunlich sanft.

Ein Lächeln umspielte seine Lippen und hellte seine Züge auf. Seine hellbraunen Augen strahlten für einen kurzen Moment. Doch dieser verging leider so schnell, dass ich fast glaubte, ihn mir eingebildet zu haben, und hinterließ ein seltsames Gefühl der Trauer in mir. Dann wandte er sich ab und führte uns weiter ins Gebirge hinein.

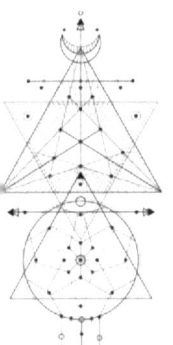

# KAPITEL 15

## THEA

Lukas sollte recht behalten: Keine zwei Stunden später standen wir plötzlich in einem anderen Dorf, das geschützt im Gebirge lag. Seine Gebäude fügten sich perfekt in den Felsen ein, sodass man es nur wahrnahm, wenn man sich bereits mittendrin befand.

Normalerweise jedenfalls, denn auf dem Platz in der Mitte hatte man provisorische Zelte aufgebaut, um den Flüchtlingen einen Moment der Ruhe zu gönnen und ihre Wunden zu versorgen, bevor man ihnen Häuser zuordnete.

Hinter dem Zeltlager schimmerte das Blau eines Sees, an dessen Ufer kleine Felder angelegt waren. Sie schienen weit mehr Früchte zu tragen als unsere damaligen Felder, wofür ich sie beneidete.

Lukas gab uns jedoch kaum Zeit, uns zu orientieren, sondern führte uns auf einen der Steinbauten zu, dessen Eingang von zwei Säulen gesäumt wurde. Nachdem wir einen breiten Gang passiert hatten, standen wir in einem Raum, der voller Regale mit Büchern und Schriftrollen war. Einzelne Tische mit Stühlen standen ebenfalls verteilt. Wenn ich Lukas' Erzählungen einer Bibliothek ein Bild hätte zuschreiben müssen, dann hätte ich genau das hier gewählt.

An einem der Tische saß ein alter Mann und schien in ein Buch versunken.

»Jonathan?«, sprach Lukas ihn an.

Der Angesprochene zuckte zusammen, blickte dann auf und lächelte uns zu. »Lukas, wie schön. Es freut mich sehr, dich zu sehen.« Sein Lächeln verschwand. »Aber es schmerzt mich sehr, was mit eurem Dorf geschehen ist.« Er seufzte leise, als würde er seine Worte unterstreichen wollen. »Fühlt euch hier ganz wie zu Hause.«

»Danke, Jonathan.«

Er nickte kurz und schien irgendwie abwesend, als er sich Jenna und mir zuwandte. Seine extrem hellen, blauen Augen musterten uns aufmerksam und schienen für einen Wimpernschlag weiß zu werden. Dieser Moment war so kurz, dass ich glaubte, ihn mir nur eingebildet zu haben. Seine Züge wurden sanfter. »Euer Verlust tut mir sehr leid.«

»Danke«, brachte ich hervor.

»Nicht doch«, winkte er ab. Er warf den Jungs einen kurzen Blick zu, die nickten und den Raum verließen. Dann wandte er sich wieder mir und Jenna zu. »Ihr müsst Morpheus' Zwillinge sein, habe ich recht?«

»Woher wissen Sie davon?«, fragte ich argwöhnisch, während mich der Umstand, dass wir mit dem fremden Mann nun allein waren, verwirrte.

Er lächelte freundlich. »Ich bin Athenes Sohn und habe ihre Gabe der Weisheit geerbt.«

»Es gibt noch mehr wie uns?«, fragte Jenna und klang dabei irgendwie ehrfürchtig. War es denn wirklich so weltbewegend, dass es Kinder mit göttlichem Blut gab? Mir hatte es bisher mehr Schwierigkeiten bereitet, als dass es etwas Positives bewirkt hatte.

»Es gibt nicht viele, weil sich Götter nicht gern mit Sterblichen einlassen. Es könnte die Gefahr bestehen, dass sie sich verlieben, und das wollen sie nicht riskieren. Neben euch kenne ich noch ein weiteres Kind.«

»Als würde die Götter irgendetwas interessieren, was mit uns Menschen zu tun hat. Wir sind doch nur ein Wimpernschlag für sie«, murrte ich.

Jonathan schmunzelte. »Ich verstehe deinen Unmut, Thea. Immerhin hat deine Mutter dich ohne Morpheus großziehen müssen. Mal davon abgesehen, dass Jenna als Säugling entführt wurde. Aber ich versichere dir, wenn Morpheus eure Mutter geliebt hat, dann liebt er sie noch immer. Götter verschenken ihr Herz nur ein einziges Mal. Möchtet ihr mehr darüber erfahren?«

Eigentlich interessierte mich das alles nicht, doch es fühlte sich an, als wäre ich es unserer Mutter schuldig. Immerhin liebte sie Morpheus noch immer. Deswegen nickte ich.

Lächelnd bat Jonathan uns, ihm gegenüber Platz zu nehmen. »Das freut mich. Ich wollte nicht einfach einen Monolog starten, ohne dass ihr bereit dafür seid. Wisst ihr, diese Geschichte ist etwas komplizierter, deswegen muss ich ein bisschen ausholen. Ihr wisst doch, was die Götter sind, richtig?«

Jenna und ich wechselten vielsagende Blicke. Wollte er uns auf den Arm nehmen?

Meine Schwester antwortete ihm schließlich. »Sie sind Wesen mit übernatürlichen Fähigkeiten und hatten sogar die Macht, unsere Erde nach dem dritten Weltkrieg zu reinigen.«

Ein Lächeln zierte Jonathans Züge. »Ursprünglich waren sie Menschen, die einfach nur besondere Fähigkeiten hatten. Als Beispiele wären Athenes übermenschliche Intelligenz oder Zeus' Blitze zu nennen. Die Ureinwohner unserer Erde verängstigte das, sodass sie gegen sie in den Krieg zogen. Der Ausgang war von vornherein klar, denn wie sollten sie gegen Magie ankommen? Nach ihrem Sieg unterjochten sie die Menschen und ließen sich als Götter feiern.«

Mir entwich ein Schnauben. »Wenn sie einfache Menschen wären, warum sind sie dann unsterblich? Das klingt irgendwie … unspektakulär.«

Ein Strahlen legte sich auf sein Gesicht. Er schien Spaß daran zu haben, uns die Geschichte der Götter zu erklären. »Guter Einwand. Nenn es Arroganz, aber sie glaubten tatsächlich, dass in ihnen etwas Besonderes schlummerte. Deswegen gingen sie zu Chronos, dem Urvater der Magie, und baten ihn um Unsterblichkeit. Er gewährte sie ihnen, nahm ihnen jedoch das, was sie menschlich machte: ihr Mitgefühl und die Liebe. Sollten sie wider Erwarten doch diese Gefühle entwickeln, würde ihr Herz gestohlen werden. Die Angst davor ließ sie kalt und berechnend werden. Sie vergaßen, was es bedeutete, ein Mensch zu sein.«

»Und wenn sie sich in einen Menschen verlieben, dann für immer, richtig?«, warf ich ein.

»Ich nehme an, eure Mutter hat euch das erzählt, oder?«

»Ja, das hat sie. Ich finde noch immer, dass das romantisch klingt«, murmelte Jenna und blickte verträumt auf ihre Hände.

Jonathan musterte sie ernst. »Tut es, nicht wahr? Die eine wahre Liebe. Doch was ist, wenn ein *unsterblicher* Gott einen *sterblichen* Menschen liebt?«

»Dann wird die Unsterblichkeit zu einem Fluch«, flüsterte ich und spürte, wie sich eine Gänsehaut auf meinen Armen ausbreitete.

»Ganz so schlimm ist es dann doch nicht.« Jonathan lachte leise. »Das Schlimmere ist, dass der Mensch das Götterreich nicht betreten darf, und die Götter nur alle zehn Jahre auf die Erde kommen können. Unser Leben ist zu kurz, um darauf zu warten, dass sich die eine Person blicken lässt. Wir leben einfach weiter und sagen uns dann gern vom Gott los. Schließlich mag es niemand, allein zu sein. Sollte aber die Liebe zwischen Mensch und Gott tatsächlich bis zum Tod des Menschen halten, kann ein Gott ihn mithilfe eines Kusses der wahren Liebe bei Hades freikaufen. Erst dann dürfen sie ins Götterreich eintreten und glücklich zusammenleben.«

Aufregung durchfuhr mich. So wie meine Mutter geklungen hatte, meinte ich, dass sie Morpheus bis zum Schluss geliebt hatte. Könnte es sein, dass sie in seinem Reich weiterleben konnte? Dass ich sie nicht für immer verloren hatte? Ich hoffte es so sehr. Für mich, für Jenna und vor allem für Mom.

»Wir … wir müssen ins Traumreich.« Jennas Augen funkelten vor Aufregung.

»Aber wie? Wir sind Menschen, wir können nicht einfach so ein Götterreich betreten«, gab ich zu Bedenken.

»Aber es muss eine Möglichkeit geben, Mom hat es doch selbst gesagt. Es waren ihre letzten Worte. Ihr letzter Wunsch …«

Jonathan räusperte sich und unterbrach damit unser Gespräch. »Gebt mir eine Stunde, dann kommt wieder hierher. Erfrischt euch und esst etwas. Danach werde ich alles geregelt haben, damit ihr den letzten Willen eurer Mutter erfüllen könnt.«

»Aber wir sind nur zur Hälfte göttlich. Wie also sollen wir in das Reich unseres Vaters gelangen? Bedeutet das etwa, dass wir unsere Menschlichkeit aufgeben müssen?«

Ein Schmunzeln legte sich auf Jonathans Lippen. »Nein, das müsst ihr nicht. Euer Mischblut reicht aus, um euch kurzzeitig Zugang zu verschaffen. Nur leben könnt ihr dort nicht. Und jetzt geht, damit ich alles vorbereiten kann. Ihr solltet euch ausruhen und stärken, denn die Reise wird euch viel abverlangen.«

Seine letzten Worte machten mir Angst. Sie verunsicherten mich, weil ich nicht wusste, was auf uns zukommen würde. Doch Jonathan gab uns keine Möglichkeit, weitere Fragen zu stellen, da er aufstand und sich abwandte.

Mir entwich ein Seufzen, dann erhob ich mich. Es störte mich, dass ich einem mir vollkommen Fremden in dieser Situation vertrauen musste. Wer sagte mir, dass er uns nicht hintergehen würde? Klar, wir waren hier in einem Träumerdorf, und man vertraute einander. Doch diese leisen Zweifel ließen sich nicht abstellen.

Als Jenna Anstalten machte, Jonathan zu folgen, griff ich nach ihrem Handgelenk und schüttelte den Kopf. Er hatte uns mehr als deutlich gesagt, dass wir gehen sollten. Also sollten wir ihm die Ruhe gönnen. Gemeinsam mit Jenna verließ ich die Bibliothek, auch wenn es meiner Schwester missfiel.

Erst als die Tür hinter uns in Schloss gefallen war, ließ ich sie los.

Sofort stemmte sie ihre Arme in die Seiten und musterte mich finster. »Was sollte das?«

Müde musterte ich Jenna, die anscheinend in ihren Prinzessinnenmodus gewechselt war. »Jonathans Anweisungen waren unmissverständlich.«

Meine Schwester verzog ihre Lippen zu einem Schmollmund. Sie streckte den Rücken durch und hob ihr Kinn. »Na und? Er kann nicht einfach Dinge andeuten und uns dann im Regen stehen lassen.«

Mir entwich ein resigniertes Seufzen. »Jenna. Ich weiß nicht, wie ihr das in der Stadt handhabt, aber wir respektieren es, wenn unsere Mitmenschen Ruhe haben möchten.«

Wenn Blicke töten könnten, wäre ich vermutlich umgefallen. Ohne zu antworten, wandte sich Jenna ab und stolzierte zum Zeltlager.

Nachdem wir Lukas und Jonas gefunden hatten, gingen wir in den Speisesaal. Glücklicherweise kannte sich Lukas hier aus, sodass wir nicht lange suchen mussten.

Erst als ich frisch gebackenes Brot und eine Schale voll Früchte vor mir stehen hatte, bemerkte ich, wie hungrig ich war. In dem ganzen Trubel war mir das nicht bewusst gewesen.

Gleichzeitig realisierte ich, dass die Flucht mich davon abgehalten hatte, über meine Mutter nachzudenken. Darüber, dass sie sich für Jenna und mich geopfert hatte. Dass ich sie nie wieder sehen würde.

Eine unfassbare Leere breitete sich in mir aus und trieb mir die Tränen in die Augen. Übelkeit stieg in mir auf, sodass ich meine Schüssel von mir schob.

»Alles okay?«, fragte mich Jonas besorgt.

»Was denkst du denn?«, fuhr ich ihn an, bereute meinen harschen Tonfall jedoch sofort.

Für eine Millisekunde zierte Verletzlichkeit seine Züge, doch er hatte sich schnell wieder im Griff. »Ich mache mir einfach Sorgen um dich.«

»Danke, aber ich komme schon klar.« Auch wenn er es nur gut meinte, so hieß ich die Wut willkommen. Sie war mir lieber als die Trauer.

Ein leichtes Lächeln lag auf seinen Lippen, das seine Augen nicht erreichte. »Du weißt, dass ich einfach nur für dich da sein will.«

Mir entwich ein resigniertes Seufzen. »Jonas, ich bin dir dankbar dafür, aber ich bin kein Porzelanpüppchen.«

Lukas schnaubte und erntete einen bösen Blick von mir. Er zuckte mit den Schultern. »Du vielleicht nicht, aber unsere Prinzessin hier schon.«

Empört schnappte Jenna nach Luft. »Du hast doch den Knall nicht gehört!«

»Knall? Welchen Knall meinst du?« Lukas zwinkerte mir zu, dann wandte er sich voll und ganz meiner Schwester zu.

Mir wurde warm ums Herz, denn er lenkte somit das Gespräch von mir ab. Er hatte verstanden, dass Abstand und Zeit das waren, was mir half. Dass ich nicht der Typ Mensch war, der über seine Trauer sprechen wollte. Dafür war das mit meiner Mutter noch viel zu frisch.

»Was ist eigentlich dein Problem?«, keifte Jenna.

Ich konnte ihr ansehen, dass Lukas' Angriff ihr naheging. »Lukas, ich glaube, das reicht.«

Der Rest unseres Gesprächs blieb bei leichtem Smalltalk und Geplänkel. Wir machten einen großen Bogen um Themen wie meine Mutter, das Dorf und die Stadt, was mir zwar zusagte, sich aber anfühlte, als würden wir rohe Eier balancieren.

»Ich denke, wir sollten langsam zu Jonathan zurück, oder?«, fragte Jenna, wobei ihre Augen vor Aufregung funkelten.

Ich unterdrückte ein genervtes Stöhnen. Beinah glaubte ich, dass ihr die Ereignisse des Tages vollkommen egal waren, solange sie ihren Wissensdurst stillen konnte. Ob es daran lag, dass man in der Stadt darauf getrimmt wurde, keine Gefühle zu zeigen, wusste ich nicht. »Dich interessiert gar nicht, dass unsere Mutter gestorben ist, oder? Dass mein Dorf ausgelöscht wurde? Dass ich meine Heimat verloren habe?«

Erschrocken musterte mich Jenna. Ich sah es in ihrem Blick, wie sehr meine Worte sie verletzten. »Das ist nicht wahr.«

Mir war bewusst, dass mein Handeln unfair war, doch es fühlte sich so einfach an, meinen Frust an meiner Schwester auszulassen. Immerhin war sie die Prinzessin von Highland Lake. Sie war der Inbegriff der Städter. »In deinen Augen sehe ich Faszination und Neugier. Aber wo ist deine Trauer? War das alles geplant?«

»Du bist nicht die Einzige, die alles verloren hat, Thea. Es tut mir leid, dass ich um ein Dorf, in dem ich nicht willkommen war, nicht trauern kann. Dass ich um unsere Mutter nicht weinen kann, weil ich sie nicht kannte. Aber auch mir geht das alles sehr nah. So viel Tod … so viel Leid … und da fragst du mich, ob das alles ein abgekartetes Spiel ist?« Als ich Tränen in ihren Augen schimmern sah, wurde mir bewusst, dass ich zu weit gegangen war.

»Jenna … es tut mir leid«, murmelte ich betreten.

Ihre hellblauen Augen, die meinen nahezu identisch waren, fixierten mich einen Moment. Alles in mir schrie danach, ihnen auszuweichen, doch ich zwang mich, ihren Blick zu erwidern. Dann wurden Jennas Züge weicher. »Ich verzeihe dir.«

»Wolltet ihr nicht zu Jonathan?«, warf Jonas ein, wobei ein leichtes Lächeln auf seinen Zügen lag.

Langsam nickte ich, dann standen meine Schwester und ich auf. Doch bevor ich meiner Schwester aus dem Speisesaal zur Bibliothek folgte, beugte ich mich noch einmal zu Jonas, küsste ihn und holte mir Kraft aus der leichten Berührung.

»Eine Sache noch«, begann Jenna, und ich betrachtete sie aufmerksam. »Auch wenn es nicht so wirkt, so schmerzt mich all das Leid, das mein Ziehvater verursacht. Er war immer gut zu mir, und das hier ist komplett konträr zu dem, was er mir vermittelt hat. Glaube mir, ich leide ebenfalls, wenn auch anders. Nur lenke ich mich mit Wissensdurst ab.«

»Du weichst deinen Problemen aus, anstatt dich ihnen zu stellen«, warf ich ein. Obwohl es eigentlich eine Frage war, so sprach ich sie wie eine Feststellung aus.

Jenna zuckte mit den Schultern. »Zu gegebener Zeit werde ich mich der Sache stellen, aber nicht jetzt. Man hat mir von klein auf beigebracht, dass meine eigenen Belange unwichtig sind. Dass das Wohl aller immer an erster Stelle steht. Nur weiß ich momentan nicht, was richtig und was falsch ist, Thea. Deswegen möchte ich unbedingt zu unserem Vater. Immerhin ist er ein Gott und weiß vielleicht, was zu tun ist.«

Für einen Augenblick musterte ich meine Schwester. Jenna hatte den Rücken durchgestreckt und den Kopf gehoben. Sie strahlte Stärke aus, doch ich konnte sehen, dass es eine Fassade war. Ihr Lächeln wirkte wie festgetackert, die Haltung zu übertrieben. Da wurde mir bewusst, wie falsch ich vorhin mit meiner verletzenden Aussage gelegen hatte.

Jedoch konnte ich mich nicht noch einmal entschuldigen, denn wir erreichten das große, doppelflügelige Portal von Jonathans Reich. Jenna stieß es auf und schritt aufrecht den Gang entlang, während ich ihr nahezu geduckt folgte.

Als der andere Halbgott uns sah, lächelte er. »Ah, da seid ihr ja. Ich bin so gut wie fertig.«

Ein ungutes Gefühl beschlich mich, das ich zu unterdrücken versuchte, als Jonathan uns bedeutete, ihm zu folgen. Jenna dagegen schien fast unbekümmert. Wie konnte sie nur so cool bleiben? In diesem Moment beneidete ich sie um die Werte, die man ihr in der Stadt vermittelt hatte.

Wir passierten eine schmale Holztür, die in ein Büro führte. Die Wände säumten mehrere Regale und Vasen voller Schriftrollen sowie ein Schreibtisch, bei dem es einem Wunder glich, dass er unter all den Büchern nicht zusammenbrach.

In der Mitte des Raumes lagen drei rote Kissen, zwischen denen weiße Wachskerzen standen. In dem Kreis befand sich eine kupferne Schale mit allerlei Kräutern, die ich nicht zuordnen konnte, und ein goldenes Messer.

Erneut drängte sich dieses ungute Gefühl an die Oberfläche. Auf was hatten wir uns nur eingelassen? Am liebsten hätte ich die Beine in die Hand genommen und wäre davon gerannt. Jenna schien meine innere Unruhe zu spüren, denn sie sah mich an. Dabei lächelte sie aufmunternd, als würde sie mir Mut machen wollen.

»Nehmt doch schon einmal Platz.« Jonathan deutete auf die Kissen. Zögerlich trat ich darauf zu und ließ mich fallen.

»Jenna, ich habe kein gutes Gefühl«, flüsterte ich, als Jonathan den Raum verließ.

Jenna schüttelte den Kopf. »Gib dem Ganzen eine Chance. Was soll schon schiefgehen?«

*Es könnte gefühlt alles schiefgehen*, dachte ich, doch ich sprach diesen Gedanken nicht aus. Vielmehr wurde mir bewusst, wie unterschiedlich Jenna und ich eigentlich waren. Wie Tag und

Nacht oder Winter und Sommer. Sie hatte gelernt, blind zu vertrauen, während man mir von Anfang an beigebracht hatte, zu zweifeln und nichts einfach zu akzeptieren.

»Du brauchst dir keine Sorgen zu machen, Thea«, vernahm ich nun Jonathans Stimme.

»Dass du das sagst, ist doch logisch.«

Das brachte ihn zum Lachen. »Stimmt wohl. Aber um dir vielleicht ein bisschen Sicherheit zu geben, erkläre ich dir gern das Ritual des hellen Nebels.« Er setzte sich auf das letzte Kissen und griff nach dem goldenen Messer. »Eine Voraussetzung für das Betreten des Traumreichs ist, dass ihr schlaft. Eigentlich betretet ihr Morpheus' Reich dann schon automatisch, nur, dass euer Geist nicht dazu in der Lage ist, sich dort bewusst zu bewegen. Dafür habe ich einige Kräuter ausgewählt, die euch dies ermöglichen.«

Jenna warf mir einen Blick zu, der sagen sollte, dass es doch wirklich nur halb so schlimm klang. Doch irgendwie war ich nicht beruhigter. »Und warum dann der Dolch?«

»Mein Gebräu kann nur dann seine volle Entfaltung gewähren, wenn es mit eurem Blut vermischt wurde. Aber keine Sorge, das heilige Wasser meiner Mutter überdeckt den Geschmack.«

Bevor mir bewusst wurde, was Jonathan da gesagt hatte, griff er nach meiner Hand und schnitt mir in die Handfläche. Ein heißer Schmerz durchzuckte mich und ließ mich aufschreien. Automatisch zog ich meine Hand zurück und sprang auf. »Sag mal, spinnst du?«

»Thea, bitte, setz dich wieder. Er möchte uns doch nur helfen. Hättest du dein Blut freiwillig gegeben?«, fragte mich meine Schwester, als sie Jonathan ihre Hand reichte.

Aufgebracht stemmte ich meine Arme in die Seiten. »Selbstverständlich nicht!«

»Siehst du, deswegen hat er dich überrumpelt.«

Ich betrachtete noch einmal meine Handfläche, die ein feiner Schnitt zierte, und kämpfte gegen den Drang, wegzulaufen. Das Ritual fühlte sich falsch an, doch ich wollte das Reich meines Vaters betreten. Es war der letzte Wunsch meiner Mutter gewesen, und allein der Gedanke an sie brachte mich dazu, mich wieder hinzusetzen.

Jonathan rührte gerade in der kupfernen Schale, klopfte das Messer ab und legte es auf das Tuch neben das Gefäß. Dann griff er nach dem Gebräu und reichte es mir. Widerwillig nahm ich es an und betrachtete es, konnte mich aber nicht überwinden, es zu trinken.

»Komm schon, Thea. Trink es, für Mom.« Kurz blickte ich zu Jenna, die mich aufmunternd anlächelte, dann nickte ich. Ich trank einen Schluck und reichte die Schale anschließend meiner Schwester.

Süß wie Trauben schmeckte die Flüssigkeit und ließ mich verzückt lächeln. Selten hatte ich etwas so Köstliches probiert. Bevor ich jedoch nachfragen konnte, um was es sich handelte, wurde mir schwarz vor Augen.

# KAPITEL 16

## JENNA

Ich öffnete blinzelnd meine Augen und fühlte ich mich wie benebelt. Irgendwie frei und grenzenlos. Doch das Gefühl verflog, als ich den düsteren Himmel voller dunkler Wolken über mir sah, aus dem sich jeden Moment ein Regenschauer ergießen konnte.

Ich setzte mich auf und atmete erleichtert aus, denn Thea war ebenfalls hier. Sie richtete sich gerade neben mir auf. »Hat es funktioniert?«

Ich zuckte mit den Schultern, während Aufregung mich durchflutete. Wir waren in Morpheus' Reich, auch wenn ich es mir anders vorgestellt hatte. Schillernd und bunt hätte es sein und mir ein warmes Gefühl vermitteln sollen, damit man sich beim Schlafen wohlfühlte. Doch in dieser endlosen Sandwüste voll kahler Bäume erblühte garantiert nichts außer Albträume.

Ich verdrängte die Bilder und stellte mir lieber vor, wie dieses Reich einst ausgesehen haben könnte. Vor meinem inneren Auge sah ich saftigen, dunkelgrünen Rasen, auf dem zwischen den Grashalmen einzelne, farbenfrohe Blumen hervortraten. Einige Obstbäume zierten die Wiese und luden dazu ein, sich darunter zu legen und zu entspannen. Eine endlose Weite in den schönsten Nuancen, gepaart mit strahlend blauem Himmel. So hätte es hier aussehen sollen. Doch die Realität war das genaue Gegenteil.

Mein Blick glitt zu meiner Schwester, auf deren Züge sich Traurigkeit legte. Fast glaubte ich, zu wissen, was sie dachte, ihre Gedanken hören zu können. Doch letztendlich war es nur meine eigene Trauer, die ich zu spüren meinte. Leider gab es nur noch wenige Träumer, sodass das Traumreich kaum noch benötigt wurde. Es gab zu wenige, die dieses Reich mit Wünschen füllten und es erstrahlen ließen.

Als ich mich weiter umsah, entdeckte ich in weiter Ferne einen Palast, der noch ein Minimum der ursprünglichen Farbenvielfalt ausstrahlte. Er wirkte in dieser tristen Umgebung beinah fehl am Platz. Ob das Morpheus' Zuhause war?

Ich tippte meine Schwester an und deutete auf das Bauwerk. »Was denkst du? Ob unser Vater dort auf uns wartet?«

Thea zuckte mit den Schultern. »Keine Ahnung. Ein Empfangskomitee hat er ja nicht geschickt.«

Verwundert über ihren harschen Ton zuckte ich zusammen. »Hast du das etwa erwartet?«

»Immerhin hat er uns hierherbestellt. Sollen wir ihn jetzt auch noch suchen?«, murrte sie.

Für einen Moment musterte ich meine Schwester. Der Tod unserer Mutter hatte seine Spuren an ihr hinterlassen. Er war nicht einmal einen Tag her, und wir hatten bisher keine Zeit gehabt, die Geschehnisse zu verarbeiten. Etwas Ruhe hätte nicht geschadet.

Doch das war es nicht, was Thea beschäftigte. Sie gab Morpheus die Schuld an allem. Dass er uns herbat und uns nicht einmal empfing, setzte dem i den Punkt auf.

Ich schüttelte den Kopf, dann atmete ich durch und erhob mich. »Komm, Thea. Wir können hier sitzen bleiben und voll unverrichteter Dinge wieder aufwachen oder wir versuchen, Morpheus zu finden.«

»Dann geh doch«, gab Thea unfreundlich zurück. »Du scheinst ja mal wieder voller Tatendrang zu sein. Aber ich habe auf den Mist keine Lust.«

Ich reichte meiner Schwester die Hand, die sie nur betrachtete und nicht ergriff. »Erinnerst du dich, was Jonathan gesagt hat? Wenn unsere Mom Morpheus bis zu ihrem Tod geliebt hat, könnte es sein, dass sie jetzt hier in seinem Reich ist. Wie wäre es, wenn wir nicht unseren Vater, sondern unsere Mutter suchen?«

»Glaubst du das wirklich? Das ist sicher nur ein Märchen.« Trotzdem wurde ihre Mimik weicher, und die Wut wich aus ihrem Gesicht.

Ich zuckte mit den Schultern. »Früher habe ich gedacht, dass alle Geschichten um die Götter nur Märchen seien. Warum sollte also nicht auch diese wahr sein?«

Thea zögerte, dann ergriff sie endlich meine Hand. »Es klingt unrealistisch, dennoch möchte ich darauf hoffen. Also los!«

Mühsam wateten wir durch den Sand. Ständig sank ich ein oder blieb darin stecken, sodass ich stolperte. Auch Thea fluchte regelmäßig, wenn sie auf den Knien landete.

Nachdem wir eine gefühlte Ewigkeit unterwegs waren, meinte ich, dass wir kaum vorangekommen waren. Glaubte, dass wir auf der Stelle liefen. Tatsächlich hatten wir es gerade mal bis zum nächsten Baum geschafft, und Morpheus' Schloss schien noch immer unendlich weit entfernt.

»So kommen wir nie dort an«, begehrte ich auf.

Thea schenkte mir ein belustigtes Lächeln. »Wer wollte denn Morpheus' Reich erkunden?«

Ich rollte mit den Augen. Es nervte mich, dass sie in mir noch immer die verwöhnte Göre sah. Ein Kind der Stadt, auch wenn ich dort nie hingehört hatte. Aber ich verdrängte den Gedanken. »Das ist nicht hilfreich, Thea. Hier stimmt irgendwas nicht. Wie kann es sein, dass wir dem Schloss gefühlt keinen Zentimeter nähergekommen sind?«

Das ließ nun auch meine Schwester innehalten, und sie hielt nach dem riesigen Gebäude Ausschau. »Unmöglich. Wir müssten viel weiter sein.«

»Ach was«, gab ich bissig zurück und stapfte weiter durch den knietiefen Sand.

»Jenna, komm schon. Sei mir nicht böse.« Thea stolperte und blieb sitzen. Sie hob ergeben die Hände und seufzte leise. Da vernahm ich ein leises Zischen, als würde man eine Wasserflasche öffnen. Irritiert sah ich mich um, doch ich konnte den Ursprung des Geräusches nicht ausmachen. Vermutlich hatte ich es mir eingebildet. Als ich jedoch zum Schloss blickte, erkannte ich, dass es noch immer gleich weit entfernt war.

»Jenna, was ist los?«, fragte Thea besorgt.

»Ich habe ein Zischen gehört, und dann schien es mir, als wäre das Gebäude ein Stück zurückgerutscht«, antwortete ich.

»Ich habe es für das Rauschen des Windes gehalten«, gab meine Schwester zu Bedenken. Ihr Vergleich brachte mich zum Schmunzeln, denn er zeigte wieder einmal, wie verschieden wir waren. Sie verträumt und verspielt, während ich eher praktisch dachte. »Warum grinst du jetzt?«

Ich schüttelte den Kopf. »Ist nicht wichtig. Die Frage ist eher, wie wir zu unserem Vater kommen, wenn wir nur auf der Stelle treten.«

›*Gar nicht*‹, wisperte eine leise Stimme, die aus dem Nirgendwo zu kommen schien.

Vor Schreck weiteten sich die Augen meiner Schwester. »Wer ist hier?«

›*Nur der Wind* .‹

»Jenna, du weißt doch sonst auf alles eine Antwort. Sag mir, dass wir uns das nur einbilden.« Theas Stimme überschlug sich beinah.

Aber auch mir lief ein eiskalter Schauer den Rücken hinab. »Ich weiß es nicht.«

Die Luft vor uns flimmerte, dann schwebte ein Wesen heran. Es hatte den Kopf einer Katze, jedoch schimmerten seine Augen listig wie die eines Luchses. Sein Körper dagegen war menschlich, auch wenn er die Größe eines Kindes hatte und mit langem Fell überzogen war.

›*Die Kinder des Morpheus'*‹, vernahm ich erneut das Flüstern. ›*Und sie kennen den Weg nicht.*‹

Verspottete es uns etwa? Ein Schauer lief mein Rückgrat entlang. »Wer bist du?«

Das Wesen zuckte mit den Schultern. ›*Man gab mir viele Namen, sodass ich nicht mehr weiß, welcher mein wahrer ist.*‹

Mir kam eine uralte Geschichte in den Sinn, die mein Ziehvater mir mal erzählt hatte. »Und du möchtest nun, dass wir herausfinden, wie du heißt? Ist dein Name Rumpelstilzchen, oder was?«

Thea betrachtete mich, als hätte ich den Verstand verloren. Vielleicht war das auch so, doch wie sollte man sonst mit einem Traumwesen umgehen? Immerhin war dieses Träumen für mich noch so neu.

Dieses fremdartige Wesen lachte. ›*Das ist mal ein interessanter und neuer Name für mich. Vielen Dank dafür. Ich habe schon lange keine neuen Identitäten bekommen.*‹

Meine Schwester schnaubte. »Das hast du davon, wenn du mit diesem Ding sprichst. Es macht sich über dich lustig.«

Es fauchte Thea an, die erschrocken zurücksprang. ›*Spaßverderberin.*‹

Bevor alles aus dem Ruder laufen konnte, hob ich entschuldigend die Arme. »Kannst du uns helfen, zu Morpheus' Schloss zu kommen?«

Erneut richteten sich die goldenen Katzenaugen auf mich. Es legte den Kopf schief und musterte mich neugierig. ›*Vermutlich kann ich das, aber wo bleibt dann der Spaß?*‹

Bevor ich antworten konnte, rumpelte der Boden unter uns. Es vibrierte so stark, dass ich glaubte, er würde unter uns auseinanderbrechen und uns verschlingen. Ich spürte, wie mein Herz raste und sich meine Atmung beschleunigte. Sie ging flach und pumpte das Adrenalin nur umso schneller durch meine Adern.

Die feinen Sandkörnchen wackelten und sprangen leicht, als sich aus dem Boden zwei Tore erhoben. Das eine war aus filigranen Teilen, die mich an Elfenbein erinnerten. Sie waren ineinander verschlungen und ergaben ein wunderschönes Gesamtbild. Das andere dagegen war schwarz bis grau und hatte eine glatte, spiegelnde Oberfläche. Es erfüllte seinen Zweck, enthielt deswegen keinen Schmuck.

›*Sucht euch ein Tor aus, doch wählt mit Bedacht. Entscheidet ihr euch für das richtige, gelangt ihr zu eurem Vater. Wenn nicht …*‹ Das Wesen zuckte mit den Schultern und beendete den Satz nicht.

Stattdessen verschwamm die Luft um es herum und ließ es verschwinden.

»Das hat es jetzt nicht wirklich gemacht«, knurrte Thea und stemmte die Hände in die Seiten.

Ich dagegen presste Daumen und Zeigefinger auf die Stirn und massierte sie mir leicht, um die aufsteigenden Kopfschmerzen zu unterdrücken. Dazu schloss ich meine Augen. Wenn ich ehrlich war, wünschte ich mir gerade das ruhige, langweilige Leben der Stadt zurück.

»Jenna?«, fragte mich meine Schwester. Als ich meine Lider öffnete, bemerkte ich, dass Thea mich musterte. Sorge stand in ihrem Gesicht. »Ist alles okay?«

Ich rang mir ein Lächeln ab und nickte. »Selbstverständlich. Lass uns das Rätsel der Türen lösen. Meinst du, wir sterben, wenn wir die falsche wählen?«

Vehement schüttelte meine Schwester den Kopf. »Ganz sicher nicht. Jedenfalls möchte ich das nicht glauben. Immerhin ist das hier das Reich unseres Vaters. Er würde das niemals zulassen, oder?«

Wie leicht man sich in Vätern irren konnte, hatte ich am eigenen Leib gespürt. Deswegen konnte ich ihre Frage nicht mit einem Ja beantworten. »Keine Ahnung. Was denkst du? Welche nehmen wir?«

Es schien mir, dass die Pforte aus Elfenbein einen magisch anzog, denn wir beide gingen auf sie zu. Irgendwie fühlte sie sich gut und richtig an. Mit ihren filigranen Elementen sah sie sowieso viel schöner aus als die andere.

Plötzlich hielt Thea mich zurück. »Wir müssen durch das schwarze Tor.«

Ich blickte sie kurz an, dann schüttelte ich den Kopf. »Niemals. Sieh es dir doch an. Es ist langweilig und schmucklos.«

Nein, ich wollte nicht akzeptieren, dass so etwas Hässliches, Langweiliges richtig sein könnte. Mal davon abgesehen, dass ich von dem anderen Tor einfach nicht meinen Blick abwenden konnte. Deswegen machte ich einen weiteren Schritt darauf zu. So etwas Hübsches konnte nicht verkehrt sein.

Doch meine Schwester griff nach meinem Handgelenk und zerrte mich zurück, zwang mich, mein Spiegelbild in der einfachen Pforte zu betrachten. »Schau genau hin, Jenna. Lass dich nicht vom äußeren Schein trügen. Nur weil etwas schimmert und toll aussieht, bedeutet das nicht, dass es besser ist. Du musst lernen, hinter die Fassade zu schauen. Denn nicht alles, was glänzt, ist Gold.«

In dem Moment zerplatzte eine Art Blase um mich herum. Es schien, als wäre ich in einer Trance gefangen gewesen, doch als ich mein Spiegelbild in dem Tor sah, wusste ich, dass der Schmuck der Elfenbeinpforte mich geblendet hatte. Dass sie quasi als Sinnbild für mein Leben stand. Von klein auf hatte ich gelernt, nur das Offensichtliche zu sehen. Man hatte mir verboten, hinter die Fassade zu schauen. Hatte mich zu einer Marionette geformt. Doch so wollte ich nicht mehr sein. »Danke, Thea.«

Meine Schwester lächelte mir zu, dann gingen wir auf die schwarze Pforte zu und drückten sie auf. ›*Ihr seid mutig, das muss ich euch lassen. Aber auch weise, wenn ihr zwischen wahren und falschen Träumen unterscheiden könnt. Lebt wohl, Morpheus' Mädchen. Es war mir eine Freude, mit euch zu spielen.*‹

Ich wollte mich zu dem Flüstern umdrehen, doch eine unsichtbare Hand schubste uns durch das Tor.

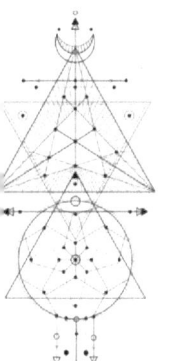

# Kapitel 17

## Thea

Wenn ich gedacht hatte, dass es um uns dunkel werden würde, sobald wir das Tor betraten, so hatte ich mich geirrt. Letztendlich wusste ich nicht einmal wirklich, was ich erwartet hatte. Vermutlich alles, nur nicht, dass es uns direkt vor dem imposanten Schloss ausspucken würde, das so gar nicht hierher zu passen schien.

Beinah meinte ich, dass wir von unserer Position aus nicht das Ausmaß des ganzen Gebäudes erkennen konnten. Doch das, was ich sah, zeigte mir, dass das Traumreich einmal wunderschön gewesen sein musste.

Die Fassade des Schlosses schimmerte in den Farben des Regenbogens, und sie schien viele, feine Details zu haben, die mit dem bloßen Auge kaum zu erkennen waren. Es hatte zwei glänzende Zinnen, die in den trüben Himmel ragten. Den Eingang säumten zwei marmorne Säulen, die wir passierten. Dahinter erblickten wir ein wunderschön verziertes Portal. Neben diesem standen zwei Gestalten, die halb Mensch und halb Wesen waren – wobei ich Letzteres keinem wirklich zuordnen konnte. In ihren Händen hielten sie Speere. Ich glaubte, Hund, Stier und Adler in ihren Gestalten zu erkennen, war mir aber nicht sicher. Sie strahlten eine Anmut aus, die mich faszinierte.

»Was sollen wir jetzt machen?«, flüsterte Jenna mir zu. »Sollen wir an die Pforte klopfen oder Spießen uns die komischen Wesen dann auf?«

Ich unterdrückte ein Schmunzeln. Im einen Moment wirkte Jenna reif und erwachsen und im anderen konnte sie sich an kleinen Dingen erfreuen wie ein Kind. Vielleicht lag es daran, dass sie ihr wahres Ich immer hatte unterdrücken müssen und es nun endlich ausbrach. Als würde sie alles nachholen wollen, was sie verpasst hatte.

»Ich weiß es nicht. Sind die überhaupt echt?«, erwiderte ich.

»Ja, sind sie, aber sie würden euch niemals schaden«, ertönte eine tiefe Stimme, die uns erschrocken zusammenfahren ließ.

Der Mann vor uns lachte, als er unsere entsetzten Blicke sah. Er trug ein helles, Toga-ähnliches Gewand, das gerade einmal seine Lenden bedeckte und uns seinen muskulösen Körper schamlos präsentierte. Sein Haar war kurz und dunkel, und er blickte uns mit seinen hellen, blauen Augen warm entgegen. Wenn ich nicht die Vermutung gehabt hätte, dass dieser Mann mein Vater war, hätte ich ihn als attraktiv empfunden, auch wenn sein Alter vermutlich in den Vierzigern lag.

»Bist du … Morpheus? Unser … unser Vater?«, fragte ich geradeheraus.

Ein Lächeln umspielte seine Züge, als er nickte. »Ja, der bin ich, und es freut mich ungemein, euch endlich kennenlernen zu können.«

Obwohl ich es bereits geahnt hatte, so jagten seine Worte mir einen Schauer das Rückgrat hinab. Vor Aufregung, aber auch irgendwie vor Freude.

Dieser Mann vor uns war ein Gott.

Ein wahrhaftiger und waschechter Gott.

Und er war unser Vater.

Momentan wusste ich nicht, ob ich lachen oder weinen sollte. Ob ich ihn mögen oder hassen sollte. Ob ich ihn als meinen Vater oder als meinen Erzeuger ansehen sollte.

Wenn ich ehrlich war, machte die Tatsache, dass er ein Gott war, mich stolz. Es machte mich besonders. Jedoch störte es mich, dass er weder für meine Mutter noch für Jenna und mich da gewesen war. Mir war bewusst, dass er es nicht gekonnt hatte, weil er nicht auf unsere Erde gehörte. Aber trotzdem … Er hatte meiner Mutter so viel Leid beschert.

»Du freust dich, uns kennenzulernen? Schön für dich! Ich könnte nämlich getrost auf dich verzichten. Verdammt. Warum hast du all das zugelassen? Dass man uns Jenna nahm? Dass … Wo, zu Hades Unterwelt, warst du, als wir dich am meisten gebraucht haben? Du bist doch ein verdammter Gott! Dennoch hast du einfach zugelassen, dass sich unsere Mutter für uns geopfert hat, anstatt uns zu helfen.« Ein Schluchzen entwich meiner Kehle. Als Jenna mich in ihre Arme ziehen wollte, wich ich ihr aus. Ich wollte gerade nicht beruhigt werden. Nein, ich wollte alles rauslassen.

Ein Schatten legte sich auf Morpheus Züge. »Ich glaube, du hast ein falsches Bild von uns, denn wir sind nicht allmächtig. Es ist uns untersagt, in das Weltgeschehen einzugreifen, Thea. Ändere ich ein Schicksal, verändere ich vermutlich noch viele mehr. Dadurch könnte eine Kettenreaktion entstehen, die nicht zu kontrollieren wäre und alles aus den Fugen reißen könnte.«

Ich schüttelte den Kopf. Seine faden Ausreden konnte er sich sparen. »Dennoch warst du nie für uns da. Dabei hätten wir dich so dringend gebraucht.«

»Es tut mir furchtbar leid. Wenn es möglich gewesen wäre, hätte ich mein Reich und die Unsterblichkeit für euch aufgegeben. Aber die Wahl hatte ich nie.« Als ich in seine Augen sah, erkannte ich, dass er die Wahrheit sagte. Dass es ihn innerlich zerriss, von seiner Familie getrennt gewesen zu sein.

Ich wusste nicht, wie lange wir uns einfach nur gegenüberstanden und uns ansahen. Wie lange ich in seinen warmen, blauen Augen nach Antworten suchte. Nach Lösungen für mein zerrüttetes Leben.

Erst als sich Morpheus räusperte und sich besann, war der endlos lange Moment vorbei. »Möchtet ihr eintreten?« Er machte eine einladende Geste und trat zur Seite.

Jenna, der die Situation unangenehm zu sein schien, ging schnell an mir vorbei. Vermutlich glaubte sie, dass ich sonst die Beine in die Hand nehmen und fliehen würde. Womit sie nicht unrecht hätte. Dennoch folgte ich ihr nach drinnen, denn auch wenn ich innerlich aufgewühlt war, so übernahm die Neugier die Oberhand.

Auf der anderen Seite fanden wir uns in einer riesigen Halle wieder. Auch hier schien alles farbenfroh zu sein. An der Wand schraubte sich eine Wand weit nach oben. Sie hatte die Form von Wolken und war mit Gold durchzogen. Von den einzelnen Podesten gingen Flure ab.

»Aber wir müssen nicht bis nach oben laufen, oder?«, versuchte Jenna, zu scherzen, doch die Situation war viel zu merkwürdig, als dass wir darüber lachen konnten.

Vor der Treppe blieben wir stehen. »Keine Sorge, ich habe da meine Möglichkeiten. Haltet euch gut am Geländer fest. Ich möchte nicht, dass euch etwas geschieht.«

Nachdem Morpheus kurz die Augen geschlossen hatte, ging plötzlich ein Ruck durch den Boden und wir setzten uns in Bewegung, ohne dass wir dafür laufen mussten. Wie eine dieser altertümlichen Rolltreppen führte unser Weg leicht und schwerelos nach oben.

Bei einem Podest an der höchsten Stelle hielten wir an. Dort führte eine Tür nach draußen auf einen Balkon, von dem man einen unglaublich weiten Ausblick über das Traumreich hatte.

Erschrocken schnappte ich nach Luft. Wir hatten die triste Wüste und die verdorrten Bäume schon bemerkt, doch ich hatte nicht erwartet, dass sie das komplette Reich durchzogen. Soweit mein Blick reichte, existierte hier einfach nichts. Keine Farben, nur der Tod zeigte sich uns.

»In euren Augen sehe ich, dass ihr das Ausmaß der Schäden an meinem Reich erkennt.«

Ich wandte mich meinem Vater zu, der Jenna und mich aufmerksam musterte. Mit seinen Worten half er mir, mich von dem trüben Anblick loszureißen.

»Dabei hatte ich mir das Traumreich voll bunter Farben und voller Leben vorgestellt«, murmelte Jenna.

Ernst erwiderte Morpheus den Blick meiner Schwester. »So war es einst auch. Die Träume und Gedanken der Menschen haben es genährt, doch da sie nicht mehr träumen, verdorrt es. Es sind nicht nur die schlafenden Menschen, deren Wünsche hier entstehen. Tagträume zählen ebenfalls dazu.« Der Gott wandte sich ab und trat auf das Geländer zu, um sein Reich zu betrachten. »Träumst du während der Arbeit vom Meer, so lässt mein Reich dieses Gewässer entstehen. Träumst du von Freiheit, erschafft es endlose Weiten an Blumenfeldern. Es ist ein Geben und Nehmen. Doch durch das neue Leben in der Stadt wissen die Menschen nicht mehr, was es bedeutet, eigene Wünsche zu haben. Die Angst, nichts wert zu sein, kontrolliert sie zu sehr.«

Jenna nickte. »Eigenes Denken ist unerwünscht, und wer nicht gehorcht, wird in ein Lager gebracht, um Disziplin zu lernen.«

Ein Schauer lief mir den Rücken herunter. Auch wenn dieses System zu funktionieren schien, so hörte und fühlte es sich einfach nur falsch an. Ich sah meinen Vater an, während er weitersprach. »Als ihr geboren wurdet, bekam die Regierung vermutlich Angst. Immerhin schlummert in euch die Kraft der Träume. Ihr könntet Hoffnung bedeuten und die bisherige Gesellschaft revolutionieren.«

Ungläubig schüttelte ich den Kopf. »Das ist doch Schwachsinn. Wir sind nur zwei ganz normale Mädchen. Nicht mehr. Aber sag mir, woher wussten sie von uns?«

»Ich vermute, dass einer meiner Götterbrüder oder eines dessen Kinder sie darauf hingewiesen hat.«

»Doch was hätten sie davon?«

Morpheus zuckte mit den Schultern. »Ich denke, hierbei geht es um Eifersucht. Ähnlich wie Hades habe ich mein eigenes Reich. Ich kann manche der olympischen Regeln umgehen und lebe deswegen freier als die anderen. Dazu kommt, dass ich Zwillinge bekommen habe, was unter euch Halbgöttern nicht vorgesehen ist, weil dadurch eine Macht in euch schlummert, die selbst uns Göttern schaden kann. Wenn ihr eure Kraft entfaltet, hättet ihr die Kraft, die Welt zu vernichten.«

Für einen Moment schwiegen wir. Was sollte man auch sagen, nachdem sein eigener Vater, der auch noch Morpheus, der Gott und Herrscher des Traumreichs war, einem erzählt hatte, dass wir einer tickenden Zeitbombe glichen? Die ganze Situation fühlte sich unwirklich an. Wenn ich ehrlich war, überforderte sie mich.

»Wie soll so etwas möglich sein? Ich möchte keine Kraft, die die Erde zerstören kann«, fragte Jenna fassungslos.

»Ihr habt das Potential, sowohl die Menschen zu heilen als auch alles zu vernichten. Also fürchtet euch nicht davor. In euch schlummert eine besondere Verbindung. Eine Art Zwillingsband. Schafft ihr es, dieses zu erwecken, habt ihr die Möglichkeit, auf eure Macht zuzugreifen, und dann könnt ihr den Menschen die Träume zurückbringen.«

Erneut herrschte Schweigen. Morpheus hatte uns so viel erzählt, das erst einmal verdaut werden musste. Vor allem nach der Offenbarung über unsere versteckten Kräfte. Wer wollte schon so eine Macht? Ich definitiv nicht. Nein, ich bekam ja kaum mein eigenes Leben in den Griff, war ein junger Mensch und kein Superheld. Wie sollten wir also die Welt retten?

»Und wie soll das funktionieren?«

»Das könnt nur ihr herausfinden. Aber ich weiß, dass ihr es schaffen werdet. Wer sonst, wenn nicht ihr? « Unser Vater zuckte mit den Schultern. »Und jetzt kommt mit, ich habe noch eine Überraschung für euch.«

Morpheus führte uns zurück in sein Schloss zu einem gemütlichen Salon. Große Fenster ließen Licht in den Raum, in dem in der Mitte ein Tisch sowie eine riesige Sitzlandschaft aus bunten Sofas und Sesseln stand. Auf einem saß eine zierliche Frau, die nervös immer wieder ihre Hände lockerte und ineinander verschränkte.

Ich erkannte sie sofort, wollte meinen Augen aber nicht trauen. Trotzdem konnte ich nicht anders und stürmte auf sie zu und warf mich in ihre Arme. Ihr mir so vertrauter Duft umhüllte mich und ließ mich schluchzen. »Mom.«

Auch sie schnappte nach Luft, drückte mich aber fest an sich. »Thea, mein Liebling. Es tut so gut, dich zu sehen. Ich hatte Angst, dass euch etwas zugestoßen ist.«

»Also stimmt die Geschichte, die Jonathan uns erzählt hat«, flüsterte Jenna, die neben Morpheus stehen geblieben war.

Mom lächelte, als sie meine Schwester sah. »Jenna, Liebes, komm her. Und verrate mir doch, was du meinst.«

Sie gesellte sich zu uns und drückte unsere Mutter fest. »Dass wenn ein Mensch den Gott bis zu seinem Tod liebt, er dann bei ihm weiterleben darf.«

»Ich hatte sie auch für ein romantisches Märchen gehalten. Aber dann bin ich hier aufgewacht.« Ein Lächeln trat auf Moms Züge.

Ich seufzte erleichtert. Meine Trauer wich purer Freude. Es fühlte sich gut an, zu wissen, dass es meiner Mutter jetzt gut ging. Sie würde mir fehlen, aber ich wusste, dass sie nicht unerreichbar war und hier glücklich werden würde.

Wir setzten uns zu ihr, während Morpheus uns zunickte und dann den Raum verließ. Ich rechnete es ihm hoch an, dass er uns Zeit mit unserer Mutter ließ und sich zurückzog. Vielleicht war er gar nicht so übel, wie ich gedacht hatte.

Wie lange wir beieinander saßen und einfach nur erzählten, wusste ich nicht. Dafür genoss ich die Zeit viel zu sehr. Irgendwann stand Morpheus jedoch wieder bei uns und räusperte sich. War der Gott etwa verlegen? »Ich störe nur ungern, aber ihr müsst nun langsam gehen.«

Irritiert sah ich ihn an, während Jenna aussprach, was ich dachte. »Wieso?«

Ein Schmunzeln legte sich auf Morpheus' Züge. »So gern ich mehr Zeit mit euch verbringen und euch kennenlernen möchte, es geht leider nicht. Auch wenn ihr Halbblüter seid, ihr könnt nicht in meinem Reich leben. Es verzehrt bei zu langem Aufenthalt eure Energie.«

»Du meinst, es verschlingt uns?« Nun starrte meine Schwester unseren Vater verwirrt an.

»So könnte man es auch nennen«, stimmte er zu. »Es würde euch letztendlich umbringen.«

Ein Kribbeln, als würden Millionen kleiner Ameisen durch meine Adern wandern, bescherte mir eine Gänsehaut. Sterben wollte ich wirklich nicht. »Werden wir uns wiedersehen?«

Noch bevor wir eine Antwort bekamen, klatschte Morpheus in die Hände, dann wurde alles schwarz um uns.

# KAPITEL 18

## JENNA

Als ich die Augen aufschlug, musste ich erst mehrmals blinzeln, bevor ich etwas erkennen konnte. Ich fühlte mich orientierungslos und benebelt. Sobald sich die Übelkeit gelegt hatte, realisierte ich, dass Thea und ich noch immer auf den Kissen gegenüber von Jonathan saßen, der uns neugierig musterte.

Thea und ich wechselten einen kurzen Blick, und wir beide wussten sofort, dass wir Jonathan nichts von unserem Erlebnis erzählen wollten. Vielleicht war genau das die Verbindung zwischen Thea und mir, von dem Morpheus gesprochen hatte. Dieses Zwillingsding, das wir erwecken sollten. Oder jedenfalls ein Hauch davon.

Keine Ahnung, doch feststand, dass mit Jonathan über unsere Reise zu sprechen, sich anfühlte, als würde ich intime Familiengeheimnisse ausplaudern. Vor allem weil Morpheus uns vor einem anderen Götterkind gewarnt hatte.

»Entschuldige bitte, aber ich muss das erst einmal verdauen«, sagte Thea schnell, erhob sich und verließ eilig den Saal.

Sofort sprang ich auf und lief ihr hinterher. An der Tür erinnerte ich mich jedoch daran, dass es unhöflich war, einfach davonzulaufen. Zumal der Bibliothekar uns geholfen hatte. Deswegen drehte ich mich noch einmal zu ihm um. »Danke für die Hilfe. Tut mir leid, aber ich muss mit ihr reden. Ich mache mir Sorgen um sie.«

Ob er darauf reagierte, wusste ich nicht, weil ich mich sofort umwandte und den Raum verließ.

»Thea!«, rief ich, als ich sah, dass sie gerade um eine Ecke bog. So schnell mich meine Beine trugen, rannte ich ihr hinterher.

Kaum hatte ich die Biegung erreicht, lief ich prompt in meine Schwester hinein. Erschrocken schrie ich auf, doch Thea bedeutete mir, ruhig zu sein. Ich presste meine Lippen aufeinander und blickte sie schuldbewusst an. Sie nahm davon jedoch keine Notiz, sondern drängte mich in den ersten Raum, den sie fand, und schloss die Tür hinter uns. Schluchzend fiel sie mir in die Arme. Perplex erwiderte ich die Umarmung und hielt meine Schwester, bis sie sich beruhigt hatte.

»Ich … ich bin so erleichtert«, flüsterte sie.

»Ja, ich auch.«

Als sich Thea von mir löste, wischte sie die Tränen aus ihren Augen und lächelte. Sie atmete tief durch. »Bereit, die Welt zu retten?«

Mir entwich ein Schnauben. »Als könnte man dafür jemals bereit sein.«

Thea zuckte mit den Schultern. »Stimmt wohl. Aber wir werden alles geben, oder?«

Am liebsten hätte ich den Kopf geschüttelt. Wenn einem gesagt wurde, dass das Schicksal der Welt auf den eigenen Schultern lastete, dass man die Einzige war, die alles aufhalten konnte, dann riss einem das den Boden unter den Füßen weg. Doch damit hatte ich langsam Erfahrung.

Thea hatte einen Grund, warum sie um das Traumreich kämpfte. Einen persönlichen, denn unsere Mutter lebte nun dort. Sie ein weiteres Mal zu verlieren, würde sie verschlingen. Auch mir war das nicht egal, nur wie sollte ich eine Person vermissen, die ich nicht kannte? Dennoch sagte ich: »Du kannst natürlich auf mich zählen.«

Als ein wenig Ruhe eingekehrt war, erzählten wir den Jungs von unseren Erlebnissen in der Traumwelt. Außerdem wies man Lukas, Jonas, Thea und mir ein kleines Apartment zu. Es hatte eine Art Wohnzimmer als Eingangsbereich und zwei Zimmer. Im ersten Moment dachte ich, dass sich Thea eines mit Jonas teilen würde. Zwar hätte ich das verstanden, doch gleichzeitig hätte das bedeutet, dass ich mir das andere mit Lukas hätte teilen müssen.

Kurz musterte ich den mir fremden Jungen. Noch immer fand ich ihn interessant und anziehend, wenn da nur nicht seine unfreundliche Art wäre. Manchmal meinte ich, er wäre sprunghaft. Im einen Moment nett und freundlich, dann wieder unhöflich.

»Jenna und ich teilen uns das eine und ihr Jungs bekommt das andere Zimmer«, beschloss Thea nun.

Ehrlich gesagt, war ich erleichtert, und doch irgendwie enttäuscht. Als hätte sich etwas tief in mir danach gesehnt, mit Lukas einen Raum zu teilen. Dabei war ich doch verlobt …

Gleichzeitig verhöhnte mich eine innere Stimme. Obwohl ich Mike treu bleiben wollte, so hatten mich Theas Worte vor der Flucht irritiert. Dass er eine andere geküsst haben sollte. Das fühlte sich … komisch an. Irgendwie verletzte es mich, aber es war mir auch egal. Es schien mir, als hätte ich mit meinem Leben in der Stadt abgeschlossen – und damit mit allem, was dazugehört hatte.

Als Thea und ich unser spärlich, mit nur zwei Betten und eine Kleidertruhe, eingerichteten Raum betraten, setzte ich mich auf eines der Betten. »Bist du sicher, dass du dir kein Zimmer mit Jonas teilen willst? Ich möchte keine Umstände bereiten.«

Da lachte Thea. »Manchmal bist du echt komisch.«

Irritiert musterte ich meine Schwester. Ihre Worte verletzten mich, auch wenn mir klar war, dass sie es nicht böse meinte. »Ach ja?«

»Ich glaube, es ist wichtiger, dass wir einen Draht zueinander finden. Wir müssen uns besser kennenlernen und lernen, einander blind zu vertrauen. Sonst werden wir unser Zwillingsband nie erwecken können. Meinst du nicht?«

»Doch klar, aber was haben die Zimmer damit zu tun?«

Sie seufzte. »So haben wir die Möglichkeit, auch mal ungestört miteinander zu sprechen, du Schlaumeier.«

»Ach, so meinst du das. Klar, klingt gut so.« Irgendwie ärgerte es mich, dass sie mich gerade als Dummchen darstellte. »Ich werde ein wenig spazieren gehen, okay?«

Misstrauisch betrachtete mich Thea. »Okay?«

»Keine Sorge, ich laufe nicht weg. Ich möchte einfach nur einen Moment allein sein.«

Nun wirkte sie erleichtert und nickte. »Klar, bis später.«

Sobald ich unser Apartment verließ, steuerte ich auf den See zu. Er hatte mich schon bei der Ankunft fasziniert, und ich wollte ihn mir genauer ansehen. Er wirkte wie eine Oase in der Wüste zwischen dem nackten Felsen. Eine grüne Quelle in dieser tristen Umgebung.

Anscheinend hatte ich diesen Ort nicht allein entdeckt, denn Lukas lehnte an einem Baum und starrte regungslos auf die ruhige Wasseroberfläche. Zuerst wollte ich mich abwenden und gehen, doch wie von Geisterhand ging ich auf ihn zu. Etwas tief in mir wollte zu ihm.

»Hey«, sagte ich, als ich neben ihm stehen blieb.

Er nickte nur, antwortete aber nicht. Seufzend ließ ich mich neben ihn auf den Boden plumpsen. Es schien ihn Kraft zu kosten, sich von dem Wasser abzuwenden und mich anzusehen.

Als seine braunen Augen die meinen trafen, durchlief ein Kribbeln meinen ganzen Körper. Nervös strich ich mir meine blonden Haare zurück. Er musterte mich aufmerksam, doch es fühlte sich nicht unangenehm an. Viel mehr gefiel mir seine Aufmerksamkeit.

»Hast du auch nach Ruhe gesucht?«, fragte ich vorsichtig und war erleichtert, dass meine Stimme fest und nicht unsicher klang.

Er zuckte mit den Schultern und wandte sich wieder dem See zu. Beinah war ich enttäuscht. »Schon, irgendwie.«

Ich atmete tief durch. »Störe ich dich?«

»Vielleicht ein wenig. Aber du kannst trotzdem bleiben.«

Irritiert musterte ich ihn. »Das klingt irgendwie komisch.«

Ein leises Lachen entwich ihm. »Vielleicht, weil ich gerade versuche, mit allem klarzukommen.«

»Du meinst den Angriff auf das Dorf?«, fragte ich vorsichtig.

Er nickte. »War alles ein bisschen viel.«

»Bist du deswegen so nett zu mir?«, versuchte ich, zu scherzen.

Er sah mich mit hochgezogenen Augenbrauen an. »Soll ich wieder unhöflich werden? Wünschst du dir das?«

Ich schüttelte den Kopf. »Nein, ehrlich gesagt, genieße ich die Harmonie zwischen uns.«

»Flirtest du mit mir?«

Mir entwich ein Prusten. »Niemals.«

Ein leichtes Lächeln umspielte seine Züge und ließen sein Gesicht erstrahlen. Ich mochte dieses Weiche, denn es machte ihn sympathisch. Vielleicht zu sympathisch. »Na, wie schade.«

Erneut breitete sich das Kribbeln in meinem Körper aus, und mein Herz schlug schneller. Ich genoss dieses Geplänkel zwischen uns. »Eigentlich bist du echt okay.«

Er lachte. »Eigentlich hätte das mein Spruch sein sollen.«

»Ach ja?«

Er richtete sich auf, sodass er mir näherkam. Fast zu nah, denn ich konnte bereits seinen warmen Atem auf meinem Gesicht spüren. »Immerhin bist du in unser Leben gestolpert und hast so einiges durcheinander gewirbelt.«

Mir war bewusst, dass er es nicht böse meinte, doch seine Worte trafen mich. Mit einem Mal musste ich mich zu einem Lächeln zwingen und seine Nähe wurde mir unangenehm. Deswegen erhob ich mich und nahm Abstand von ihm. »Es war nicht meine Absicht, irgendwem zu schaden.«

Er stand ebenfalls auf und wirkte bedrückt. »Ich wollte … Es tut mir leid. Dir wehzutun, war nicht meine Absicht.«

Er presste seine Lippen aufeinander, dann wandte er sich ab und ließ mich stehen. Erst wollte ich ihm folgen, doch da er sich vom Dorf entfernte, zögerte ich. Vielleicht würde ich mich mit ihm an meiner Seite nicht verirren, dennoch wollte ich mich nicht zu weit entfernen. Deswegen seufzte ich und ließ mich an dem Baum zu Boden gleiten.

Ich sollte die Ruhe genießen. Wer wusste schon, wann ich das nächste Mal so einen Moment haben würde? Schließlich mussten Thea und ich die Welt retten, und die Gefahr der Städter lauerte überall. Deswegen musste ich jetzt Kraft schöpfen, bevor keine Zeit mehr dafür blieb.

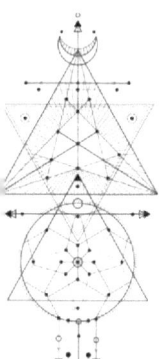

# KAPITEL 19

## THEA

Nachdem Jenna gegangen war, begab ich mich in unseren Gemeinschaftsraum. Kurz darauf kam Jonas zu mir. Er stellte sich hinter mich und legte seine Arme um mich, als ich mich an ihn lehnte. Es fühlte sich gut an, seine Nähe zu spüren. Für einen Moment fühlte ich mich geerdet.

»Alles okay mit dir?«

Ich nickte. »Seitdem ich weiß, dass es meiner Mom gut geht, fühlt sich alles etwas leichter an.«

Er ließ mich los und setzte sich neben mich, nur um mich dann auf seinen Schoß zu ziehen. Ich ließ es gern geschehen. »Das kann ich verstehen.«

»Weißt du, irgendwie waren die Städter nie wirklich real. Wir haben so lange in dem Dorf gelebt, ohne entdeckt zu werden. Dass sie uns nun doch aufgespürt haben … Ich kann das nicht in Worte fassen.«

Jonas seufzte leise. »Das kann man auch nicht.«

Ich zuckte mit den Schultern. »Aber gut …«

»Wo ist eigentlich Jenna?«

»Unterwegs. Lass mich raten, Lukas auch?« Mein Freund nickte. Ein verschwörerisches Grinsen trat auf meine Lippen. »Wenn die beiden zusammenkommen würden, würde ich das feiern.«

Jonas lachte leise. »Sie würden sicherlich gut zusammen passen.«

»Sicherlich? Absolut würden sie das. Hast du nicht gesehen, wie sich die beiden ansehen?«

»Doch, habe ich. Aber wir haben keinen Einfluss darauf, Thea. Die Zeiten sind merkwürdig. Wir sollten uns auf das Wesentliche konzentrieren, findest du nicht?«

Mit Jonas konnte man über so etwas definitiv nicht lästern. Da war er typisch Kerl und hielt sich aus allem raus. Mir entwich ein Seufzen. »Apropos Wesentliches. Da fällt mir ein, du wolltest die ganze Zeit mit mir reden. Doch wir hatten seit Jennas Ankunft kaum eine ruhige Minute. Was wolltest du mir sagen?«

Er lächelte schief. »Jetzt ist irgendwie nicht der richtige Zeitpunkt dafür.«

Verwundert musterte ich ihn. »Für was?«

Er legte den Kopf in den Nacken und seufzte. »Ist jetzt nicht wichtig.«

Was war nur mit ihm los? »Jetzt sag schon. Du kannst mich nicht ködern und dann am Haken baumeln lassen.«

»Ach, Thea. Kannst du dich nicht gedulden?« Noch immer wich er mir aus, was mir Angst machte.

»Jetzt sag nicht, dass du dich von mir trennen willst!«

Entsetzen stand in seinen Augen. »Niemals, Thea. Dafür liebe ich dich viel zu sehr. Aber wir müssen nun nach vorn schauen.«

»Klar. Wir sind ein gutes Team und werden eine Lösung finden.« Mir war bewusst, dass er ablenkte. »Aber nun rück schon mit der Sprache raus.«

Er seufzte. »Ich wollte dich fragen, ob du meine Frau werden möchtest, Thea. Aber zu einem passenden Zeitpunkt. Nicht so unromantisch wie jetzt.«

Für einen Moment schwieg ich. Ich brauchte einen Moment, um das Gesagte zu verdauen. Doch dann durchflutete mich

Freude und trieb mir die Tränen in die Augen. Reine Liebe rauschte durch meine Adern. »Es tut mir leid, dass ich dich dazu jetzt gedrängt habe. Möchtest du meine Antwort dennoch wissen?«

»Selbstverständlich.«

»Sie lautet Ja.«

# Kapitel 20

## Jenna

Die Wochen vergingen, und schließlich brach der dritte Monat an, den wir bereits in diesem Träumerdorf verweilten. Thea und ich saßen in unserem Zimmer auf unseren Betten und meditierten. Wir hatten uns das angewöhnt, weil wir hofften, so erneut das Reich unseres Vaters betreten zu können. Nur leider war uns der Zugang bisher verwehrt geblieben.

Generell hatten wir uns zwar in dem Bergdorf eingelebt, doch ich hatte das Gefühl, dass wir nach wie vor Fremde waren. Die wenigen, die den Angriff des Bluthundes überlebt hatten, wurden zwar geduldet, doch sie stellten für die Sicherheit des Dorfes ein Risiko dar. Denn je größer die Menschenansammlung war, umso mehr Spuren hinterließen sie, die die Städter aufgreifen konnten. Nur waren uns die Hände gebunden.

Es war mir ein Rätsel, wie wir die drei Monate in einer Wohnung überlebt hatten. Immer wieder gab es Momente, in denen er unglaublich freundlich zu mir war und mir seine verletzliche Seite zeigte wie am Fluss, und manchmal verhielt er sich mir gegenüber einfach nur gleichgültig. Es schien, als würde uns unser Treffen am See im Weg stehen. Als wüssten wir nicht, ob wir uns mochten oder nicht. Dabei zerriss mich diese Situation nahezu, weswegen ich nicht wusste, wie ich mit ihm umgehen sollte.

»Jen?«, unterbrach meine Schwester meine Gedanken.

Ich öffnete die Augen und musterte sie. Die Frustration, dass wir keinen Schritt weitergekommen waren, stand ihr deutlich ins Gesicht geschrieben.

»Ich war in Gedanken, sorry. Hast du was gesagt?«, antwortete ich und grinste schief.

»Hoffentlich finden wir bald einen Weg. Ich bin langsam mehr als planlos.« Sie strich sich eine ihrer dunklen Strähnen hinters Ohr und seufzte.

Am liebsten hätte ich aufgegeben, einfach alles hingeschmissen. Es zehrte an meinen Nerven, dass wir auf der Stelle traten. Vor allem weil wir wirklich gefühlt alles ausprobiert hatten. Von Meditation über Vertrauensübungen bis zu Dingen, bei denen sich mein Magen noch immer umdrehte - nichts hatte uns weiter gebracht. Wir hatten das Blut des anderen getrunken. Sind am Abgrund entlang balanciert. Jede Art von Emotion, die wir heraufbeschworen hatten, hatte nichts gebracht. Selbst Jonathan, den wir nach langen Überlegungen doch eingeweiht hatten, waren die Ideen ausgegangen. Dies hatte mir endgültig den Wind aus den Segeln genommen, denn er war immerhin der Sohn der Athene – der Sohn der Göttin der Weisheit. »Weißt du, Thea, ich habe langsam keine Lust mehr. Am liebsten würde ich kapitulieren.«

Empört blickte meine Schwester mir entgegen. »Jen, ich bitte dich. Mir geht es doch nicht anders, aber wir müssen etwas tun. Vor allem bei dem, was hier vor sich geht.«

Damit meinte sie, dass hier in den letzten Wochen ein stetiger Strom an Flüchtlingen ankam. Der Bluthund spürte ein Dorf nach dem nächsten auf und schien uns immer näher zu kommen. Das machte mir furchtbare Angst.

Wie lange würden wir hier noch sicher sein?

Wann würde der Bluthund hier auftauchen und uns erneut verjagen? Wir wussten es nicht, doch seitdem hatte Thea es sich nur noch mehr zum Ziel gesetzt, die Welt zu retten. Es war nicht so, dass ich das nicht auch wollte. Dass die Menschen mir egal waren. Nur hätte ich mir gewünscht, dass das Schicksal aller auf den Schultern von jemand anderem lasten würde.

Mir entwich ein Seufzen. »Ich weiß, Thea. Nur kann das hier nicht so weitergehen. Wir sitzen tagein, tagaus zusammen und kommen nicht voran. Ich hab das Gefühl, dass das alles nicht reicht. Dass es vielleicht doch nicht unsere Aufgabe ist.«

Die Mimik meiner Schwester wurde finster. »Ach ja? Also willst du aufgeben?«

»Ich weiß es nicht, okay?« Unbewusst wurde meine Stimme lauter. Verzweiflung mischte sich mit dem unangenehmen Gefühl, sich rechtfertigen zu müssen.

»Wie, du weißt es nicht? « Auch die Stimme meiner Schwester überschlug sich.

In dem Moment traten die Jungs in unser Zimmer, die unsere hitzige Diskussion anscheinend mitbekommen hatten.

»Was ist hier los?«, wollte Jonas wissen, doch Thea winkte nur ab.

»Es ist alles okay, Jonas.«

Ungläubig blickte er seine Freundin an, während er zu ihr ging und sich neben sie aufs Bett setzte. »Thea, ich kenne dich und sehe, dass etwas nicht stimmt.«

Ich rollte mit den Augen und stand auf. »Sorry, aber ich brauche frische Luft.«

Thea, die sich in die Arme ihres Freundes geflüchtet hatte, bekam das kaum mit. Deswegen schüttelte ich den Kopf und verließ das Zimmer. Sobald mich die kühle Nachtluft der Berge umhüllte, atmete ich tief durch und lehnte mich gegen den Felsen.

»Na, keine Lust mehr, die Welt zu retten, Prinzessin?« Als ich zu Lukas aufsah, erwartete ich Abscheu. Vielleicht auch Hass. Doch er musterte mich lediglich aufmerksam.

»Wenn ich ehrlich bin, wollte ich das nie«, erwiderte ich niedergeschlagen.

Ein leichtes Lächeln umspielte seine Lippen. »Lass uns ein paar Meter gehen.« Er steckte seine Hände in die Jackentaschen und setzte sich in Bewegung.

Zuerst wollte ich ihm nicht folgen, doch meine Neugier trieb mich an. Irgendetwas tief in mir wollte diesen freundlichen Lukas endlich kennenlernen. Deswegen folgte ich ihm.

»Ich finde es mutig, dass ihr überhaupt probiert, die Welt zu retten.«

Ein Blick zu ihm, und ich wusste, dass er das Gesagte ernst meinte. »Danke.«

Seine Augen funkelten belustigt, seine feinen Gesichtszüge hellten sich auf. Zum ersten Mal konnte ich seine Schönheit genießen, wusste nun, was mich an ihm faszinierte. »Ich weiß, wir hatten keinen guten Start. Es tut mir leid, dass ich dich verurteilt habe, weil du aus der Stadt kommst.«

Noch immer konnte und wollte ich nicht glauben, was er sagte. Träumte ich? »Genau genommen, komme ich nicht aus der Stadt.«

Das brachte ihn zum Lachen. Es war ein angenehmer Laut. Tief und berührend, der mein Innerstes zum Schwingen brachte. Ein Lächeln schlich sich auf meine Lippen. »Ich rechne es dir hoch an, dass du dich für all diese Menschen interessierst, obwohl dich kaum jemand freundlich aufgenommen hat. Sie könnten dir genauso egal sein, und doch sind sie es nicht.«

Ich zuckte mit den Schultern. »Wenn du nirgendwo hingehörst, machst du dir über einige Dinge nicht mehr so viele Gedanken. Die einzigen Menschen, die mich, ohne zu verurteilen, aufgenommen haben, waren Thea und unsere Mutter. Die Welt, und damit auch das Traumreich, zu retten, bedeutet für mich, dass ich ihnen etwas zurückgeben kann. Vielleicht ist das kein so edler Grund, aber er lässt mich nach vorn schauen.«

Lukas schüttelte den Kopf. »Seine eigenen Bedürfnisse hinten anzustellen, empfinde ich als edel.«

Ich hatte nicht bemerkt, dass ich meinen Kopf gesenkt hatte, doch als ich ihn wieder hob, war Lukas näher getreten. Sein Geruch nach frischer Herbstbrise umhüllte mich und ließ mich beinah verzückt seufzen.

Wenn ich zuvor Angst vor ihm hatte, so musste ich mir eingestehen, dass mir nun seine Nähe gefiel. Nein, dass ich mich nach mehr sehnte. Nach seinen Lippen auf den meinen und seinen Händen auf meinem Körper. Allein der Gedanke daran rief ein heftiges Kribbeln in meinem Bauch hervor, wie ich es noch nie zuvor gespürt hatte.

Langsam kam er mir näher, schien, als wollte er mich küssen wollen, sodass ich meine Augen schloss und den Kuss freudig erwartete. Doch als Jonas' Stimme zu uns drang, fuhren wir erschrocken auseinander, als hätten wir unter einer Art Bann gestanden.

»Leute, wir … « Jonas hielt inne. Bei unserer Reaktion grinste er, dann räusperte er sich. Thea folgte ihm und lächelte ebenfalls. »Entschuldigt die Störung.«

»Du störst nicht«, sagte ich viel zu schnell und senkte beschämt den Blick.

Irgendwie erleichterte es mich, dass es nicht zu diesem Kuss gekommen war. Obwohl mich Theas Worte über Mikes Verrat verletzt hatten, so hatte ich in den drei Monaten mit ihm abgeschlossen. Das hatte mich irgendwie befreit. Dennoch verwirrten mich die Gefühle, die Lukas in mir auslöste. Ich kannte sie nicht, dabei hatte ich immer gedacht, zu wissen, was Liebe war. Doch anscheinend hatte ich mich schon damals geirrt. Denn Mike hatte mich nie so fühlen lassen.

»Ja, schieß los.« Wirkte er enttäuscht, weil ich unseren Moment gerade verleugnete? Allein der Gedanke daran ließ mein Herz stolpern. Doch ich schob ihn beiseite.

Jonas wechselte einen kurzen Blick mit Thea, dann wandte er sich uns zu. »Wir kommen absolut nicht weiter, aber vielleicht haben wir einfach den falschen Anhaltspunkt.«

Irritation breitete sich in mir aus. »Das ist nichts Neues, Jonas.«

Lukas schnaubte. »Wieder ganz die Prinzessin, hm?«

Seine Worte schmerzten, doch ich blendete sie aus.

Thea schien zu spüren, dass ich mich unwohlfühlte. »Er meint damit, dass wir die benötigten Informationen nicht hier im Dorf bekommen werden. Wir wissen nicht, wie es zu dieser Genmanipulation gekommen ist, die das Träumen unterdrückt. Genauso wenig, ob und wie wir sie wieder rückgängig machen können.«

Nachdenklich presste ich meine Lippen aufeinander. »Damit könntet ihr recht haben. Ich glaube nicht, dass die Menschen das Träumen voll und ganz verlernt haben. Immerhin können sie es durch die Traummaschinen noch. Aber diese Informationen bekommen wir vermutlich nur in der Stadt.«

»Ihr wollt euch in die Höhle des Löwen begeben?«

Jonas nickte. »Exakt.«

Lukas schüttelte den Kopf. »Das ist Wahnsinn. Wir wissen nicht einmal, wo wir anfangen sollen. Die Stadt ist riesig.«

Thea grinste. »Das ist gut möglich, nur haben wir eine Geheimwaffe. Wenn sich jemand in der Stadt auskennt, dann wohl Jenna, oder?«

»Trotzdem gleicht diese Aktion einem Selbstmordkommando. Das kann doch nicht euer Ernst sein.«

»Der Bluthund kommt diesem Dorf immer näher. Wie lange sind wir hier noch sicher? Wenn wir gehen, könnte es sein, dass wir die Menschen hier schützen. Aber vor allem würden sie niemals damit rechnen, dass wir uns in die Stadt begeben.«

Lukas seufzte. »Ja, weil es Schwachsinn ist.«

Ein Grinsen trat auf Jonas' Gesicht. »Genau deswegen werden sie es nicht kommen sehen. Meinst du nicht, dass wir genau dort am sichersten sind? Da, wo uns keiner erwartet?«

Wenn ich ehrlich war, gefiel mir die Idee, in die Stadt zurückzukehren. Doch ich musste Lukas zustimmen, dass es mehr als nur waghalsig war. Gleichzeitig verstand ich Thea und Jonas, denn wir traten wirklich auf der Stelle.

Vor allem war mir bewusst, dass wir mehr Informationen benötigten. Abgesehen von unserer Macht, auf die wir noch immer nicht zurückgreifen konnten, wussten wir noch gar nicht, wie wir den Menschen würden helfen können. Mussten wir vielleicht nur mit den Fingern schnippen, und alles war geklärt? Oder mussten wir von Stadt zu Stadt reisen und jeden Menschen einzeln berühren?

Wir hatten keine Anhaltspunkte und durften ja nicht einmal das Reich unseres Vaters betreten, der uns vielleicht einige Informationen hätte geben können.

»Vermutlich ist es sinnvoll, in die Stadt zu gehen.«

Lukas schüttelte den Kopf. »Wieso war klar, dass du zustimmen würdest?«

»Komm schon, das ist unfair. Mir ist bewusst, dass es waghalsig ist, aber hier kommen wir einfach nicht voran.«

»Sagt das verwöhnte Prinzesschen.« Ich warf Lukas einen bösen Blick zu, doch er streckte mir nur die Zunge heraus. Sofort stahl sich ein sanftes Lächeln auf meine Lippen, und der Ärger war vergessen.

»Dieses Mal ist es von Vorteil, dass du aus der Stadt kommst, Prinzessin. Nun wirst du unser Führer sein.« Er lächelte mir zu, und ein Kribbeln erfüllte meinen Bauch. Es machte mich glücklich.

»Ich wüsste sogar, wo wir anfangen könnten, Informationen zu suchen. Neben der Traumfabrik, in der die Träume für die Maschinen hergestellt werden, gibt es ein Forschungszentrum. Dort wird alles aufbewahrt und archiviert. Wenn, dann finden wir dort etwas. Meint ihr, dass Jonathan eine Karte von der Stadt hat? Dann können wir einen guten Plan schmieden.«

Die anderen zuckten nur mit den Schultern. »Wollen wir ihn fragen oder ihn aus der Sache raushalten?«

»Und dann? Willst du seine Sachen durchwühlen?« Lukas musterte mich mit hochgezogenen Augenbrauen.

Ich zuckte mit den Schultern. »Wenn es dir nicht passt, schlag doch etwas Besseres vor.«

Thea seufzte. »Ich muss Jenna zustimmen, Lukas. Jonathan würde uns ausfragen und uns die Sache ausreden.«

Lukas stöhnte genervt. Er schien wieder der Alte zu sein. »Ja, weil es hirnrissig ist, in die Stadt zu gehen.

»Du musst ja nicht mitgehen«, fauchte ich ihn an.

»Und euch allein in euer Verderben rennen lassen? Klingt auch nicht besser.« Seine Züge wurden erneut sanfter.

Ich verkniff mir ein Kopfschütteln. Selten hatte ich jemanden getroffen, der so launisch war. Den ich absolut nicht einschätzen konnte. Mochte er mich? Oder konnte er mich nicht ausstehen? Er sandte mir die unterschiedlichsten Signale, und das verwirrte mich.

»Gut, also wie gehen wir vor?«, fragte Jonas.

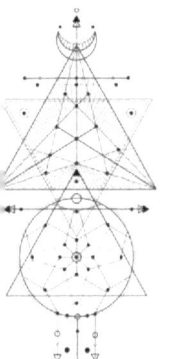

# KAPITEL 21

## THEA

Jenna und ich traten aus unserem Apartment. Mein Blick schweifte prüfend über die Umgebung, in der Hoffnung, dass alle schliefen und niemand mehr unterwegs war. Als die Luft rein war, huschten wir zur nächsten Ecke. Es fühlte sich an, als wären wir Schwerverbrecher auf der Flucht.

»Müssen wir wirklich hier lang schleichen?«, fragte Jenna leise.

»Pscht«, ermahnte ich sie, woraufhin sie seufzte.

»Wenn uns jemand sieht, könnten wir auch nur einen nächtlichen Spaziergang machen, oder? Aber so sind wir mehr als verdächtig.«

Natürlich war mir das bewusst, doch so fühlte es sich wie ein Abenteuer an. Ein ungefährliches, quasi als Vorbereitung für das, was uns in der Stadt erwarten würde. »Sieh es doch als Übung.«

Jenna hob die Augenbrauen, sagte aber nichts. Still folgte sie mir, auch wenn sie sich kaum Mühe gab, sich leise durch die Gänge zu schleichen. Erst vor dem großen Portal der Bibliothek sah sie sich vorsichtig um.

Ich hielt den Atem an und lauschte, ob Schritte zu hören waren. Doch bis auf das harte Klopfen meines Herzens war nichts zu vernehmen. Deswegen drückte ich gegen das alte Holz und wunderte mich, dass es sofort aufsprang. Lautlos öffnete sich die Bibliothek für uns.

Sobald wir eingetreten waren, schlossen wir schnell die Tür hinter uns und entzündeten die Taschenlampen, die wir mitgenommen hatten. Mühsam durchbrachen sie die Finsternis um uns herum und tauchten den Ort in ein mystisches Licht.

»Was meinst du, wo sollen wir anfangen?«, fragte mich meine Schwester und leuchtete die Regale ab.

Ich zuckte mit den Schultern, auch wenn sie das vermutlich nicht sah. »Gute Frage. Magst du den rechten Gang absuchen? Ich nehme den linken.«

»Klar, klingt gut.«

Dann trennten sich unsere Wege. Langsam trat ich an die Regale und beleuchtete die einzelnen Buchrücken. Ich unterdrückte den Drang, über sie zu streichen. Auch wenn wir lesen konnten, so hatte es in unserem Dorf nie so viele und vor allem so gut in Schuss gehaltene Bücher gegeben. Dabei hatte mich das geschriebene Wort schon immer fasziniert. In fremde Welten, die so viel schöner als unsere waren, abzutauchen, fühlte sich befreiend an. Nur vermutete ich, dass diese hier einen eher mit Tatsachen langweilten.

Als Jenna und ich uns am Ende der Regalreihen wieder gegenüberstanden, seufzte ich. »Sag mir, dass du wenigstens etwas gefunden hast.«

Leider schüttelte sie den Kopf. »Es gibt hier gefühlt jedes Buch, nur nicht das, das wir benötigen.«

Ich legte den Kopf in den Nacken und strich mir über die Stirn. Bevor ich etwas sagen konnte, bemerkte ich einen Lichtschimmer an der Pforte. Erschrocken ließ ich die Taschenlampe fallen, die flackernd ausging. Jenna dagegen erstarrte einfach nur.

Adrenalin rauschte durch meine Adern. Meine Atmung beschleunigte sich. Was sollten wir nur machen? War das Jonathan? Für einen winzigen Augenblick sah ich unsere Mission scheitern.

»Thea? Jenna?« Die tiefe Stimme kam nicht von Jonathan, sondern von Lukas. Erleichterung durchflutete mich, sodass ich seufzte.

Jenna trat auf meinen besten Freund zu und baute sich vor ihm auf. »Sag mal, spinnst du? Musst du uns so erschrecken? Verdammt, Lukas!«

Lukas schnaubte belustigt. »Hat sich das Prinzesschen etwa in die Hose gemacht?«

Ich konnte Belustigung in seinem und Wut gepaart mit Erleichterung in Jennas Blick sehen. Die zwei waren schon ein seltsames Paar. Lukas und Jenna waren komplett unterschiedlich, und doch irgendwie gleich. Sie konnten nicht mit, aber auch nicht ohne einander. Doch Jenna kannte sein Geheimnis noch nicht – den eigentlichen Grund, wieso er so gegen die Städter war. Nur musste er ihr das irgendwann erzählen.

»Lukas, was machst du hier?«, wollte ich wissen.

»Ihr habt so lange gebraucht, da haben wir uns Sorgen gemacht. Und da ich Kundschafter bin, hat Jonas mich geschickt.« Er zuckte mit den Schultern.

Ich konnte ein Augenrollen nicht unterdrücken. »Wenn du schon hier bist, kannst du uns auch helfen. Bis jetzt haben wir nämlich noch keine Karte gefunden.«

Er nickte und begann nun ebenfalls, die Regale abzulaufen. Auch Jenna wandte sich ab und griff ihre Suche wieder auf. Ich dagegen sah unschlüssig zwischen den beiden hin und her, ging dann aber zu Lukas.

»Du, Lukas?«, fragte ich ihn leise.

Er sah mich kurz an, bevor er weiter die Regale abschritt. »Hm? Was denn?«

»Du solltest ihr deine Geschichte erzählen.«

Lukas hielt inne und wandte sich mir zu. Er lehnte sich gegen das Regal, als würde er nach Halt suchen. »Und dann? Es würde nichts ändern.«

Ich legte meinen Kopf schief. »Bist du dir da sicher?«

Er ignorierte mich und griff nach einer Schriftrolle neben meinem Kopf. Als er sie ausrollte, grinste er. »Na, wer sagt's denn? Hier haben wir die Karte.«

Ich rief nach meiner Schwester, die herbeigeeilt kam. Konzentriert beugte sie sich darüber. »Sie ist nicht wirklich aktuell. Wenn ich mich nicht irre, dann ist sie bestimmt knapp hundert Jahre alt.«

»Ich glaube nur, dass wir nichts Aktuelleres finden werden«, warf Lukas ein.

Sie seufzte, sagte aber erst einmal nichts mehr, da sie erneut über der Karte brütete. Mit ihrem Finger strich sie über die feine Zeichnung und wirkte dabei zum ersten Mal zufrieden. »Gut, das sollte trotzdem gehen. Lasst uns etwas zum Schreiben mitnehmen, dann kann ich euch durch die Stadt leiten.«

Wir gingen in den hinteren Bereich der Bibliothek, in dem die Tische standen, und suchten nach Feder und Tinte. Zum Glück fanden wir diese auf Anhieb.

Gerade als wir die Bibliothek verlassen wollten, flackerte die Deckenlampe auf. Mein Herzschlag beschleunigte sich, als Lukas Jenna und mich hinter das erste Regal zerrte. Er bedeutete uns, leise zu sein, weswegen ich die Luft anhielt, aus Angst, dass meine schnellen Atemzüge uns verraten könnten.

Schwere Schritte kamen näher, sodass Lukas uns immer weiter bis zum Ende des Gangs drängte. Dumpf hallten sie von den Wänden wider und pochten in meinem Kopf. Wenn wir entdeckt wurden, dann war alles vorbei. Dann konnten wir unseren Plan vergessen.

Als wir Jonathan ausmachen konnten, schubste Lukas uns um die Ecke. Musste er auch, denn ich konnte mich nicht bewegen. Die Angst, dass unser Plan scheitern könnte, dass wir vielleicht einfach aus dem Dorf fliegen würden, lähmte mich.

Jonathans Schritte verstummten, als hätte er unsere Schatten bemerkt. Deswegen forderte Lukas uns stumm auf, weiter in Richtung Ausgang zu gehen und damit mehrere Regalreihen zwischen den Bibliothekar und uns zu bringen. Der murmelte irgendetwas, dann hörten wir, wie er weiterging. Beinah hätte ich erleichtert geseufzt, doch Lukas' warnender Blick hielt mich davon ab.

Als die Holztür zu Jonathans Büro dumpf ins Schloss fiel, schlichen wir auf das Portal zu. Lukas spinkste vorsichtig um die Ecke, dann deutete er uns, dass die Luft rein war. So schnell wir konnten, liefen wir auf die Tür zu und zogen sie auf – Hauptsache, hier raus. Erst als wir an unserem Apartment angekommen waren, ließen wir uns schwer atmend am Küchentisch nieder.

Jonas musterte uns irritiert. »Alles okay mit euch?«

»Ja«, schnaufte ich und atmete tief durch.

»Verdammt, war das knapp«, meinte Jenna. »Ich dachte ernsthaft, dass es jetzt vorbei wäre.«

»Und ich erst.« Jenna und ich grinsten uns an. Das war definitiv ein aufregendes Abenteuer gewesen.

Gleichzeitig zweifelte ich an unserem Plan. Wenn das schon knapp gewesen war, wie sollte es erst in der Stadt werden? Wenn Jonathan uns erwischt hätte, wären wir glimpflich davongekommen. Doch im Feindgebiet? Aber ich wusste auch, dass ein Rückzug nicht infrage kam.

Jenna rollte die Karte aus und griff nach Tinte und Feder. »Also gut. Wir kommen durch den südlichen Eingang rein.« Sie tippte auf ein eingezeichnetes Symbol und kreiste es ein. »Wir müssen dann zwar die halbe Stadt durchqueren, aber das wird für uns der sicherste Eingang sein. Zum einen weil dort nur zwei Tore sind und deswegen weniger Wachen, zum anderen weil dort die etwas ärmeren Leute wohnen.«

Lukas schnaubte. »Ich dachte, es gibt keine Armut in der Stadt.«

Jenna zuckte mit den Schultern. »Gibt es ja auch nicht. Dennoch gibt es einen Unterschied zwischen Geld haben und viel Geld haben. Im südlichen Bezirk werden wir mit unserer einfachen Kleidung nicht so sehr auffallen.«

Lukas wollte etwas erwidern, doch ich ging dazwischen. Einen Streit zwischen diesen zwei Welten konnten wir jetzt am wenigsten gebrauchen. »Gut, also im Süden. Wo ist das Forschungszentrum?«

Jenna tippte auf einen leeren Fleck im Norden der Stadt, der direkt an das Gebirge anschloss. Sie zeichnete ein Kreuz an die Stelle und Verband die Symbole miteinander. »Das befindet sich hier. Dieser Weg ist der beste, um die Hauptstraßen zu vermeiden und gleichzeitig schnell dorthin zu gelangen.«

»Und wenn wir dort sind?«, gab Lukas bissig zurück. Er zeigte nur allzu deutlich, was er davon hielt, in die Stadt zu gehen, was ich ihm nicht verübeln konnte.

Jenna senkte ihren Blick. »Ich weiß es nicht, ich war noch nie dort. Aber ich glaube, dass mein … der Senator mal erwähnt hat, dass die wichtigen Informationen im obersten Stockwerk gelagert werden.«

»Gut, dann werden wir weiterschauen, wenn wir vor Ort sind. Alles ist besser, als hier noch weiter sinnlos rumzusitzen. Wann wollen wir los?« Dabei sah ich besonders Lukas an, der seufzte.

»Am liebsten gar nicht. Aber wir sollten morgen gut frühstücken und dann los. So sollten wir gegen Abend am Stadttor sein. Wir reisen mit leichtem Gepäck, weil es in der Stadt eh nur stören und auffallen würde.« Damit war unser Plan beschlossen.

# Kapitel 22

## Jenna

Nachdem wir unseren Plan fertig geschmiedet hatten, durchflutete mich Aufregung, gepaart mit der Sehnsucht nach der Stadt. Denn auch wenn mein Leben dort auf einer Lüge basiert hatte, so war ich glücklich gewesen. Nach Hause zurückzukehren, fühlte sich gut an.

Vor allem wollte ich mit Mike sprechen. Ich hatte zwar mit ihm abgeschlossen, dennoch wollte ich ein klares Ende. Mich offiziell von ihm trennen und die Verlobung annullieren. Wahrscheinlich war das unnötig, aber irgendwie fühlte es sich nur so richtig an. Bei dem Gedanken seufzte ich innerlich. Die Zeit mit den Träumern hatte mich verändert. Ich hatte gelernt, dass mein Leben in der Stadt Luxus gewesen war. Aber es war auch falsch gewesen. Für Träume und Wünsche einzustehen, sollte ein Privileg und nichts Verbotenes sein.

Aber das war es nicht, was ich eigentlich meinte. Mich verwirrte Lukas. Einerseits konnte er nett und einfühlsam sein, doch dann war er wieder kalt und unhöflich zu mir. Er entlockte mir Emotionen, die ich nie zuvor gespürt hatte. Ließ mein Herz schneller schlagen und meinen ganzen Körper freudig kribbeln.

Fahrig strich ich mir durch die Haare. »Thea, ich glaube, ich brauche einen Moment frische Luft.«

Sie musterte mich, als würde ich wieder die Flucht ergreifen wollen. »Alles okay mit dir?«

Ich nickte. »Keine Sorge, ich brauche einfach nur … «

In ihren Augen meinte ich, Erkenntnis zu sehen. »Klar, geh ruhig. Wenn was ist, kannst du mit mir sprechen.«

»Danke.« Dann eilte ich aus unserem Apartment.

Sobald mich die frische Nachtluft empfing und mir eine sanfte Brise das Haar verwehte, atmete ich erleichtert auf.

Wie viele unterschiedliche Gefühle konnte ein Mensch in sich tragen? Wie zum Beispiel die Sehnsucht nach der Stadt, aber genauso die Angst, mit dem falschen Leben konfrontiert zu werden. Genauso wie die Furcht vor dem Abenteuer und gleichzeitig die Aufregung davor.

Verzweifelt lehnte ich mich an die kalte Felswand und verbarg mein Gesicht in den Händen, um nicht laut loszubrüllen. Wenn mein Gedankenkarussell so weiterfuhr, würde ich nie Ruhe finden.

»Na, kannst du auch nicht schlafen?«, fragte mich plötzlich Lukas, sodass ich meine Hände erschrocken sinken ließ. Seine dunklen Augen trafen die meinen und schienen direkt in meine Seele zu blicken.

Ich lächelte und spürte, wie sich mein Herzschlag beschleunigte. »Nicht wirklich.«

Er musterte mich aufmerksam. »Du sehnst dich nach deinem alten Leben und gleichzeitig ist es dir zuwider, oder?«

Mir entwich ein Schnauben. Gleichzeitig war da wieder dieses Kribbeln. »Schon, irgendwie.«

»Magst du mich ein Stück begleiten?« Am liebsten hätte ich Nein gesagt, dennoch nickte ich und folgte ihm. »Weißt du, ich glaube, ich bin dir eine Erklärung schuldig.«

Verwundert sah ich Lukas an. »Bist du das?«

Er zögerte einen Moment, schien mit einem Mal unsicher. »Nun ja … Ich möchte dir gern etwas erzählen. Meine Mutter war eine Träumerin und genauso wie ich eine Kundschafterin. Mein Vater hingegen war ein Städter. Es kam, wie es kommen musste, und sie verliebten sich ineinander.« Er machte eine Pause, und ich musterte ihn neugierig. Diese Verletzlichkeit in seinem Blick brach mir das Herz. »Ich bin also halb Städter, halb Träumer. Nur dass ich nicht träumen kann.«

Erschrocken sog ich die Luft ein. »Das tut mir so leid, Lukas.«

Er zuckte mit den Schultern. »Ist nicht schlimm. Ich kenne es nicht anders. Aber als du hier ankamst, eine Städterin, die das kann, was ich mir von Herzen wünsche, habe ich dich verurteilt. Ich war neidisch. Es tut mir sehr leid, dass ich dich so behandelt habe.«

Bevor ich antworten konnte, ertönte ein Horn. Es war tief und hallte dumpf durch meinen Körper. Vor allem rief es Furcht in mir wach. Auch in Lukas Augen stand Panik. Er griff nach meiner Hand und zerrte mich zurück zu unserem Apartment.

»Scheiße«, murmelte er und packte eilig einige Dinge in einen Rucksack, als Thea und Lukas in den Gemeinschaftsraum traten. Sie wirkten verschlafen, aber auch unruhig.

»Was ist hier los?«, wollte ich wissen.

»Die Städter, sie haben uns gefunden.« Wie zur Bestätigung knallte es draußen und Schreie ertönten.

Panik durchflutete mich. Wir hatten geahnt, dass der Bluthund uns aufspüren würde, doch dass sie nun wirklich hier waren, machte den Gedanken real.

Nachdem Lukas seinen Rucksack geschultert hatte, ging er zum Kühlschrank und öffnete ihn. Gerade als ich darüber meckern wollte, was in ihn gefahren wäre, in diesem Augenblick an Essen zu denken, betätigte er einen versteckten Hebel, der eine Falltür öffnete. Schnell kletterten wir die Leiter hinab.

Kaum dass wir festen Boden unter den Füßen hatten, griff Lukas nach einer Öllampe und führte uns durch den dunklen Gang und das Labyrinth unter dem Bergdorf.

Wieder einmal musste ich feststellen, dass wir ohne Lukas aufgeschmissen wären. Er führte uns souverän durch die schmalen Gänge, sodass wir das unterirdische Tunnelsystem bald verließen.

»Wieso kennst du dich hier so gut aus?«, wollte ich wissen.

»Ich bin Kundschafter, schon vergessen?«, gab er kühl zurück. Von dem vorher so verletzlichen Mann war nichts mehr zu spüren. Das versetzte mir einen leichten Stich.

»Dieses System verbindet alle Dörfer miteinander. Die Kundschafter kennen es in- und auswendig, während wir anderen nur einen Teil des Weges kennen, der zu einem sicheren Raum führt, in dem ein Kundschafter uns abholt und weiter führt«, erklärte nun Thea.

»Aber warum haben wir diesen Weg nicht genommen, als euer Dorf angegriffen wurde?«

»Weil die Städter direkt hinter uns waren und wir sie somit in unser sicheres System geführt hätten.« Noch immer klang Lukas' Stimme eiskalt. »Aber da dein toller Schwiegervater nach und nach alle Dörfer aufgespürt hat, wird er dieses System gefunden haben. Wir sind hier nicht sicher.«

»Deswegen führst du uns zurück an die Oberfläche«, schlussfolgerte Jonas, woraufhin Lukas nickte.

In dem Moment verließen wir auch schon das Tunnelsystem. Sanftes Mondlicht erhellte das Gebiet vor uns, das mir schier den Atem raubte, weil es unbeschreiblich schön war. Wir standen auf einem Bergvorsprung und hatten einen weiten Überblick. Auf der einen Seite gab es nichts als nackten Stein, auf der anderen Seite lag in einem Tal ein kleiner Bergsee, der den Mond spiegelte. Gesäumt wurde er von hohen Tannen.

Lukas schlug den Weg zum Wasser ein, der sich als beschwerlicher herausstellte als er aussah. »Wir haben einen langen Marsch vor uns und sind ausgeruht. Dort unten finden wir Verpflegung und Wechselkleidung.«

Keiner von uns wollte etwas sagen. Die schwere Last, dass wir Schuld an diesem Überfall waren, drückte auf unsere Gemüter. Wir hatten zu lange gebraucht, um eine Lösung zu finden. Wenn wir schneller gewesen wären, hätten wir die Ankunft des Bluthundes verhindern können. Es fühlte sich an, als hätten wir versagt.

Wie gern hätte ich mich an eine starke Schulter angelehnt, wie Thea es bei Jonas tat. Hätte mit jemandem über meine Gedanken gesprochen, doch ich war allein. Denn auch wenn meine Schwester behauptete, dass ich zu ihnen gehörte, so wusste ich, dass dem nicht so war. Ich war die Tochter des Senators und gehörte in die Stadt.

Als wir am See ankamen, blieben Jonas und Thea ein Stück abseits stehen. Noch immer redeten sie leise miteinander und schienen nichts wahrzunehmen außer einander.

»Man könnte fast neidisch werden, oder?«, ertönte Lukas' Stimme dicht neben mir.

Erschrocken fuhr ich zusammen und wandte mich ihm zu. Mein Herz pochte wie wild, doch Lukas lachte nur leise. Es stand ihm, wenn er befreit wirkte, und machte ihn attraktiver als er eh schon war. Ich konnte ihm in diesem Moment nicht einmal böse sein. Viel mehr brachte sein Anblick etwas in mir in Bewegung. »Die beiden sind füreinander bestimmt. Das ist süß.«

Lukas nickte. »Nicht allen ist so ein Glück vergönnt.«

Verwundert sah ich ihn an, doch ich traute mich nicht, nachzufragen, was er meinte. Deswegen schwieg ich lieber und richtete meinen Blick betreten zu Boden.

»Ihr Name war Leyla«, sagte er leise, woraufhin ich den Kopf hob. »Sie war wunderschön, wild und unzähmbar wie ein Wirbelsturm. Für Regeln interessierte sie sich nicht, so erkundete sie immer die Landschaft um das Dorf herum, obwohl sie keine Kundschafterin war. Irgendwann kam sie nicht mehr zurück. Ich vermute, dass man sie gefangen genommen hat. So sehr ich sie gesucht habe, ich habe sie nie gefunden.«

»Das tut mir furchtbar leid«, murmelte ich.

Er zuckte mit den Schultern, ließ mich jedoch nicht aus den Augen. Sein sanfter Blick hielt mich gefangen. Alles um mich herum verblasste. Nur er zählte.

»Das ist jetzt fünf Jahre her, und ich bezweifle, sie je wiederzusehen.« Bei seinen Worten beobachtete ich die Bewegungen seiner sinnlichen Lippen und fragte mich, wie es sich anfühlen würde, wenn sie die meinen berührten.

»Man darf niemals aufgeben. Ich bin mir sicher, dass wir sie in der Stadt finden werden.« Keine Ahnung, warum ich das sagte, doch es rutschte mir schneller heraus als ich gewollt hatte.

Er grinste schief und unterbrach den Bann, den er auf mich ausgeübt hatte. »Eigentlich bist du gar nicht so übel, Prinzessin.«

Ich prustete los. »Das ist doch mein Spruch.«

Ein leichtes, ehrliches Lächeln schlich sich auf seine Züge, das sogar seine Augen erreichte und mir eine wohlige Gänsehaut bescherte.

Noch immer verunsicherte mich seine Nähe, doch sie fühlte sich so unfassbar gut an. Einem Impuls folgend, umarmte ich ihn, und er erwiderte die Umarmung sogar. Sein Geruch nach einer frischen Herbstbrise umhüllte mich und raubte mir schier den Atem. Seine Wärme legte sich schützend wie ein Kokon um mich. Viel zu schnell trennten wir uns wieder voneinander.

Irgendwie fühlte es sich an, als hätten wir etwas Verbotenes getan, doch gleichzeitig spürte ich die Veränderung zwischen uns. Wir blickten uns noch einen kurzen Moment in die Augen, bevor ich mich mit brennenden Wangen abwandte.

Lukas räusperte sich. »Okay, dann lass uns mal den Proviant zusammensuchen.«

Ich nickte, hielt meinen Blick noch immer gesenkt, als ich ihm folgte. Vor einer Tanne blieb Lukas stehen und betätigte erneut einen Hebel. Eine Luke öffnete sich, und ich konnte allerlei Proviant erkennen sowie einen weiteren Rucksack.

»Pack so viel ein, wie möglich.« Ich nickte und begann, alles Mögliche in der Tasche zu verstauen.

Gerade als ich Thea und Jonas holen wollte, hielt Lukas mich zurück. Seine wunderschönen, braunen Augen zogen mich sofort wieder in ihren Bann und ließen meine Beine weich wie Pudding werden.

»Lass das«, knurrte Lukas, legte seine Hand an mein Kinn und fuhr sanft mit dem Daumen über meine Unterlippe. Ich hatte nicht bemerkt, wie ich vor Nervosität darauf herumgekaut hatte. Allein mit dieser leichten Berührung setzte er meinen ganzen Körper unter Strom. Alles in mir sehnte sich nach mehr von ihm. Nach seiner Nähe. Nach seinen Lippen auf meinen.

»Jenna, ich … weißt du«, fing er an, doch dann unterbrach er sich und fluchte wild.

Ehe ich etwas erwidern konnte, lehnte er sich nach vorn und legte seine Lippen sanft auf die meinen. Mein Körper reagierte sofort, und ich schlang die Arme um ihn, damit ich ihn näher an mich heranziehen konnte. Der Kuss fühlte sich so gut an. Ich wünschte mir, dass er niemals enden würde.

Doch dann wurde mir bewusst, dass wir uns erneut auf der Flucht befanden. Das war der Moment, in dem der Augenblick zerbrach und Lukas' Nähe mir Unbehagen bereitete. Doch er schien das nicht zu bemerken. Mit einem Mal fühlte sich das alles hier falsch an. Ich wollte das nicht. Deswegen schob ich ihn leicht von mir.

Er sah mich irritiert an, doch ich wandte meinen Blick ab. »Jenna? Alles okay?«

Ich antwortete ihm nicht, weil Tränen in meinen Augen brannten. Eigentlich wollte ich nur Ruhe und Frieden. Mein Leben genießen und nicht ständig auf der Flucht sein. Wollte nicht die Bürde tragen, die Welt zu retten. Ich nickte, bevor ich mich abwandte, um Thea und Jonas zu holen.

Den Weg zur Stadt verbrachten wir schweigend. Der Kuss und der Angriff auf das Bergdorf schwebte schwer wie eine Gewitterwolke über uns.

Zur Mittagsstunde erreichten wir die Stadt. Bei ihrem Anblick durchfluteten mich mehrere Gefühle.

Freude.

Angst.

Wut.

Trauer.

Und vor allem Aufregung. Noch immer fühlte ich mich hier zu Hause. Ich war hier aufgewachsen und hatte mich in der Zeit bei den Träumern nach genau diesem Ort verzehrt, wenn auch nur im Geheimen. Wer sehnte sich nicht nach ein wenig Luxus? Lukas würde mich jetzt wieder verwöhntes Stadtkind nennen, aber das war ich nun einmal. Ich konnte nicht so einfach aus meiner Haut.

Doch das war nicht der einzige Grund, warum ich aufgeregt war. Wir hatten einen wichtigen, wenn auch sehr gefährlichen Auftrag. Von uns hing so viel ab, und so eine Last trug man nicht gern.

Langsam traten wir näher. Die nächsten Minuten würden darüber entscheiden, ob unsere Mission scheiterte, bevor wir die Stadt überhaupt betraten, oder ob alles glatt lief. Ich rieb mir die vor Nervosität schwitzigen Hände an der Jeans ab.

»Also gut, seid ihr bereit?«

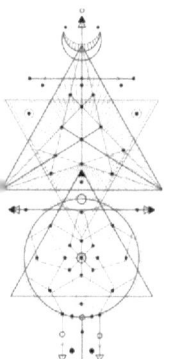

# Kapitel 23

## Thea

»Okay, jetzt geht es wirklich los«, flüsterte ich Jenna zu, als wir uns unter die Menschen am Scanner mischten.

Die Nervosität wuchs mit jedem Meter, den wir uns dem Tor näherten. Beinah glaubte ich, ein Déjà-vu zu erleben.

Ich betrachtete meine Freunde, die sich unauffällig gaben. Wenn ich nicht gewusst hätte, dass sie Träumer waren, wären sie mir nicht aufgefallen. Höchstens die einfachere Kleidung verriet sie. Das war auch gut so, denn bis wir vor dem Tor standen, wollten wir unbemerkt bleiben.

Mein Blick blieb an meiner Zwillingsschwester hängen. Jenna musterte Lukas verstohlen von der Seite, was mich grinsen ließ. Sie hatte sich Hals über Kopf in meinen besten Freund verknallt, jedoch wollte sie sich das noch nicht eingestehen. Er sah aber auch verdammt gut aus mit seinen braunen Haaren und den ebenso dunklen Augen. Mein Herz hingegen gehörte Jonas.

Als ich meinen Freund betrachtete, sah ich die Anspannung in seinem Körper, die mit jedem Schritt wuchs, den wir dem Stadttor näherkamen. Als nur noch drei Personen vor uns waren, sah Jenna zu uns und nickte.

Ich hatte gerade noch genug Zeit, um tief durchzuatmen und die Angst hinunterzuschlucken, da wurde schon die nächste Person gescannt.

Wir lösten uns aus der Schlange und liefen los. Das Überraschungsmoment war glücklicherweise auf unserer Seite und half uns, durch das Tor zu huschen. Es fühlte sich fast wie in Zeitlupe an, als wir an den verwirrten Wachen vorbeiliefen.

»Eindringlinge, haltet Sie!«, hörte ich sie rufen, was meinen Herzschlag beschleunigte, doch ich lief einfach weiter.

Bei der ersten Gabelung der Straße, bog ich um die Ecke und drosselte mein Tempo, damit die anderen mich nicht verloren.

»Wo ist Lukas?«, fragte Jenna, und ich erstarrte. Er sollte doch hinter uns sein.

»Lukas wird seinen Weg finden. Wahrscheinlich versucht er, die Wachen abzulenken. Wir haben keine Zeit, hier stehenzubleiben und zu warten, dass er um die Ecke kommt. Selbst wenn sie ihn gefangen haben, können wir nichts machen. Wir wussten, auf was wir uns einlassen, und eure Mission hat die oberste Priorität!«, sagte Jonas bestimmt.

Ich konnte den Schmerz in seiner Stimme hören. Auch in seinem Blick stand Trauer. Er machte sich Sorgen um seinen besten Freund, doch er wollte stark bleiben. Für Lukas und für uns.

Ich warf noch einen letzten Blick über die Schulter und atmete tief durch, bevor ich widerwillig den Weg fortsetzte. Es versetzte mir einen Stich, aber ich ignorierte ihn. Jonas hatte recht, dennoch fühlte es sich falsch an, Lukas zurückzulassen. Was war, wenn ihm etwas geschehen war? Aber selbst wenn, könnten wir ihm dann überhaupt helfen?

»Da sind sie!«, hörte ich eine Stimme hinter mir und fluchte innerlich.

Wir hatten zu lange gezögert, sodass uns die Wachen eingeholt hatten. So ein Mist. Ich nahm also sprichwörtlich meine Beine in die Hand und lief los, meiner Schwester hinterher, die uns sicher durch das Labyrinth der Stadt führte.

Glücklicherweise trugen die Sicherheitsleute schwerere Ausrüstung, sodass sie viel langsamer als wir waren. Schnell hatten wir sie abgehängt, doch Jenna trieb uns weiter voran. Ob aus Angst oder um sich von der fehlenden Person in unserer Gruppe abzulenken, wusste ich nicht.

In einer dunklen Gasse versteckten wir uns hinter Mülltonnen und lehnten uns schwer atmend an die Wand.

Das war knapp gewesen.

Verdammt knapp …

Doch genauso wusste ich, dass wir nicht sicher waren. Es war nur eine Frage der Zeit, bis die Wachen uns erneut aufspüren würden. Wenn uns nichts einfiel, würde unsere Reise schneller enden als gedacht. Dann würden wir scheitern und die Welt nicht retten können.

Das Bild meiner Mutter, die nun bei Morpheus im Palast lebte, verblasste in meinem Kopf, als ich schwere Schritte vernahm. Hatten sie uns bereits gefunden?

Panik durchflutete und lähmte mich. Mein Herz pochte so laut, dass ich glaubte, es würde mich verraten. Ich versuchte, meinen Atem anzuhalten, in der Hoffnung, keine Geräusche von mir zu geben.

Als die Schritte näherkamen, drückten wir uns weiter in die Schatten der Mülltonnen. Beteten, dass sie uns vor den Blicken der Soldaten verbergen würden.

»Ich glaube nicht, dass sie hier sind«, sagte ein Mann.

»Sie sind Gesindel und schmutzig. Warum sollten sie sich also nicht in Mülltonnen verstecken?«, antwortete ein zweiter darauf.

»Mag sein, aber siehst du sie hier irgendwo?« Der erste Mann wirkte genervt, und ich musste meine Hände zu Fäusten ballen, um nicht die Beherrschung zu verlieren. Nur weil wir nicht aus der Stadt kamen, waren wir doch kein Abschaum.

»Aber wir haben noch gar nicht richtig nachgesehen.« Meine Atmung beschleunigte sich ein wenig mehr. Wenn sie jetzt nähertraten, wären wir aufgeschmissen.

»Schwachsinn, warum sollten sie? Sie sind vielleicht nicht von hier, aber ganz ehrlich? So tief sind die wohl auch nicht gesunken. Lass uns weitergehen.«

»Wenn du das sagst.« Der zweite Mann klang beleidigt. »Du willst dich vermutlich nur nicht schmutzig machen.«

Erneut vernahm ich Schritte, die sich endlich entfernten, während die beiden anfingen, zu diskutieren. Ein erleichtertes Seufzen wollte meine Lippen verlassen, doch ich unterdrückte es gerade noch. Erst als die Schritte nicht mehr zu hören waren, atmete ich auf. Noch immer schlug mir mein Herz bis zum Hals.

»Scheiße! Das war verdammt knapp. Wir müssen hier weg. Die Lage muss sich beruhigen, sonst wird das nichts«, fluchte Jonas leise.

Jenna nickte. »Ich weiß, aber ich habe keine Ahnung, wohin.«

»Was ist mit diesem Jeremiah? Er hat uns damals schon geholfen«, warf ich ein.

»Sehr gute Idee! Darauf bin ich gar nicht gekommen.«

»Seid ihr euch sicher, dass er uns helfen wird?«, hakte Jonas nach, während wir uns aufrappelten.

Jenna nickte. »Ganz sicher. Er war immer mein Zufluchtsort und heimlicher Verbündeter.«

Ich lugte um die Ecke.

Rechts.

Links.

Dann gab ich meinen Freunden ein Zeichen, dass wir los konnten. Es waren keine Wachen in Sicht, so mischten wir uns unter die normalen Menschen, und ich betete zu den Göttern, dass wir nicht auffallen würden. Hoffte, dass unsere schmutzige Kleidung uns nicht verraten würde.

Wir gingen schnellen Schrittes und folgten Jenna, die nahezu mit der Masse zu verschmelzen schien. Jonas und ich dagegen wirkten irgendwie plump. Wir hatten diesen Gleichschritt nicht, sodass wir mehrmals beinah mit anderen Passanten zusammenstießen.

Jedes Mal, wenn ich eine Wache bemerkte, glaubte ich, dass es vorbei war. Dass sie uns erkannten und festnahmen, doch der menschliche Schirm um uns herum schützte uns erstaunlicherweise. Manche Wachen blieben stehen, schienen sich durch die Menschen schieben zu wollen, doch sie kamen nie bei uns an.

Es wurde zu unserem Vorteil, dass die Städter immer nur stur geradeaus schauten, weil es von ihnen verlangt wurde. Dass sie funktionierten und sich aus vielen Dingen nichts machten.

Ich wusste nicht, wie lange Jenna uns durch die Stadt führte, doch irgendwann standen wir vor einem kleinen, unscheinbaren Haus. Es war aus hellen, sandfarbenen Steinen gebaut, und dunkle Schindeln bedeckten das Dach. Ein gepflasterter, von Hecken gesäumter Weg führte zur Eingangstür.

»Ganz schön prächtig für einen Butler«, murmelte ich.

Jenna lachte leise. »Jeremiahs Familie arbeitet schon seit vielen Generationen im Haushalt des Senators. Als Dankeschön hat mein Vater der Familie dieses Haus geschenkt.«

»Wie großzügig«, gab ich knapp zurück.

Jennas Augen glänzten bei dem Anblick des Anwesens. »Wenn ich als Kind meinem Alltag entkommen wollte, habe ich mich zu Hause rausgeschlichen und mich in Jeremiahs Garten versteckt. Es ist nicht weit von meinem alten Zuhause entfernt, und Jeremiah hat nie etwas gesagt. Mein Vater weiß also nicht, dass ich ein gutes Verhältnis zu unserem Butler habe, was uns vielleicht zugutekommt.«

Dass wir hofften, dass Jeremiah uns überhaupt helfen würde, sprach sie nicht aus. Viel mehr klang es, als würde sie nach Gründen suchen, die unser Handeln erklärten. Nach Argumenten, die für den Butler als Vertrauensperson sprachen. Irgendwie kam das etwas spät, da wir bereits vor seiner Tür standen, doch Jenna konnte nichts für die wirren Gedanken, die sie vermutlich durchfluteten. Immerhin hatte sie ihre Kindheit hier verbracht.

Jenna atmete ein letztes Mal tief durch, dann traten wir auf den Weg. Die Bepflanzung verhinderte, dass wir vorzeitig in den Garten flüchten konnten, sollten die Sicherheitsleute hier vorbeikommen.

»Wir müssen vom Weg runter, Jen!«, flüsterte ich meiner Schwester zu.

»Ich bin nicht blöd. Vertrau mir einmal, ja?«

Als wir vor einem schmalen Spalt in der Hecke stehen blieben, deutete Jenna wortlos darauf. »Los, ihr zuerst!«

Sie schob mich regelrecht durch die Hecke, und schon folgte mir Jonas, was sich als schwieriger herausstellte als gedacht, da er von der Statur kräftiger war als wir.

In dem Moment, als er endlich auf der anderen Seite der Hecke ankam, hörte ich plötzlich wieder schwere Schritte. Ich fluchte innerlich.

»Jenna!« Die Panik in meiner Stimme konnte ich nicht unterdrücken.

»Es wird alles gut, Thea. Versteckt euch. Wir sehen uns spätestens am Forschungsgebäude wieder.«

# KAPITEL 24

## JENNA

Plötzlich öffnete sich die Tür neben mir. Kurz musterten mich die grauen Augen irritiert, dann zog Jeremiah mich in sein Haus. »Jenna, was machst du hier?«, wollte er wissen.

Ich kratzte mich unsicher am Hinterkopf. »Die Welt retten?« Missbilligung lag in Jeremiahs Blick. »Das ist kein Spaß, Mädchen.«

Mir entwich ein Seufzen, dann blickte ich aus dem Fenster. Die Soldaten waren mittlerweile weitergezogen. »Das ist mir durchaus bewusst. Können wir meine Schwester und ihren Freund erst einmal reinholen? Dann erklären wir dir gern alles.«

Erneut schien Jeremiah verwirrt, nickte aber. »Geh hinten raus. Dort seid ihr vor fremden Blicken geschützt.«

Ich nickte und eilte durch die Hintertür nach vorn, geduckt und im Schatten der Bäume und Hecken, wo Thea und Jonas beinah unter den Sträuchern lagen. Hätte ich es nicht besser gewusst, hätte ich sie nicht gesehen.

»Thea, Jonas, kommt!«, rief ich sie leise.

Die beiden krochen aus dem Dreck hervor und wirkten erleichtert, als sie mich sahen. »Bei den Göttern, Jenna. Ich hatte so eine Angst.«

»Nicht nur du.« Mir entwich ein Lachen, doch dann besann ich mich. »Los, schnell! Wir können uns drinnen freuen. Hier ist es zu gefährlich.«

Ein weiteres Mal schlich ich durch den Garten und zurück ins Haus. An der Tür empfing uns Jeremiah. »Bevor ihr hier irgendetwas macht, werdet ihr duschen und frische Kleidung anziehen. Danach erzählt ihr mir, was los ist.«

»Wir haben keine Zeit für so einen Schwachsinn«, begehrte Thea auf. »Lukas ist da draußen und in Gefahr. Da kann mir mein Aussehen wohl egal sein.«

Jeremiah schnalzte mit der Zunge. »Wir befinden uns hier in der Stadt, Mädchen. Meinst du nicht, dass es ratsam wäre, sich ein wenig an die Umgebung anzupassen? Vor allem da ihr die Wachen aufgescheucht habt.

»Ich verstehe dich, Thea, aber er hat recht. Lukas ist zäh. Er wird auch noch ein wenig länger in den Fängen der Wachen überleben.« Jonas strich Thea sanft über die Wange, die ihren Widerstand sofort aufgab.

Ein Stich der Eifersucht durchzuckte mich, doch ich rang das Gefühl nieder. Das hatte hier keinen Platz.

»Da wir das nun geklärt haben: Folgt mir bitte«, sagte Jeremiah, dann führte er uns zuerst in den Keller, wo er Thea und Jonas in ein Badezimmer brachte, und anschließend brachte er mich nach oben. »Ich weiß noch immer nicht, was das alles zu bedeuten hat, aber lohnt es sich wirklich, dafür den Kopf zu riskieren?«

Ich musterte meinen alten Freund. »Auf jeden Fall.«

Er seufzte, dann umarmte er mich. »Ich bin wirklich froh, dich wiederzusehen, Jenna. Aber gehofft habe ich es nicht. Vermutlich wäre es besser gewesen, nie wieder zurückzukommen.«

Ich zuckte mit den Schultern. »Das ist gut möglich, aber wir hatten keine andere Wahl.«

Daraufhin nickte er. »Das kannst du mir später erklären. Mach dich erst einmal frisch. Ich bringe dir gleich noch etwas zum Anziehen, und dann treffen wir uns unten.«

»Danke, Jeremiah. Du bist der Beste.« Er schnaubte belustigt. An der Tür hielt ich ihn zurück. »Ach, übrigens, vielleicht solltest du den beiden unten noch erklären, wie die Duschen funktionieren. Sie kennen so was nicht.«

Lachend verließ er den Raum.

Das warme Prasseln des Wassers fühlte sich unglaublich gut an. Wenn ich ehrlich war, hatte ich es wirklich vermisst, zu duschen. Es kostete mich einiges an Überwindung, das Wasser auszuschalten, doch ich musste. Ewig unter der Dusche zu bleiben, würde nichts bringen.

Jeremiah hatte mir ein flauschiges Handtuch gegeben, in das ich mich nur zu gern einwickelte. Dass meine gereizte Haut mal etwas berührte, das nicht kratzig war, ließ mich verzückt seufzen.

Außerdem hatte mir Jeremiah eine bequeme Jeans und einen dunkelblauen Pullover hingelegt. Mir war bewusst, dass Thea über mich lachen würde, doch ich fühlte mich seit langem endlich wieder wie ein Mensch. Vielleicht war ich eine Träumerin, doch mein Leben hatte ich in der Stadt verbracht. Im Luxus der Stadt, um es genau zu sagen, und das hatte nun einmal seine Spuren hinterlassen. Schlimm fand ich es nicht.

Ich band mir die Haare zu einem Pferdeschwanz, dann trat ich zurück ins Wohnzimmer, wo Jonas und Thea bereits saßen.

Vor ihnen standen Kekse und eine Kanne sowie Tassen für den Tee.

Sofort hob Thea ihren Kopf und lächelte mich an. Dass wir eine Verbindung hatten, konnten wir nicht bestreiten. Wir schafften es nur nicht, dieses Band eigenständig zu entfalten. Was mir unseren eigentlichen Plan nur wieder vor Augen führte.

»Deine Schwester hat mir schon alles berichtet«, sagte Jeremiah, der neben mich getreten war. Ein leichtes Lächeln umspielte seine Züge. »Du hast die Dusche ausgiebig genossen, hm?«

Meine Wangen brannten. »Wie könnte ich nicht?«

Jeremiah nickte. »Einmal Stadtkind, immer Stadtkind.«

»Wie meinst du das?« Neugier durchflutete mich.

Wir gingen zu den anderen, und Jeremiah schenkte uns ein. Ein herber Duft von grünem Tee mischte sich mit etwas Fruchtigem. Mir entwich ein entzücktes Seufzen, was die anderen zum Lachen brachte. »Was denn? Jeremiahs Tee ist der beste überhaupt.«

»Danke für das Kompliment.« Er machte eine kurze Pause, dann wandte er sich an Thea und Jonas. »Um eure stumme Frage, warum ich euch helfe, zu beantworten: Es liegt nicht nur daran, dass ich Jenna unglaublich gern habe. Auch wenn sie ein sehr entzückendes Kind war.« Er lächelte, schien in Erinnerungen zu versinken.

»Das ist unwichtig«, sagte ich schnell.

»Ist dir das etwa unangenehm?«, stichelte Thea, weswegen ich ihr einen bösen Blick zuwarf.

»Sorry, dass ich eine verwöhnte Göre bin, die eben keinen Dreck gefressen hat.«

Der Butler legte mir die Hand auf die Schulter, was mich sofort beruhigte. »Tatsächlich hast du doch Dreck gefressen, Jenna. Jedes Mal, wenn dein Vater zu viel von dir verlangte, bist du zu mir gekommen. Du hast mir den halben Garten umgepflügt und warst so glücklich dabei, dass ich es einfach habe geschehen lassen.«

»Aber wieso hast du mich nie verraten? Du hast mich schon immer unterstützt und auf mich aufgepasst.« Als wäre er mein Schutzengel, wofür ich im unendlich dankbar war.

»Weil *sie* es so gewollt hätte.« Als er unsere fragenden Blicke bemerkte, seufzte er leise und atmete dann tief durch. »Wisst ihr, ich war mal verheiratet. Sie war wie ihr eine Träumerin.«

Die Worte kamen nur langsam bei mir an. Aber als ich ihre Bedeutung begriff, konnte ich es nicht glauben.

»Aber wie?«, sprach Thea meine Frage laut aus.

Träumer hatten normalerweise nicht viel mit Städtern am Hut. Sie wurden gehasst und gejagt. Wie hatte sie in der Stadt leben können, ohne aufzufallen? Wie hatte sie heiraten können, ohne dass ihre Herkunft eine Rolle gespielt hatte?

»Damals waren die Sicherheitsvorkehrungen noch nicht so streng, wie sie es heute sind. Wir mussten aufpassen, aber es war möglich.« Er stockte erneut, wurde übermannt von seinen Erinnerungen. »Doch dann haben sie sie gefasst. Sie fehlt mir noch immer sehr … Sie war die Liebe meines Lebens. Ich hätte beinah meinen Lebensmut verloren, doch dann erklärte der Senator, dass seine Frau ein Kind geboren hatte und dabei verstorben war. Er präsentierte dich als seine Tochter. Nach nur einem Blick in deine hellen Augen wusste ich, dass etwas an seiner Geschichte nicht stimmen konnte. Dass der Senator etwas geplant hatte. Als du dann heranwuchst, mit deinem glockenhellen Lachen und deiner verzückten Art, habe ich mir geschworen, dich zu beschützen. Egal, was es kosten möge.«

Tränen brannten in meinen Augen. »Das wusste ich nicht.«

Er lächelte sanft. »Wie solltest du auch? Es durfte niemand erfahren.«

»Danke.« Ich stand auf und umarmte Jeremiah. Er ahnte nicht, wie viel mir seine Hilfe bedeutete, auch wenn ich sie nie bewusst wahrgenommen hatte. Wenn ich genau darüber nachdachte, hatte er mich des Öfteren gedeckt und vor Ärger bewahrt. Wenn ich keine Lust auf die Meetings meines Vaters gehabt und Bauchschmerzen vorgespielt hatte, um mich dann rauszuschleichen. Er hatte mich nie verraten, obwohl er es eigentlich gemusst hätte.

Als wir uns voneinander lösten, räusperte er sich. »Gut, dann lasst uns noch einmal euren Plan durchgehen. Sobald es dunkel wird, könnt ihr los.«

»Wir kennen unseren Plan. Wäre es okay, wenn ich stattdessen Mike noch einen Besuch abstatte? Es gibt da noch etwas zu klären zwischen uns.« Ich wollte nämlich endlich einen Schlussstrich ziehen.

Thea stöhnte genervt. »Nicht dein Ernst?«

Ich zuckte mit den Schultern. »Doch.«

»Ich glaube nicht, dass das eine gute Idee ist, Jenna«, stimmte ihr nun auch Jeremiah zu.

»Ich will ja nicht die Hochzeit feiern …«

Der Butler schüttelte den Kopf. »Jenna, du hast eine wichtige Aufgabe. Wie wäre es, wenn du sie erst erfüllst? Danach kannst du Mike sehen.«

Mir entwich ein Seufzen. Wenn ich ehrlich war, wollte ich Mike gar nicht sehen. Ich wollte nur unsere Beziehung offiziell beenden. Nicht mehr. »Ihr wisst doch gar nicht, warum ich ihn sehen muss. Aber dann verschiebe ich das eben auf nach der Mission.«

»Du weißt, dass wir das nicht böse meinen. Es ist nur zu deinem Besten.«

»Ich bin doch nicht doof.«

Theas helle Augen musterten mich aufmerksam. »Warum willst du ihn überhaupt sehen? Du weißt doch, dass du ihm nichts bedeutest.«

Mir entwich ein leises Seufzen. »Weil ich mit ihm sprechen möchte. Ich will ihn ein letztes Mal sehen und seine Erklärung anhören. Damit ich endgültig einen Schlussstrich ziehen kann.«

Ich meinte, Freude in Theas Augen zu sehen, wodurch ihre Züge weicher wurden. »Das kann ich wirklich verstehen. Ich verspreche dir, dass du diese Chance bekommen wirst. Aber erst nach unserem Auftrag, okay? Denn er könnte alles gefährden. Ist das okay für dich?«

Dankbarkeit durchflutete mich. Ich ging zu meiner Schwester und schloss sie in die Arme. Gleichzeitig meinte ich, dass sich etwas in mir veränderte. Wie Wärme durch meine Adern floss und meine Sorgen wegspülte. Dass Thea und ich uns endlich ein Stück angenähert hatten.

Jeremiah klatschte in die Hände, sodass wir uns voneinander trennten. »Es dämmert langsam. Seid ihr bereit?«

Aufregung rauschte durch meine Adern. Am liebsten hätte ich den Kopf geschüttelt. »Nein, ehrlich gesagt nicht. Aber haben wir eine andere Wahl?«

Ein leichtes Lächeln umspielte Jeremiahs Lippen. »Man hat immer eine Wahl, Jenna.«

»Und ich habe meine längst getroffen«, erwiderte ich entschlossen.

Jeremiah begleitete uns zur Tür. Dort drückte er mich noch einmal fest an sich. »Du kannst stolz auf dich sein. Ich bin es jedenfalls. Du hast dich in der kurzen Zeit sehr entwickelt. Komm ja heil zu mir zurück.«

Ich blinzelte die aufsteigenden Tränen weg. »Das bedeutet mir sehr viel, Jeremiah. Und ich verspreche dir, dass ich zurückkommen werde. Danke, für alles.«

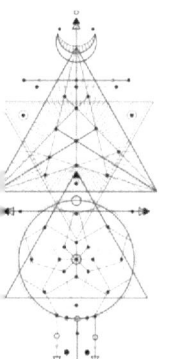

# KAPITEL 25

## THEA

Mein Herz pumpte das Adrenalin durch meine Adern, als die kühle Nachtluft mich umspielte. Der Moment der Sicherheit in Jeremiahs Haus war nun vorbei. Jetzt würden wir den zweiten Teil unseres Planes endlich umsetzen können – den spannenden Part.

Was uns wohl noch erwartete?

Vor allem brannte alles in mir darauf, Lukas zu retten. Ich kannte ihn mein Leben lang, er war mein bester Freund. Wenn ihm etwas zustieß, würde ich mir das niemals verzeihen können.

Als ich Jenna und Jonas einen flüchtigen Seitenblick zuwarf, konnte ich die Nervosität deutlich in ihren Gesichtern ablesen. Die Anspannung und die Last, womöglich die Welt und vor allem das Traumreich zu retten, lag schwer auf unseren Schultern. Was geschehen würde, wenn wir scheiterten, darüber wollte ich gar nicht erst nachdenken.

Während Jenna Jeremiah umarmte, lehnte ich mich an Jonas. Er legte seine Arme um mich – eine Geste, die mich sofort erdete. Für einen winzigen Augenblick konnte ich alles um mich herum vergessen. Die Kraft tanken, die ich benötigte, um diesen Abend zu überstehen.

Vorsichtig sah ich mich um, dann eilten wir zurück auf die Straße, schlossen uns den Menschen an, die auch um diese Uhrzeit noch zahlreich unterwegs waren. Dank der Dusche und den neuen Klamotten konnten wir uns problemlos unter die Städter mischen.

Die Wachen waren noch immer unterwegs, dabei jedoch so laut, dass es ein Leichtes war, ihnen auszuweichen. So dauerte es nicht lange, bis wir vor einem riesigen Wolkenkratzer mit weißen Wänden standen. Vermutlich würden wir ewig brauchen, um die einzelnen Stockwerke zu durchsuchen, was nur wieder verdeutlichte, wie bescheuert unser Vorhaben eigentlich war.

Gut, aber zuerst mussten wir an den Sicherheitsmaßnahmen vorbeikommen. Eine gut drei Meter hohe Mauer trennte uns von unserem Ziel. Aber wir würden uns nicht aufhalten lassen. Wir waren schon so weit gekommen, da stand Aufgeben außer Frage.

Während wir das Gebäude umkreisten, suchten wir nach einer Stelle, an der die Barriere weniger als drei Meter betrug, damit wir hinaufklettern konnten. Jedoch gab es diese Möglichkeit nicht.

»Wie sollen wir bitte dort reinkommen? Einfach zu klopfen wird ja wohl nicht klappen.« Fahrig strich ich mir durch die Haare. Jenna hatte uns zuvor erklärt, wie die Sicherheitsmaßnahmen hier funktionierten. Von innen kam man zwar immer nach draußen, von außen jedoch nicht herein.

»Ich werde versuchen, über die Mauer zu klettern. Lukas hat mich schon oft in die Berge mitgenommen und mir gezeigt, wie das geht«, sagte Jonas.

Mir blieb beinah das Herz stehen. Vermutlich war meinem Gesicht sämtliche Farbe entwichen. »Du spinnst doch.«

»Wir haben keine andere Wahl, Thea.«

Ich schüttelte den Kopf. »Aber was ist, wenn etwas passiert? Ich will dich nicht verlieren.«

Er zog mich in seine Arme und küsste mich sanft auf die Wange. »Glaub an mich, okay? Dann kann mir nichts passieren.«

Tief atmete ich seinen Geruch nach Wald und Holz ein, den selbst die frische Dusche nicht hatte überdecken können. »Darf es auch nicht. Sonst rede ich kein Wort mehr mit dir.«

Er lachte leise, wodurch sein ganzer Körper leicht vibrierte. Mich von ihm zu trennen, fiel mir unglaublich schwer. Doch ich musste.

Dann begann er, die Mauer abzutasten. Er wirkte beinah routiniert, was mich verwunderte. Selbst nach all der Zeit schaffte ich es, neue Seiten an ihm zu entdecken, was mich nur darin bestärkte, dass Jonas der einzig Richtige für mich war.

In der Dunkelheit verloren wir Lukas schnell aus den Augen. »Los, komm, lass uns zum Tor gehen.«

Ich nickte meiner Schwester zu, obwohl ich noch immer die Mauer nach meinem Freund absuchte. Es war nicht so, dass ich ihm nicht traute. Doch die Sorge, dass ihm etwas geschehen könnte, lähmte mich.

Jenna schien das zu spüren. »Ihm wird nichts passiert. Ich glaube fest daran.«

Wieder nickte ich, unfähig, etwas zu antworten. Als zehn Minuten später das Tor aufschwang und Jonas uns entgegenblickte, seufzte ich erleichtert. Tausende Tonnen Steine fielen von mir ab, sodass ich mich in die Arme meiner großen Liebe warf. »Ein Glück!«

»Ich störe nur ungern, aber lasst uns weiter. Hier stehen wir wie auf einem Präsentierteller.« Auf Jennas Worte hin ließ ich

Jonas los, und gemeinsam betraten wir das Gelände des Forschungszentrums.

Sobald die Tür hinter uns ins Schloss fiel, breitete sich ein unwohles Gefühl in meinem Magen aus. Krampfhaft zog er sich zusammen. Es war unfassbar still hier. Zu still, wenn man mich fragte. Würden die Städter ihr Forschungszentrum – also den Ort, der für all die neuen Erkenntnisse, Erfindungen oder Medikamente verantwortlich war – einfach über Nacht unbewacht lassen?

Das kam mir fast schon zu einfach vor.

»Jenna? Bist du sicher, dass hier alles mit rechten Dingen zugeht?«, flüsterte ich meiner Schwester zu und bemerkte, wie sie sich daraufhin umsah. Dann zuckte sie mit den Schultern.

»Um diese Zeit herrscht Nachtruhe, und kein Städter würde es wagen, gegen eines der Gesetze zu verstoßen. Wenn alle schlafen, bedarf es keinem großen Aufgebot an Wachen, oder?«, erklärte sie mir mit einem Lächeln und schritt mutig weiter voran. »Wenn ich das richtig in Erinnerung habe, meinte mein … der Senator, dass nachts sogar nur ein Wachmann am Empfang sitzt. Und ich denke, einen Mann sollten wir locker überzeugen können, uns durchzulassen.«

»Überzeugen? Selbst ein Mann reicht, um uns große Probleme zu machen«, sprach Jonas meine Gedanken aus und schüttelte den Kopf. Es war einer dieser Momente, in denen er genau wusste, was ich dachte, und ich mich wieder daran erinnerte, wieso ich mich in ihn verliebt hatte.

»Aber ich bin immer noch die Tochter des Senators. Zumindest glaube ich nicht, dass sie publik gemacht haben, dass ich die Stadt verlassen habe. Einen Versuch ist es auf jeden Fall wert. Los, kommt«, beschloss sie, und als wir die Tür erreichten, zögerte sie nicht, sie zu öffnen.

Obwohl Jenna in unserer Welt fehl am Platz wirkte, so erstaunte es mich immer wieder, wie selbstverständlich sie sich in der Stadt bewegte. Als sie auf den Wachmann zutrat, glaubte ich ihr beinah, dass sie hier tagtäglich ein- und ausging.

Jonas und ich folgten ihr ins Gebäude, zogen uns dann aber in einen toten Winkel zurück. So konnte ich zwar nicht viel sehen, doch es reichte, um einen gelangweilten Mann zu erkennen, der hinter seinem Schreibtisch aufsah. Auf diesem lagen fein säuberlich einige Briefe, was mich darauf schließen ließ, dass er nur aus Bequemlichkeit dort Platz genommen hatte.

Schnell sprang er auf, was Jenna kaltließ. Ich dagegen atmete erschrocken ein und hoffte, dass dieses Geräusch uns nicht verriet.

»Was machen Sie hier?«, fragte der junge Mann in einem alarmierten Tonfall. »Es herrscht Nachtruhe.«

»Ich weiß«, erwiderte Jenna leichthin. »Doch mein Vater hat mich gebeten, für ihn etwas nachzuschauen, und da hier nur nachts nichts los ist, habe ich mich entschlossen, es jetzt zu erledigen.« Als wäre es vollkommen selbstverständlich, dass sie um diese nachtschlafende Zeit hier auftauchte, stemmte sie die Arme in die Taille und sah den Wachmann streng an. Nahm ich zumindest an. Ihr Gesicht konnte ich von meiner Position aus nicht sehen. »Ist das etwa ein Problem?«

»Nun, wenn das so ist … aber Sie sind doch die rebellische Tochter unseres Senators? Auf Sie ist ein Kopfgeld ausgesetzt …«

Hätte Jonas mir nicht in diesem Moment eine Hand auf meine Schultern gelegt, wäre ich vermutlich Hals über Kopf aus unserem Versteck gesprungen.

»Ich … ähm …« Der Sicherheitsbeamte hatte Jenna aus der Fassung gebracht. Sie drohte, aufzufliegen.

Jonas reagierte schnell. Er nahm mein Handgelenk und rannte vor ins Gebäude. Es mochte unüberlegt wirken, doch ich wusste genau, dass er einen Plan hatte. So schnell wir konnten, sprinteten wir auf Jenna zu und überrumpelten den Wachmann, der sich nun nicht länger nur auf meine Schwester konzentrieren konnte.

»Was …« Weiter kam er nicht, denn mein Freund schnappte sich das Erstbeste, das er als Waffe nutzen konnte – einen Briefbeschwerer, um genau zu sein – und schlug das Teil auf die Stirn des Wachmanns. Ein kurzer Aufschrei, dann sackte der Mann ohnmächtig zusammen. Dickflüssiges, rotes Blut rann aus einer Platzwunde an der Schläfe. Als ich sie betrachtete, war ich erleichtert, denn sie war so klein, dass der Wachmann sie ohne Probleme überleben würde.

»Verdammt, seid ihr wahnsinnig?«, fragte Jenna aufgebracht. Sie konnte ihren Blick nicht von dem auf dem Boden liegenden Mann abwenden.

»Was hätten wir sonst machen sollen, Jenna? Dich gefangen nehmen lassen?«, fragte Jonas vorsichtig.

Endlich wandte Jenna sich von dem Wachmann ab und richtete ihren Blick auf uns. »Aber ihn gleich umzubringen? Musste das sein?«

Verwundert blickte ich meiner Schwester entgegen. »Er ist nur bewusstlos, Jenna.«

Fahrig strich sich Jenna ihre Haare zurück und atmete tief durch. »Entschuldigt. Das war … etwas heftig.«

»Gibt uns aber ein wenig Zeit. Was meinst du? Wie viel haben wir?«

Meine Schwester seufzte. »Nicht genug. Er wird garantiert einen Alarm ausgelöst haben. Also lasst uns herausfinden, wie diese Genmanipulation funktioniert. Und wie wir sie rückgängig machen können.«

# KAPITEL 26

## JENNA

Ich warf einen letzten besorgten Blick auf den am Boden liegenden Wachmann, bevor ich mich schweren Herzens von ihm abwandte. Es tat mir leid, dass er verletzt worden ist, doch unsere Mission hatte Vorrang. Wir durften uns keinen weiteren Patzer erlauben. Es reichte, dass wir Lukas verloren hatten.

Ich hoffte so sehr, dass es ihm gut ging. Früher hätte ich geglaubt, dass ihm nichts geschehen würde. Dass alles gut werden würde. Doch ich hatte die Brutalität gesehen, die die Städter den Träumern entgegenbrachten.

Deswegen drohte die Sorge um ihn, mich in die Knie zu zwingen. Ich wollte nicht, dass er litt. Dass er wegen einer dummen Aktion vielleicht sein Leben verlor.

Ich schüttelte den Kopf. Allein der Gedanke daran versetzte mir einen fiesen Stich. Er schmerzte so unfassbar, dass er mir die Tränen in die Augen trieb, gegen die ich ankämpfte. Ich wollte, dass er heil zurückkam.

Zu mir …

Gemeinsam verließen wir den Raum und traten zu den Aufzügen, neben denen sich auch das Treppenhaus befand. Ich musterte die Tafel, die an der Wand neben der Tür hing. Ob wir vielleicht das eine oder andere Stockwerk ausschließen konnten? Immerhin war hier das zentrale Forschungszentrum, das sich nicht nur um die Träume drehte.

Ich ging die einzelnen Institute durch, bis ich an dem Wort *Traumforschung* hängen blieb. Hier arbeitete Mike. Damals hatte ich mir immer gewünscht, ihn auf seiner Arbeit besuchen zu können, doch heute wollte ich ihn nur noch sehen, um Klartext mit ihm zu sprechen.

»Wir müssen nach ganz oben in die Traumforschung«, sagte ich, während ich auf den Aufzug zuging. Mehrmals drückte ich auf den Knopf, in der Hoffnung, dass er dadurch schneller im Erdgeschoss ankommen würde.

Misstrauisch beobachteten meine Freunde mein Treiben. Gerade als Thea den Mund öffnete – vermutlich um zu fragen, was ich hier tat –, glitten die Türen auseinander. Unschlüssig blieben sie vor dem kleinen Raum stehen und folgten mir erst, als ich sie auffordernd ansah.

Trotz der ernsten Lage schlich sich ein Lächeln auf meine Lippen. Meine Freunde kannten keine Aufzüge. Deswegen betätigte ich den Knopf für das oberste Stockwerk, während sich die Türen leise zischend schlossen.

»Erschreckt euch nicht, der Aufzug bewegt sich rasend schnell nach oben«, warnte ich sie, da setzte sich die Kabine auch schon in Bewegung.

Erschrocken klammerte sich Thea an Jonas, der sich an einer der Stangen festhielt. Ich unterdrückte ein Kichern, doch Thea bekam es mit und warf mir einen bösen Blick zu.

»Tut mir leid, aber eure Reaktion ist urkomisch«, brachte ich hervor und prustete los.

Mein Lachen tat irgendwie gut und befreite etwas in mir. Es gab mir Kraft und Mut, unsere Mission zu beenden. Gleichzeitig nahm ich wahr, wie sich die beiden ebenfalls ein wenig entspannten. Da stoppte der Aufzug, und mit einem *Pling* glitten die Türen auseinander. Ich atmete noch einmal tief ein und wieder aus, bevor ich in den Gang trat.

Mich umfing sofort abgestandene Luft. Es war ein schmaler Gang ohne Fenster, der sich zu meiner rechten Seite erstreckte. Es gab nur eine einzige Tür, auf der ein Metallschild angebracht war. *Traumforschung* stand darauf.

»Mir gefällt das nicht«, flüsterte Jonas.

»Mir auch nicht. Aber unser Weg führt uns nun einmal hierher«, erwiderte ich.

»Ja, leider. Wir sind viel zu hoch über der Stadt, und der einzige Fluchtweg ist die Tür da vorn. Wir sitzen also in der Falle, wenn sie uns finden. Und das werden sie ganz sicher.«

»Ich weiß. Doch was sollen wir machen? Umkehren? Wir sind so weit gekommen. Da können wir nicht einfach aufgeben«, warf ich ein.

»Er meint es nicht böse, Jenna. Wir sind alle angespannt, und ein mangelnder Fluchtweg ist immer gefährlich«, mischte sich Thea ein.

»Schon klar, ich bin ja nicht blöd. Aber habt ihr eine bessere Idee?«, fragte ich schärfer als beabsichtigt.

Die beiden tauschten Blicke aus, dann schüttelten sie gleichzeitig die Köpfe und wir gingen auf die Tür zu. Stumm betete ich, dass sie nicht verschlossen war. Ich drückte die Klinke herunter. Für einen kurzen Augenblick fühlte es sich an, als würde alles in Zeitlupe verstreichen. Mein Herz raste. Mit einem leisen Klicken sprang die Tür auf und ließ mich erleichtert aufatmen. Mutig trat ich ein.

Vor mir befand ich sich riesiger Raum. Im hinteren Bereich reihten sich mehrere Regale wie in einer Bibliothek aneinander. Sie quollen vor lauter Papier beinah über, und die Regalbretter bogen sich unter ihrer Last leicht durch. Im vorderen Teil befanden sich Schreib- und Labortische. Was jedoch fehlte, waren Menschen, die dort arbeiteten. Was war hier nur los? Wo waren die Arbeiter? Selbst nachts sollten hier einige Leute sein. Schließlich machte genau das unsere Gesellschaft aus: Es wurde immer gearbeitet.

Der bittere Geschmack der Angst breitete sich in mir aus, und hätten Thea und Jonas mich nicht weiter in den Raum geschoben, weil sie neugierig waren, wäre ich wahrscheinlich erstarrt in der Tür stehen geblieben.

»Was hast du, Jenna?«, fragte mich Jonas, der mein Unbehagen bemerkt hatte.

»Es stimmt etwas nicht.«

Verwundert blickten mich beide an. Schließlich ergriff Thea das Wort. »Was denn? Es könnte doch nicht besser sein, schließlich ist keiner hier.«

Ich seufzte. »Genau das ist ja das Problem, Thea. Es ist niemand hier!« Wieso verstand sie nicht, wie ungewöhnlich das war? Klar, die meisten Städter befanden sich gerade zu Hause und schliefen, aber neben den Wachleuten legten auch die Forscher ab und an eine Nachtschicht ein. Schließlich sollte keine Zeit im Labor ungenutzt bleiben.

»Aber das ist doch super! Wir haben heute endlich ein wenig Glück.«

Ich schüttelte den Kopf. »Nein, Thea. In der Stadt wird immer gearbeitet. Das macht die Gesellschaft aus. Hier stimmt etwas nicht.«

Da begriffen die beiden endlich, was ich meinte. »Das heißt, dass wir wirklich in eine Falle gelaufen sind.«

»Ja, sehr wahrscheinlich.«

Thea stieß einen Fluch aus, und sofort legte ihr Jonas seinen Arm um die Schulter. »Dann sollten wir uns beeilen und nach Informationen suchen, damit wir so viel wie möglich herausfinden können, bevor man uns aufspürt.«

Ich nickte. Seine Worte gaben mir sowohl einen Teil meines Mutes zurück als auch Hoffnung.

Hoffnung, dass wir unsere Aufgabe doch noch erfüllen würden.

Mut, dass nicht alles umsonst gewesen war.

Gemeinsam eilten wir in den hinteren Bereich, um uns durch die Stapel an Papier zu kämpfen. Leider stand alles kreuz und quer, sodass wir nicht einmal gezielt suchen konnten. Die Moiren waren uns heute nicht hold. Dabei wollten wir den Menschen doch nur helfen. War das so verwerflich?

Ich wühlte mich durch jeglichen Kram, doch nichts schien uns weiterzuhelfen. Vieles drehte sich um die menschlichen Gene und wie man Krankheiten besser heilen oder vorbeugen konnte. Es freute mich, dass man den Menschen helfen wollte, doch ich hatte für diese Literatur keine Zeit.

Ich überflog die einzelnen Stücke auf der Suche nach etwas Besonderem. Wir wussten nicht, wonach wir suchten, doch mein Bauchgefühl sagte mir, dass es sich von dem Rest der Papierstücke abhob. Ich wollte schon aufgeben und mich einem anderen Regal zuwenden, als ich ein dunkles Buch entdeckte, das nicht zu dem Rest passte. Es lag unter so viel Papier, dass ich es fast übersehen hätte.

Ich griff danach und zog es aus dem Stapel. Es raschelte und polterte, als der Berg darüber zusammenbrach, doch es war mir egal. Ich wollte dieses Buch in den Händen halten. Eine

Staubwolke stob auf, als der ganze Kram auf den Boden fiel, und brachte mich zum Husten.

»Jenna? Alles gut bei dir?«, hörte ich Thea rufen, dicht gefolgt von schnellen Schritten.

»Ja, ich denke schon, außer es gibt Staubvergiftungen«, scherzte ich, als sich meine Atmung beruhigt hatte. Ich betrachtete den Folianten mit dem nachtschwarzen Einband vor mir. Mit goldenen Lettern stand dort *Götterlehren und wie sie unsere Welt beeinflussen.* Der Schinken wirkte unscheinbar, doch trotz seiner Einfachheit irgendwie edel. Instinktiv wusste ich, dass es das Buch sein musste, das wir die ganze Zeit über gesucht hatten.

»Was hast du da?«, fragte mich Thea neugierig, die mit Jonas zu mir getreten war.

»Ich glaube, ich habe gefunden, was wir suchen«, antwortete ich.

Misstrauisch beäugte sie das alte Buch. »Bist du dir sicher? Es sieht so … alt und uninteressant aus.«

Ich lachte. »Eigentlich müsstest du doch am besten wissen, dass man jemanden nicht nach seinem Äußeren beurteilen sollte. Dieses Buch strahlt etwas ganz Besonderes aus. Ich kann es fühlen.«

Verwirrt blickte sie mich an. Ich konnte verstehen, dass sie mich für durchgeknallt hielt, doch ich meinte jedes Wort so, wie ich es gesagt hatte.

Es freute mich, dass mir die beiden folgten, als ich zu einem der Tische trat, damit ich herausfinden konnte, ob mein Gefühl mich nicht doch täuschte.

*Tagebuch des Hades*
*07.07.2025*
*Salt Lake City, Colorado*


*Die Menschheit hat uns vergessen und dafür wird sie bitter bezahlen. Wir haben ihnen so viel gegeben, und wie danken sie es uns? Mit Nichtachtung und Unglauben.*

*Meine Brüder im Olymp akzeptieren diese Schmach einfach. Es ist ihnen schlichtweg egal. Aber was soll man auch von diesen Weichlingen erwarten? Als ich ihnen sagte, dass wir das nicht länger akzeptieren dürfen, dass wir endlich etwas unternehmen müssen, haben sie nur gelacht und mich zurück in meine Unterwelt geschickt.*

*Damit haben sie mir gezeigt, wie viel sie von mir, Hades, und der Unterwelt halten. Ich höre ihr Flüstern, dass ich der Spieler der toten Seelen wäre. Dass ich damit doch glücklich sein solle. Dass ich den Menschen doch sowieso egal wäre. Immerhin wäre Hades ja der böse Gott.*

*Doch die Zeit, in der ich Zeus und seinen glitzernden Schachfiguren blind gehorche, ist nun vorbei. Sie werden ihr blaues Wunder erleben, denn ich habe drei meiner schlimmsten Seelen ausgewählt und auf die Welt entlassen. Drei Seelen, die sich Menschen mit hohen Positionen auswählen durften. Die sich die Menschheit unterwerfen dürfen.*

*Ich muss sagen, ich bin stolz darauf, dass mein Plan so gut funktioniert. Ein Krieg auf der Erde ist unausweichlich.*


»Jenna, ich verstehe nicht, wie uns das helfen soll«, warf Thea ein.

»Das war 2025, Thea. Verstehst du denn nicht?«, fragte ich aufgeregt. Ich war überwältigt, dieses Stück Geschichte in den

Händen zu halten, da die Geschehnisse zwischen 2025 und heute, 2375, angeblich nie festgehalten worden waren.

Erkenntnis trat in Theas Blick. »Du meinst, es erzählt die Entstehung unserer heutigen Weltordnung?«

Ich nickte. »Ja. Vor über dreihundert Jahren hat alles begonnen, und Hades trägt die Schuld daran. Wir müssen herausfinden, wie es zu alledem gekommen ist.«

»Bist du dir denn sicher, dass es auch echt ist? Meinst du wirklich, dass Hades persönlich es verfasst hat?«, warf nun Jonas ein. »Es sieht so neu aus.«

Ich zuckte mit den Schultern. »Keine Ahnung, aber es könnte auch restauriert und nachproduziert worden sein. Ich kann dir keinen Beweis liefern, sondern nur mein Bauchgefühl, das mir sagt, dass dieses Buch der Schlüssel ist.«

Er verzog seinen Mund, dennoch nickte er. Ich konnte ihn verstehen, schließlich war die ganze Mission eigentlich von vornherein zum Scheitern verurteilt gewesen. Wir hatten kaum noch Zeit, und dieses Buch war unsere einzige Chance.

Ich blätterte mehrere Seiten weiter und überflog immer nur die Texte. Hades hatte jedes Mal dokumentiert, wie stolz er war, dass sein Plan funktioniert und sich die Situation weiter zugespitzt hatte, bis letztendlich Krieg ausgebrochen war. Einer, der die halbe Erde zerstört hatte.

*Tagebuch des Hades*
*02.10.2081*
*Salt Lake City, Colorado*

*Mein Plan hat endlich funktioniert. Die Menschen haben ihre Erde beinah zerstört. Sie haben sich selbst nahezu ausgelöscht. Wenn meine*

Brüder und Schwestern nur nicht eingegriffen hätten, dann hätte ich alles Leben auf der Erde vernichtet. Dann hätte es nur noch die Unterwelt gegeben.

Trotzdem läuft alles irgendwie nach Plan. Jedenfalls nach dem ursprünglichen. Schließlich konnten meine Geschwister nicht zulassen, dass all ihre Spielzeuge starben. Dass die Erde ausradiert wurde. Sie lieben ihren Spielplatz dafür viel zu sehr.

Ich bekomme also, was ich wollte. Durch ihr Eingreifen werden die Menschen ihren Glauben an die Götter zurückbekommen. Das wird uns alle stärken. Der Weg für eine neue Ära ist geebnet.

*Tagebuch des Hades*
*17.01.2190*
*Highland Lake*


Obwohl die Menschen ihren Glauben an uns zurückhaben, erfüllt mich all das nicht mit Zufriedenheit. Sie huldigen die Götter im Olymp. Nicht mich, den großen Hades. Nein, ich bin ihnen egal. Sie träumen von ihren tollen Göttern und schrecken auf, wenn sie mich sehen. Wer will schon mit toten Seelen in Verbindung gebracht werden?

Aber keine Sorge, ihr dummen Menschen. Ich werde euch die Angst nehmen. Nein, ich werde euch alles nehmen. Alles. Damals gab es eine Seele, die ich zurückgehalten habe. Sie ist die Personifikation des reinen Bösen und für mein Kind bestimmt. Mein eigen Fleisch und Blut wird die Menschheit revolutionieren. Bald ist es so weit, und diese Seele wird endlich einen Wirt bekommen.

*Tagebuch des Hades*
*25.05.2215*
*Highland Lake*


246

*Mein Sohn hat sich prächtig entwickelt und sich seiner Aufgabe angenommen. Zuerst wird er den Menschen die Träume nehmen und sich dann die Welt untertan machen …*

Mit einem lauten Knall flog die Tür zum Labor auf. Es traten drei Gestalten ein, dicht gefolgt von mehreren Wachleuten. Ich schluckte. Einerseits wegen der Bedrohung, andererseits wegen den Menschen, die vor uns standen: Mein Vater, Mike und … Lukas.

Ich glaubte, dass mein Herz für einen winzigen Moment aufhörte, zu schlagen. Dass es stolperte, nur um dann schneller weiterzupochen. Erleichterung durchfuhr mich bei Lukas' Anblick. Er lebte. Am liebsten wäre ich zu ihm gelaufen und hätte ihn fest an mich gedrückt, doch ich hielt mich zurück.

Viel mehr sog ich beim Anblick seines Gesichts erschrocken die Luft ein. Es schillerte in den verschiedensten Farben und zeigte mir, dass er Schmerzen erleiden musste. Dennoch schien er ungebrochen.

Dann sah ich zu Mike. Irgendwie war ich nicht erstaunt, ihn hier zu sehen. Er war immer schon ein Schoßhund des Senators gewesen. Als ich in sein Gesicht sah, erkannte ich, dass da keine Gefühle mehr für ihn waren. Kein Kribbeln, kein Herzklopfen, nicht einmal Sehnsucht nach seiner Nähe. Ich empfand nichts als Gleichgültigkeit für ihn.

Er hatte seinen Charme verloren. Dieses perfekte Auftreten – nein, sein geschniegeltes, fein säuberliches Aussehen gepaart mit diesem eingebildeten Blick – reizte mich nicht mehr. Ehrlich gesagt, verstand ich nicht einmal, wie ich je etwas an ihm hatte finden können. Diesem Betrüger.

»Jenna, Liebes. Wie schön, dass du endlich nach Hause zurückgekehrt bist.« Die Stimme des Senators war schneidend und ohne jegliches Gefühl.

Es fröstelte mich, als ich mich ihm zuwandte und in seine eiskalten Augen sah. Gleichzeitig wüteten so viele Gefühle in mir. Hass, Wut, Trauer und auch Angst. Ich hatte diesem Menschen einst vertraut und ihn geliebt. Er war mir wichtig gewesen. Doch jetzt standen wir auf gegenüberliegenden Seiten wie Feinde.

Ich erkannte den Mann, zu dem ich aufgesehen und den ich vergöttert hatte, nicht wieder. Von seiner einstigen Wärme war nichts mehr zu sehen. Er hatte seine Maske fallen gelassen.

»Warum? Wieso hast du mir all das angetan?«, hauchte ich überwältigt von meinem inneren Schmerz.

Er lachte. »Weil es meine Aufgabe war. Es gibt so vieles, das du nicht verstehst, weil du dafür zu jung bist, Jenna. Götterkinder sind selten. Zwillinge sind eigentlich unmöglich, und doch existiert ihr. Ihr wart nicht geplant und zerstört all das, was ich mühsam aufgebaut habe.«

Seine Worte versetzten mir einen Stich. All die Jahre hatte er mich belogen und betrogen. Er hatte mir eine heile Welt vorgespielt, die schlimmer nicht sein könnte.

»Du bist Hades' Sohn«, flüsterte Thea hinter mir.

Da wandte sich der Mann, den ich so lange für meinen Vater gehalten hatte, meiner Schwester zu. Als er das Buch auf dem Tisch bemerkte, presste er die Lippen fest aufeinander. »Gut kombiniert, Tochter des Morpheus'.«

»Du hast all das eingefädelt, den Menschen die Träume genommen und sie zu Maschinen gemacht.«

Er nickte. »Ja, das habe ich, denn es war meine Aufgabe, den Auftrag meines Vaters auszuführen. Es hat länger gedauert, und ihr dämlichen Träumer seid schuld daran. Doch auch das hat nun ein Ende. Der Bluthund hat nach und nach die Dörfer aufgespürt, um dem Ganzen endlich ein Ende zu bereiten. Es wird Zeit, meine Pflicht zu erfüllen und meinen Vater stolz zu machen.«

»Du bist ganz schön größenwahnsinnig, weißt du das?«, sagte meine Schwester lässig, doch ich spürte ihre Angst und Trauer tief in mir.

»Thea, lass das«, ermahnte ich sie. Es war gefährlich, den Senator zu provozieren. Zumal wir nun wussten, dass er nicht einfach nur ein Mensch war.

»Nein, Jenna! Es wird Zeit, dass wir es beenden. Er möchte all das auslöschen, was mir etwas bedeutet.«

Gelächter drang zu uns herüber. »Es wird nichts mehr zu retten geben. Jenna weiß, wie sauber der Bluthund arbeitet. Er wird jeden einzelnen Träumer aufspüren, wenn er es nicht längst geschafft hat.«

»Und was machst du dann? Selbst wenn du die Träumer ausrottest, wird es trotzdem immer irgendjemanden geben, der sich gegen dich stellen wird«, mischte sich Lukas nun ein.

Mike, der neben ihm stand, seufzte und verpasste Lukas einen Schlag in den Magen. Lukas krümmte sich und stöhnte schmerzerfüllt auf. Hätten die Wachleute ihn nicht aufrecht gehalten, wäre er wahrscheinlich zusammengebrochen. Mein Herz zog sich schmerzhaft zusammen.

»Wenn es euch nicht mehr gibt, wird es auch keine Gegner mehr geben. Die Menschen lassen sich so unglaublich leicht manipulieren. Ihr glaubt nicht, wie einfach es war, einen genveränderten Stoff in das Wasser zu füllen. Schließlich müssen sie ja trinken. Sie haben es nicht einmal gemerkt.«

»Das bedeutet also, wenn sie dein verseuchtes Wasser nicht mehr trinken, ist der Plan gescheitert?«, knurrte Thea.

»So wäre es, wenn es noch reines Wasser zum Trinken gäbe.«

Lukas lachte gehässig auf. »O ja, Thea hat recht. Du bist wahrhaftig größenwahnsinnig. Niemand kann das Wasser auf der gesamten Welt verunreinigen.«

Der Senator fuhr zu Lukas herum. »Niemand allein, doch ich habe überall meine Helfer. Ich habe so lange auf den Tag hingearbeitet. Ihr werdet ihn mir nicht ruinieren. Nein, ihr werdet aus erster Reihe zusehen.«

Ich hätte am liebsten geschrien. Warum mussten sie ihn alle provozieren? Sie kannten ihn nicht so gut wie ich und wussten nicht, wozu er fähig war, wenn man ihn in eine Ecke drängte. Ich konnte die Anzeichen schon sehen, dass er sich bedroht fühlte. Er stand kurz davor, zu explodieren.

»Wie süß, er hat Angst«, provozierte Lukas ihn weiter.

Ich konnte die Ader auf der Stirn des Senators pochen sehen.

»Lukas, bitte, hör auf«, flehte ich ihn an.

Der Mensch, den ich all die Jahre für meinen Vater gehalten und als diesen vergöttert hatte, schaute zwischen Lukas und mir hin und her. Ein fieses Grinsen stahl sich auf seine Lippen.

»Das hast du also die letzten Monate getrieben. Du hast mit diesem Träumer rumgehurt, anstatt deinen Pflichten nachzukommen. Ich bin schwer enttäuscht, Liebes. Hast du einmal an deinen Verlobten gedacht und daran, wie er sich jetzt fühlen muss?«

Der Erwähnte griff sich theatralisch an die Brust. Ich betrachtete das Schauspiel mit ungerührter Miene, obwohl es in mir brodelte. Es verletzte mich, was er mir an den Kopf warf. Trotz alldem bedeutete er mir etwas. Man konnte einundzwanzig Jahre nicht einfach vergessen, und mir war es in seiner Obhut wirklich gut ergangen. Ich hatte immer ein Dach über dem Kopf und genug zu essen gehabt. Er hatte sich gut um mich gekümmert.

»Ich habe gar nichts getan«, hauchte ich und spürte, wie die Tränen in meinen Augen brannten.

»Liebes, noch hast du die Wahl. Schließ dich mir an, und es wird wieder alles so wie früher.«

Ich machte einen Schritt auf meinen Vater zu, was ihn zum Grinsen brachte. Alles in mir schrie danach, Ja zu sagen, doch ich wusste, dass ich nicht mehr die Jenna von damals war. Dass ich mich verändert hatte. Ich konnte nie wieder in mein altes Leben zurück. Dafür war viel zu viel passiert. Ich hatte meine Familie gefunden und gelernt, wie es war, ohne all den Luxus auszukommen. Vor allem aber hatte ich erkannt, wie scheinheilig das Leben in der Stadt war. Ich wollte all das nicht mehr. Ich wollte frei sein. Ich wollte Mike nicht heiraten, denn mein Herz hatte ein anderer Mann gestohlen. Ich wollte nicht mehr in dieser anonymen Gesellschaft leben, in der einem alles vorgeschrieben wurde. Ich wollte nicht, dass jeder einzelne Schritt vorherbestimmt war, sondern von Augenblick zu Augenblick leben.

Deswegen schüttelte ich den Kopf. »Tut mir leid, Daddy. Ich kann nicht. Ich will nicht mehr in einem Lügenkonstrukt leben, dafür ist die Freiheit, die ich kennengelernt habe, viel zu wertvoll. Ich möchte träumen. Ich möchte mein Leben selbst bestimmen können.«

Er seufzte. »Ich gebe dir eine letzte Chance. Vielleicht stimmt dich das ja um.« Er wandte sich von mir ab und ging auf Mike zu. Fordernd hielt er ihm die offene Hand hin.

»Ich dachte, ich darf«, begehrte Mike auf, doch er verstummte sofort. Vermutlich hatte mein Vater seinen bösen Blick aufgelegt. Widerwillig griff Mike an seinen Gürtel und zog einen metallenen Gegenstand hervor, den ich als Messer identifizierte. Mein Vater trat dann auf Lukas zu und stellte sich so hin, dass wir ihn gut sehen konnten. In dem Moment wurde mir klar, was er vorhatte.

»Nein, Daddy, tu das nicht!«, kreischte ich, doch da war es schon zu spät.

Mit einem diabolischen Grinsen holte er mit dem Messer aus und stach zu …

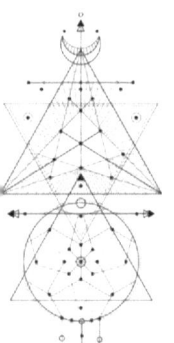

# KAPITEL 27

## THEA

Für einen Moment schien die Zeit stillzustehen. Niemand sagte ein Wort, die Geräusche der Gerätschaften im Hintergrund blendete ich aus. Mein Blick war fest auf das Messer gerichtet, das der Senator gezogen hatte. Er holte aus, und wie in Zeitlupe verfolgte ich, wie er es in Lukas' Magen rammte. Es durchschnitt sein Oberteil und seine Haut wie weiche Butter, und nur Sekundenbruchteile später begann sein Hemd, sich rot zu färben.

Doch Lukas sagte nichts, schrie nicht oder zeigte sonst irgendwie, wie enorm die Schmerzen sein mussten, die er gerade durchlitt. Nein, er biss tapfer die Zähne zusammen, um ja keine Schwäche zu zeigen. Er rang sich sogar ein Lächeln ab, was mir das Herz zerriss.

Erst nach einem weiteren Stich in die Magengrube zog er scharf die Luft ein, und nach einem dritten brachen ihm die Beine weg. Wäre er nicht immer noch festgehalten worden, so wäre er spätestens in diesem Moment zusammengeklappt.

»Ich denke, das genügt.« Ein boshaftes Grinsen umspielte die Lippen des Senators, und auch Mike schien sehr zufrieden mit dem Ergebnis, als Jenna neben mir auf die Knie fiel. Obwohl sie ihr Gesicht mit den Händen verbarg, konnte ich die Tränen in ihren Augen schimmern sehen. Ihre schulterlangen Haare fielen nach vorn und verdeckten ihre feinen Züge wie ein Vorhang.

Dann löste sich ein markerschütternder Schrei aus ihrer Kehle, der mein Innerstes zum Beben brachte. Trauer, Wut und Verzweiflung steckten darin. Gefühle, die auch in mir tobten. Nur dass es mir ein bisschen besser gelang, sie zu verbergen. Die Starke zu mimen.

Dabei zerriss es mich innerlich. Schließlich kannte ich Lukas schon mein ganzes Leben. Er war mein bester Freund. Jemand, auf den ich mich immer verlassen konnte. Ein Mensch, für den ich alles aufgegeben hätte, und von dem ich wusste, dass er genauso für mich handeln würde.

Für mich war er wie ein Mitglied meiner Familie. Wie ein Bruder.

Und er war es gewesen, der von Anfang an prophezeit hatte, dass diese Mission zum Scheitern verurteilt war. Der gesagt hatte, dass sie hirnrissig war und einem Himmelfahrtskommando glich. Dass er dafür bezahlen musste, war nicht fair. Nein, so konnte es nicht enden. Durfte es nicht.

»Und jetzt? Was hat dir das gebracht?«, brüllte ich den Senator an, dessen fieses Grinsen mich zur Weißglut trieb.

Gleichzeitig hatte ich das Gefühl, Jennas Gefühle zum ersten Mal mehr als deutlich zu spüren. Glaubte, dass sie mich nahezu überrollten. Sie erfassten mich wie eine Welle und drohten, mich in die Knie zu zwingen.

Mein Herz klopfte unfassbar schnell, sodass ich beinah meinte, es würde aus meiner Brust springen. Gleichzeitig wurde mir unglaublich kalt, und der Schweiß stand mir auf der Stirn. Ein Kribbeln breitete sich in meinem Körper aus. Es startete an meinem Herzen und floss dann sternförmig durch meine Gliedmaßen, bis ich es in meinen Zehen und Fingerkuppen spüren konnte. Was … was war das nur?

»Glaubst du wirklich, dass ich mich damit zufrieden geben würde, euch beide aus dem Weg zu räumen, Töchter des Morpheus'? Alle, die sich gegen mich stellen, sind meine Feinde. Sie müssen dafür bezahlen, und er hier … Er hat euch doch geholfen, oder nicht?« Siegessicher sah der Senator mich an, und mein erster Impuls war, ihm einfach eine zu verpassen - einfach mitten in seine hässliche Visage.

Doch so sehr ich mir das wünschte, ich konnte es nicht. Mein Körper wollte mir nicht mehr gehorchen, schien wie festgewachsen. Ich konnte nichts tun. Dabei wollte ich nicht tatenlos dabei zusehen, wie dieser miese, feige Mistkerl meine Freunde umbrachte.

Ich versuchte, meine Fassung zu bewahren und vernünftig zu sein, schließlich würde ein kopfloser Angriff vermutlich damit enden, dass dieses Messer, das der Senator gerade Mike in die Hand gab, als Nächstes mich durchlöcherte. Doch von Sekunde zu Sekunde wurde mein Urteilsvermögen weiter getrübt. Die aufkeimende Dunkelheit verdrängte die Vernunft in mir.

Wut stieg in mir auf wie in einem brodelnden Vulkan kurz vor dem Ausbruch. Dabei konnte ich nicht mehr unterscheiden, ob dieser brennende Hass der meine war oder der von meiner Schwester. Ich spürte ihre Verzweiflung und ihre Angst, ihre Rachegelüste und den winzigen Funken Hoffnung. Doch genauso wusste ich, dass es meine eigenen Gedanken waren. Mit jedem Atemzug glaubte ich, dass Jenna und ich immer mehr zu einer Person wurden. Als würden unsere Gefühle miteinander verschmelzen.

Es war mir langsam egal, ob wir kopflos oder unüberlegt handeln würden. Das zählte nicht mehr. Es ging nur noch um uns, unsere Rache und unseren Plan. Um unsere Aufgabe, die vieles verlangte, aber keine Vernunft. Es ging darum, das zu tun, für das wir bestimmt waren. Wir mussten den Menschen um jeden Preis ihre Träume zurückbringen.

Auch wenn wir dafür über Leichen gehen mussten …

Der Senator – und Mike ebenso – mussten heute noch sterben, und dafür würden wir sorgen!

Als hätte sie meine Gedanken gelesen, richtete sich Jenna neben mir auf. Ihre Augen waren vom Weinen gerötet, doch es spiegelte sich Kampfgeist in ihnen. Sie wusste, was wir zu tun hatten.

»Heute wird es enden«, murmelte ich, und Jenna nickte.

»Heute wird es enden«, wiederholte sie lauter und ergriff meine Hand. »Gemeinsam sind wir stark.«

Als ich meine Schwester ansah, bemerkte ich, wie sich ein sanfter, goldener Schimmer um ihren Körper legte, sie vollkommen einhüllte. Mir ging es ebenso, doch darum kümmerte ich mich nicht weiter, denn in diesem Moment richtete ich meine Aufmerksamkeit wieder auf den Senator.

Sein Grinsen erstarb und wurde von purer Angst abgelöst. Vorsichtig trat er einen Schritt zurück, schien sich ängstlich hinter Mike und Lukas verstecken zu wollen. Das erfüllte uns mit Genugtuung. Er schien zu spüren, dass hier etwas im Gange war, das weit über seine Macht hinausging. Es fühlte sich nach etwas Großem an.

Ich drückte Jennas Hand und atmete tief durch. Dann hatte ich das Gefühl, dass meine Schwester und ich wirklich eins wurden. Es ging plötzlich ganz schnell. Wir öffneten uns dieser gewaltigen Flut an Emotionen, die durch uns strömte und sich anstaute. Wir hoben unsere Hände, dann brach alles aus uns heraus. Wie ein Laserstrahl schoss das goldene Leuchten auf den Senator zu, und es folgten Schreie.

Der Schrei der Erlösung aus meiner Kehle.

Ein Schmerzensschrei vom Senator.

Eine Druckwelle breitete sich kreisförmig um uns herum aus und zerstörte alles in nächster Umgebung. Sie riss die Wachen um, ließ die Notizen aufstoben und durchschnitt das Holz der Tische und Stühle. Nur Lukas, Jonas und uns beiden schadete das goldene Leuchten nicht. Es legte sich eher wie ein Schutzschleier um uns, schirmte uns von dem Bösen ab.

Doch so plötzlich es auch gekommen war, genauso schnell verpuffte es wieder und hinterließ eine totenstille.

Schwer atmend sanken Jenna und ich auf die Knie. Es schien, als hätte diese unbändige Kraft einen Teil von mir mitgenommen. Als hätte sie sich an meinen Kräften genährt und mich ausgelaugt zurückgelassen.

»Was … was war das?«, wisperte ich.

Jonas kämpfte sich durch die Trümmer des zerstörten Labors auf uns zu.

»Unser Zwillingsband«, flüsterte Jenna. »Es ist erwacht.«

Keine Ahnung, ob sie das mit Sicherheit wusste oder nur eine Vermutung anstellte, aber es ergab Sinn. Die ganze Zeit über hatte es nicht funktioniert, egal, was wir versucht hatten. Aber jetzt … heute war es so leicht gewesen. Ich hatte ihre Gefühle gespürt, als wären es meine eigenen, und instinktiv hatte mein Körper gewusst, wie diese Macht zu nutzen war. Es musste unser Zwillingsband gewesen sein.

Nur war das alles gewesen? Hatten wir den Sohn des Hades' besiegt und die Träume zurückgebracht? Es klang in meinen

Ohren zu einfach. Das konnte ich mir irgendwie nicht vorstellen. Doch wir würden es gleich herausfinden.

Vorsichtig stemmte ich mich hoch und nahm am Rande wahr, dass Jenna es mir gleichtat. Sie taumelte, doch sie hielt sich tapfer auf den Beinen, als sie sich ihren Weg durch die Trümmer des Raumes bahnte.

Jonas stützte mich, während wir ihr folgten. Wenn sie überprüfte, ob der Senator noch lebte, sollte sie das nicht allein machen. Dafür waren wir beide zu schwach. Doch sie kniete sich neben jemand anderes. Jemanden, der uns beiden unendlich viel bedeutete: Lukas.

Mühsam bettete sie seinen Kopf auf ihren Schoß. Tränen rannen ihre Wangen hinab, während sie sanft Lukas' Haare zurückstrich. Seine Haut war unnatürlich blass, und ich wusste instinktiv, dass es mehr als schlecht um ihn stand. Als ich auch noch den riesigen Blutfleck auf seinem Oberteil bemerkte, musste ich schwer schlucken.

»O Lukas, ich flehe dich an. Du darfst noch nicht gehen.«

Am liebsten hätte ich mich abgewandt, weil sich Jennas Worte so intim anhörten. Aber ich wusste, dass ich sie jetzt nicht allein lassen konnte. Deswegen kniete ich mich neben sie und legte ihr mitfühlend die Hand auf die Schulter.

»Er … er atmet noch, jedoch nur sehr schwach. So viel Blut …«, wisperte sie, dann entwich ihr ein Schluchzen. »Er muss leben. Aber …«

Mir war durchaus bewusst, wie hoffnungslos die Lage war. Dass es nahezu unmöglich war, dass mein bester Freund überleben würde. Denn selbst wenn jemand mit medizinischem Wissen hier auftauchte, warum sollten sie einem Träumer helfen?

Selbst wenn wir den Senator besiegt hatten, selbst, wenn wir den Menschen die Träume zurückgebracht hatten, so würde es ewig dauern, bis Normalität einkehrte. Diese Gesellschaft war einer jahrelangen Gehirnwäsche unterzogen worden, sodass es unglaublich schwer werden würde, die alte Ordnung wiederherzustellen. Doch darum konnten wir uns kümmern, wenn es so weit war.

Ich zog Jenna vorsichtig in meine Arme und spendete ihr Trost. Mir war schon länger bewusst gewesen, dass sie sich in Lukas verliebt hatte, und es zerriss mir das Herz, dass die beiden keine gemeinsame Chance bekommen würden. »Es tut mir so leid, Jenna.«

Meine Schwester schluchzte erneut. »Vielleicht hätte ich vorher auf mein Herz hören sollen. Dann wären uns vielleicht ein paar gemeinsame Stunden vergönnt gewesen. Aber jetzt wird er nie erfahren, was er mir bedeutet.«

»Ich glaube, dass er bereits wusste, dass ihr füreinander bestimmt seid, Jenna. Es ist nicht wichtig, dass du es ihm nicht gesagt hast.« Ich strich sanfte Kreise über ihren Rücken.

»Es tut so unfassbar weh.«

Ich lehnte meine Stirn an ihre. So sehr ich es auch versuchte, ich konnte die Tränen nicht mehr zurückhalten. »Ich weiß. Er hat auch mir sehr viel bedeutet.« Langsam richtete ich mich auf. »Ich gebe dir noch einen Moment mit ihm, okay? In der Zeit schaue ich, was aus dem Senator geworden ist.«

Sie nickte, ohne ihren Blick von Lukas abzuwenden. Ich biss mir auf die Lippe und versuchte, meine wirren Gefühle zu kontrollieren. Jonas half mir dabei, indem er meine Hand ergriff und sie fest drückte. Auch er musste furchtbar trauern.

»Das ist alles so unglaublich«, flüsterte ich ihm zu, nachdem wir einige Schritte gegangen waren.

Jonas nickte, sagte aber nichts. Er räumte mit fest aufeinandergepressten Lippen einige Hölzer beiseite und befreite Mike und den Sohn des Hades' aus den Trümmern.

»Sie sind tot«, sagte er leise, nachdem er bei beiden nach dem Puls gefühlt hatte.

Erleichterung durchfuhr mich. Wir hatten es also geschafft: Wir hatten gewonnen. Doch irgendwie fühlte es sich nicht so an.

# KAPITEL 28

## JENNA

Ich hatte Asklepios, Hygieia, Tyche und sogar Thanatos angefleht, Lukas zu heilen. Ihn mir nicht wegzunehmen, wo ich ihn doch gerade erst gefunden hatte. Ich wollte nicht, dass es so endete. Es durfte einfach nicht. Ich hatte ihm nicht einmal sagen können, was ich für ihn empfand. Dass ich ihn liebte und mir ein Leben ohne ihn nicht vorstellen konnte.

Hoffnungslosigkeit paarte sich mit Trauer. Sie zerrissen mich, fraßen sich durch meinen Körper, vergifteten ihn von innen. Tränen brannten in meinen Augen, und ich ließ ihnen freien Lauf. Ich hatte nicht die Kraft, gegen sie anzukämpfen. Sollten doch alle sehen, wie es um mich stand.

Als sich eine Hand auf meine Schulter legte, meinte ich, dass es Thea war. Immerhin hatte sie mich zuvor schon getröstet. Doch ich wollte allein sein. Die letzten Sekunden von Lukas nicht mit jemandem teilen. Deswegen schlug ich ihre Hand weg.

»Shht, ich möchte nur helfen«, vernahm ich eine tiefe Stimme. Als ich meinen Blick hob, sah ich in Jeremiahs warme Augen. »Es wird alles wieder gut.«

Mir entwich ein Schnauben. »Wie kannst du so etwas nur behaupten?«

Er seufzte leise. »Er muss jemand ganz Besonderes sein, hm?«

Daraufhin konnte ich nur nicken. »Das ist er.«

»Gut, dann musst du mir jetzt vertrauen und mit deinen Freunden gehen. Du weißt, dass ich dir niemals schaden würde. Ich kümmere mich um ihn.«

Alles in mir rebellierte. »Ach ja? Was machst du hier überhaupt?«

»Der Senator wollte, dass ich ihn hierher fahre, und ich bin seiner Anweisung gefolgt. Aber jetzt geh. Du musst Lukas mir überlassen.«

Ich schüttelte den Kopf, wollte meinem alten Freund nicht glauben. Nein, ich konnte Lukas nicht allein lassen. Wollte ihn bis zu seinem letzten Atemzug begleiten. »Ich kann ihn nicht einfach zurücklassen.«

»Das machst du ja nicht. Ich passe auf ihn auf.«

»Komm schon, Jenna«, mischte sich nun auch Thea ein. Ich sah zu ihr auf, weigerte mich aber noch immer, Lukas loszulassen. »Ich habe ein gutes Gefühl bei der Sache, wenn wir Lukas bei Jeremiah lassen.«

Erneut schüttelte ich den Kopf. Ich wusste, dass sie es nur gut meinten, doch ich wollte nicht. Deswegen trat Jonas nun auf mich zu und griff nach meiner Hand. Er zog mich sanft, aber bestimmt weg von dem Mann, der mir alles bedeutete.

Wir kamen lediglich bis zum Aufzug, dann riss ich mich von ihm los und lief zurück in das Forschungszentrum. Ich war noch nicht bereit, zu gehen.

Als ich den Raum betrat, hatte Jeremiah Lukas' Wunde verbunden, und die Liebe meines Lebens saß an der Wand gelehnt. Er war zwar noch immer blass, aber er wirkte nicht mehr tot. Es schien, als wäre ein Wunder geschehen.

»Wie … wie ist das möglich?«, hauchte ich fassungslos.

Thea und Jonas, die mir nachgerannt waren, sogen ebenfalls erstaunt die Luft ein. »Unmöglich.«

»Wer bist du?‹, wollte meine Schwester wissen.

Jeremiah, der neben Lukas kniete, zuckte unschuldig mit den Schultern. »Nur ein einfacher Butler.«

Schweißgebadet erwachte ich aus einem Traum. Auch wenn alles gut ausgegangen war, so verfolgten mich die Ereignisse auch nach sechs Monaten noch. Langsam richtete ich mich auf, zog meine Knie an und bettete meinen Kopf darauf. Ob ich mit alledem jemals würde Frieden schließen können?

Ich wandte mich der Person neben mir zu und betrachtete den blassen, schlafenden Mann. Ein Lächeln trat auf meine Lippen. Ein warmes, angenehmes Prickeln fuhr durch meinen Körper und ließ mein Herz schneller schlagen. Liebe füllte mich aus, denn man hatte uns eine zweite Chance gegeben, die wir nicht verstreichen ließen. Ich dankte den Göttern dafür, dass sie ihn mir nicht genommen hatten.

Doch genauso fühlte sich das alles unglaublich an, weswegen ich einfach nicht wiederstehen konnte und meiner großen Liebe über die Wange strich. Ich musste einfach spüren, dass er real war. Augenblicklich öffnete er seine Augen und blickte mich orientierungslos an.

»Tut mir leid. Ich konnte einfach nicht anders«, flüsterte ich.

Ein schelmisches Grinsen trat auf seine Züge, während mich seine Augen voller Liebe ansahen. Rasch richtete er sich auf und zog mich in seine Arme, nur um mich mit seinem Körper an das weiche Bett zu fesseln.

Erschrocken schnappte ich nach Luft, während mich seine Wärme wie ein schützender Kokon umhüllte und mir Geborgenheit spendete. Dann presste er seine Lippen auf die meinen. Wild und fordernd war der Kuss, aber auch voller Leidenschaft. Als wir uns schwer atmend voneinander trennten, lehnte er seine Stirn an die meine.

»Du grübelst zu viel, Jenna. Es hat sich alles zum Guten gewandt.« Seine hellbraunen Augen musterten mich aufmerksam.

Unwillkürlich musste ich grinsen. »Erwischt.«

Auch auf seinen Zügen breitete sich ein Grinsen aus. Dann strich er sanft die Konturen meines Gesichts entlang. Die sanfte Berührung sandte Schauer durch meinen Körper und ließen mich alles vergessen. Er legte erneut seine Lippen auf die meinen, doch dieses Mal war der Kuss zunächst leicht wie eine Feder und wurde dann immer fordernder. Seine Zunge bat um Einlass, den ich ihr nur zu gern gewährte.

Doch bevor ich mich wirklich fallenlassen konnte, klopfte es an der Tür. Mir entwich ein genervtes Stöhnen, als Lukas von mir rollte, mich aber sofort wieder in seine Arme zog.

»Was ist?«, fragte ich unhöflich. Sollte der Besucher doch wissen, dass er störte.

»Sorry, aber wir brauchen euch. Es ist verdammt dringend«, schallte Theas Stimme durch meine geschlossene Zimmertür.

Ich seufzte. »Gebt uns fünf Minuten.«

Seitdem wir den Senator besiegt hatten, hatte sich soviel geändert. Wir erzählten dem Volk, dass er an einem Herzinfarkt gestorben wäre, weil man uns sonst kein Vertrauen entgegengebracht hätte. Doch das brauchten wir, wenn wir unsere Mission beenden wollten. Da die Menschen der Stadt nichts infrage stellten, klappte das erstaunlich gut.

Als Tochter des Senators hatte man von mir erwartet, dass ich sein Amt übernahm. Deswegen sind wir in die Villa des Senators gezogen. Während ich nach außen hin die Stadt vertrat, regierten Lukas, Jonas, Thea und ich zusammen das neue Highland Lake. Ebneten einen Weg, um die Träumer und Städter wieder zu vereinen.

Es war erschreckend gewesen, als wir die Traumfabriken betreten und festgestellt hatten, dass dort Träumer gefangen gehalten worden waren. Dass sie dazu benutzt worden waren, um uns reichen Schnöseln das Träumen zu ermöglichen. Natürlich hatten wir sie sofort befreit und in der Stadt integriert. Bald sollten die Dörfler folgen, damit wir alle in einer großen Gemeinschaft leben konnten.

Doch Regieren war nicht unsere einzige Aufgabe. Wir mussten den Städtern Trost spenden und ihnen durch ihre Verwirrung helfen. Für sie hatte sich weit mehr geändert als für alle anderen, denn sie hatten plötzlich begonnen, zu träumen. Der Tod des Senators schien die Unterdrückung dieser Fähigkeit ausgelöst zu haben. Selbst jetzt, sechs Monate später, verstanden sie es teilweise noch immer nicht. Und ich konnte es ihnen nicht verübeln.

Ihr Schlafrhythmus hatte sich verändert. Doch nicht nur, dass sie mehr Schlaf brauchten, verunsicherte sie, sondern auch das Unbekannte der Träume. Die Bewohner fühlten sich schlecht, weil sie nicht mehr so viel leisten konnten, wie sie es einst vermocht hatten. Weil ihre Gesellschaft nicht mehr in dem Maß funktionierte, wie sie es gewohnt waren. Sie fürchteten sich, in

Besserungsanstalten zu kommen, die es eigentlich nie gegeben hatte.

Nur wie sollten wir ihnen erklären, dass ihr geliebter Senator ein Betrüger gewesen war und ihnen all das angetan hatte? Dass er sie vermutlich getötet hätte, weil sie nicht mehr richtig funktionierten, wie er es mit allen anderen zuvor getan hatte? Das hätte nur umso mehr Schaden angerichtet.

Deswegen hatten wir uns dagegen entschieden, sein Bild zu zerstören, und ihnen stattdessen erzählt, dass Morpheus sie gesegnet hätte. Mit viel Feingefühl hatten sie es akzeptiert und schienen langsam in der neuen Ordnung aufzublühen. Wir wussten, dass noch viel Arbeit auf uns wartete. Schließlich hatte dieses System sehr lange funktioniert. Die Arbeit hatte die Gesellschaft ausgemacht. Doch die Menschen konnten diese Leistungen nicht mehr erbringen.

»Jenna, Lukas, los jetzt! Ich zähle bis drei, dann stürme ich euer Schlafzimmer«, rief Thea erneut und fing an, zu zählen.

Lukas gab mir noch einen letzten, sanften Kuss, dann ließ er mich los und stand auf, um Thea die Tür zu öffnen.

»Ist ja schon gut, Nervensäge. Wir kommen sofort«, begrüßte er Thea, nur in Shorts bekleidet.

Ich konnte vom Bett aus erkennen, wie Thea errötete, sich jedoch schnell wieder fasste. »Gut, schließlich ist heute der große Tag. Es soll alles perfekt werden.«

Ich spürte die Aufregung meiner Schwester sanft in mir nachhallen. Obwohl wir auf das Band nicht mehr zugreifen konnten, so spürte ich die Gefühle meiner Schwester mehr als je zuvor.

Ich konnte Thea verstehen. Auch ich war nervös, denn heute sollten die verbliebenen Träumer in die Stadt zurückkehren. Ein langjähriger Traum, der endlich in Erfüllung gehen sollte.

Wir wussten nicht, was uns erwartete. Doch wir hatten Hoffnung und diese gab uns die Kraft, all das zu schaffen. Denn wenn es jemand schaffte, alle wieder zu vereinen, dann waren es wir.

# EPILOG

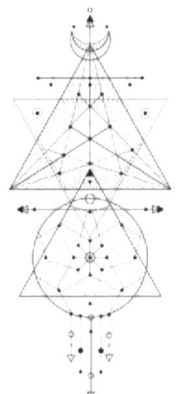

## MORPHEUS

»Haben sie es geschafft?«, fragte meine Frau voller Hoffnung, die ihre blauen Augen zum Funkeln brachte. Das lange, weiße Gewand umspielte ihren schlanken Körper, während sie langsam auf mich zuschritt. Sie sah wunderschön aus und brachte mit ihrer puren Anwesenheit mein Herz zum Rasen.

Ein Lächeln schlich sich auf meine Lippen, als ich sie sah. Noch immer konnte ich es nicht glauben, dass sie nun bei mir war und mich nie wieder verlassen würde. Dass wir nun unsere Chance bekamen.

Mir war bewusst, dass sie traurig war und unsere Mädchen schmerzlich vermisste. Dass ihr ihre irdischen Freunde fehlten. Doch ich glaubte, dass sie sich hier langsam heimisch fühlte.

»Ja«, ließ ich sie wissen, während mich Stolz durchflutete. »Sie haben es geschafft.« Ich wurde nicht müde, mir diese drei bedeutungsschweren Worte immer und immer wieder auf der Zunge zergehen zu lassen.

Meine Frau kicherte. »Ich habe nichts Anderes von meinen Töchtern erwartet. Ich kenne sie schließlich. Obwohl sie beide so unterschiedlich sind – oder gerade deswegen –, ergänzen sie sich hervorragend. Thea war schon immer stark und ein verdammter Sturkopf. Sie schreckt nicht vor Gefahren zurück und hat den Blick für das Wesentliche. Jenna dagegen …« Sie hielt kurz inne, ehe sie ein Seufzen nicht mehr unterdrücken konnte. »Ich hatte nicht viel Zeit mit ihr, aber sie lässt sich offensichtlich von ihren Gefühlen leiten …«

»Und das hat das Zwillingsband wachsen lassen«, ergänzte ich und zog meine Frau in die Arme, um ihr einen Kuss zu geben. »Dennoch werden sie nie wieder Zugriff auf diese Macht bekommen.«

»Oh.« Sie runzelte die Stirn. »Aber ich dachte, jetzt, da es erwacht ist … Können sie es nicht immer …«

»Nein«, unterbrach ich sie und schüttelte den Kopf. »Ich habe es dir doch erklärt. Mehrfach. Sie sind Zwillinge. Die Macht, die gewöhnliche Götterkinder bei der Geburt bekommen, wurde bei ihnen geteilt. Du weißt, dass man mit einem Teil des Ganzen nichts anfangen kann. Erst, als sie dasselbe gefühlt und ihre Herzen im Einklang geschlagen haben, konnte das Band erwachen und ihnen die Macht verleihen, den Sohn des Hades unschädlich zu machen.« Natürlich besaß meine Frau Grundkenntnisse über die Macht, die in Halbgöttern lebte, doch Menschen würden es niemals richtig begreifen können. Es würde für sie immer zu unwirklich sein, dennoch gab ich mein Bestes, es ihr begreiflich zu machen.

»Verstehe. Aber ich schätze, sie werden diese Kräfte jetzt ohnehin nicht mehr brauchen, oder? Es ist doch alles wieder gut.«

Ich legte meine Stirn in Falten und nickte nachdenklich. Wenn ich ehrlich war, wollte ich meinen beiden Töchtern nicht zumuten, je wieder in eine Situation zu geraten, in der sie ihr Band brauchen würden. »Verseuchtes Wasser, dass ich das nicht vorher gemerkt habe. Ich hätte die Mädchen vorwarnen können!«

»Mach dir nichts draus, Liebster«, munterte mich meine Frau auf und lächelte mich zuversichtlich an. »Freue dich lieber, denn das Wasser ist schneller gereinigt als eine Genmutation rückgängig zu machen.«

Daraufhin lächelte ich und trat gemeinsam mit meiner Liebsten auf den Balkon. Freude durchflutete mich, als ich meinen Blick über mein Reich wandern ließ. Noch immer lag ein Schatten darauf, doch ich spürte, wie er sich bereits verzog. Die goldene Sandwüste funkelte, während die Bäume langsam Blätter bekamen.

Es würde noch ein weiter Weg sein, bis das Traumreich wieder in seinem alten Glanz erstrahlte. Aber ich wusste, dass es so weit kommen würde. Dank Jenna und Thea, die es geschafft hatten, über ihre Schatten zu springen und sich aufeinander einzulassen.

# DANKSAGUNG

Als erstes möchte ich euch Lesern danken. Dafür, dass ihr meine Geschichte gelesen und hoffentlich auch geliebt habt. Ohne euch wäre meine Leidenschaft nichts als sinnloses Geschreibsel.

Ich danke meinem kleinen Bloggerteam, das mich und meine Geschichten so sehr unterstützt.

Meiner Mentorin Sabine, auf die ich immer zählen kann.

Meiner Lektorin Melina, die alles Erdenkliche aus der Geschichte geholt hat.

Renee, der mit einer Engelsgeduld all meine wirren Gedanken und Ideen zu wunderschönen Bildern gezaubert hat.

Bea für die Freundschaft, das Brainstormen und natürlich die wunderschöne Illustration.

Julia und Debby, einfach dafür, dass es euch gibt. Ich hab euch lieb.

Dunja, Geethu und Carina, die einfach für mich da sind.

Meinem Freund, der all meine emotionalen Augenblicke stumm erträgt und danach auch weiterhin an meiner Seite ist.

Und natürlich meiner Familie, insbesondere meiner Mama, die immer für mich da ist und all meine Geschichten feiert.

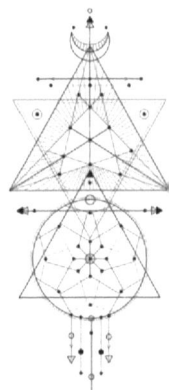

# Die Autorin

Alexis Snow lebt mit ihrem Freund und zwei Katzen in Köln, wo sie 1992 geboren wurde. Nach ihrer Schulzeit entschied sie sich gegen ein Studium und suchte nach einem Job, in dem sie ihre Kreativität ausleben kann. Deswegen absolvierte sie eine Lehre als Bauzeichnerin und arbeitet noch immer in diesem Beruf.

Seit sie lesen kann, liebt sie alles, was mit Büchern zu tun hat. Schon als kleines Kind hat sie davon geträumt, eigene Geschichten zu schreiben und Menschen in fremde Welten zu entführen, weswegen sie schon als kleines Kind eigene Geschichten verfasste, die sie aber niemandem zeigte. Zum Schreiben ist sie durch Zufall und „Gruppenzwang" gekommen, als ihre Freundinnen angefangen haben zu schreiben. Mittlerweile ist das Hobby zu einer Leidenschaft geworden. Ihr Ziel ist es, Menschen in fremde Welten zu entführen und ihnen den Tag für ein paar Stunden zu verschönern.

Neben dem Lesen und Schreiben zählt Sport zu ihren Hobbies. Sie ist leidenschaftliche Kampfkünstlerin und Tänzerin, genießt es aber auch, sich im Fitnessstudio auspowern zu können.

Weitere Bücher der Autorin

Schon ihr ganzes Leben lang ist Lea anders als ihre Mitmenschen.

Von ihren Mitschülern wird sie gemobbt und Zuhause steht sie stets im Schatten ihres Zwillingsbruders. Wieso sie nirgend reinzupassen scheint, weiß sie nicht – bis der geheimnisvolle Niklas auftaucht und ihr eröffnet, dass in ihr ein uraltes magisches Erbe schlummert. Denn Lea ist eine Feuerelementare. Diese Tatsache eröffnet ihr nicht nur eine ganz neue Welt, sie trifft auch Gleichgesinnte und fühlt sich endlich nicht mehr als Außenseiterin. Doch ihre Gabe hat nicht nur gute Seiten. Während ihrer Ausbildung kommt sie einem düsteren Geheimnis auf die Spur, das sie schließlich vor eine schwere Entscheidung stellt: ihr neues Leben oder der Mensch, der ihr am meisten bedeutet?

Preis: 12,99 €
ISBN: 978-3750452695

Die Leeren sind erst einmal zurückgeschlagen, aber sind sie der wahre Feind?

Nach den einschneidenden Erlebnissen am Drachenfels versuchen Lea und ihre Freunde zur Normalität zurückzukehren. Doch das gestaltet sich schwerer als gedacht. Denn auf den Schultern der jungen Einheit liegt noch immer die Erwartung, die Welt und die Drachen zu retten.

Als Louisa sich plötzlich zu verändern beginnt, wird Lea erneut vor eine Wahl gestellt. Ist sie bereit, über sich hinauszuwachsen, auch wenn die Entscheidung bedeutet, sich selbst aufzugeben?

Preis: 11,99 €
ISBN: 978-3751951104

Wie weit würdest du gehen, um deinem Schicksal zu entkommen?

Olivia hat als Thronerbin Livenias alles, was das Herz begehrt: einen Palast, Geld und Macht. Niemand würde ihr einen Wunsch verwehren und doch macht sie das Leben am Hof nicht glücklich.

Müde von der Etikette entscheidet sie sich, heimlich zu entwischen, um herauszufinden, ob ein normales Leben mehr für sie bereithält. Doch das gestaltet sich schwerer, als gedacht. Als ihr auch noch Ben mit seiner Arroganz das Leben schwer macht, kann es nicht schlimmer kommen. Dann deckt Olivia allerdings ein Geheimnis auf, das ihre Ansichten zutiefst erschüttert.

Preis: 11,99 €
ISBN: 978-3752610055

Das könnte Ihnen ebenfalls gefallen

Jess ist die beste Traumdiebin des Landes und unter ihren Namen Azur fast
zu einem Mythos aufgestiegen. Allerdings verabscheut sie das Stehlen und will
lieber ein ganz normales Leben führen, wie jeder andere auch. Doch lässt
Saphir, der Chef der Diebe, das nicht zu. Er hat sie in der Hand, entscheidet
über ihr Leben und ihren Tod.
Jess hat das weitestgehend akzeptiert. Bis sie Cedric und seine Freunde
Vincent, Julian und Leander kennenlernt. Die vier sind Behüter, die nur dafür
zuständig sind, Traumdiebe zu fangen: also sie.
Doch die vier bieten ihr als Jess, nicht ahnend, dass sie eine Diebin ist, eine
unvergleichliche Freundschaft an, die in ihr den Wunsch schürt, von der
kriminellen Welt der Diebe fortzukommen. Vor allem als sie spürt, welche
Anziehungskraft Cedric auf sie ausübt, zerbröckelt ihr altes Leben. Sie kann
und will Cedric nicht entfliehen. Doch sie weiß ganz genau, dass sie kein
Mitleid von ihm zu erwarten hat, wenn er herausfindet, dass sie eine Diebin ist.

Preis: 12,99 €
ISBN: 383-9128676

Bastet und Morpheus, eine göttliche Liebe, die nicht sein darf. Zumindest, wenn es nach dem Rat der Götter geht. So beschließt Bastet letztendlich, sich zu opfern, um in einer Zeit wiedergeboren zu werden, in der sie und Morpheus glücklich sein können.

Mehrere tausend Jahre später kehrt sie zurück – als Mensch und ohne Erinnerungen an ihr göttliches Ich. Morpheus setzt alles daran, seine Liebste zurückzugewinnen, was allerdings nicht so einfach ist. Glücklicherweise steht ihm sein bester Freund Eros, der griechische Gott der Leidenschaft, zur Seite.

Doch dann taucht plötzlich eine unbekannte Macht auf, die hinter Morpheus und Bastets Kräften her ist und alles versucht, um die Reiche der Götter zu vernichten.

Preis: 9,99 €
ISBN: 978-3746025810

»Meine Teure, für den richtigen Preis kannst du jedes Wunder haben, das

dein schrecklich verwöhntes Herz begehrt.«


Im Traum reist Klarabell in das Unterbewusstsein anderer. Durch diese

angesehene Gabe sieht sie eine fantastische Zukunft vor sich. Bis sie erfährt,

dass sie noch vor ihrem achtzehnten Geburtstag sterben wird.

Doch ein Kölner Schwarzmarkthändler für Übernatürliches bietet ihr einen

letzten Ausweg. Sie soll dem Schicksal ein Schnippchen schlagen und

unsterblich werden, wie er. Was sie dafür tun muss, verstößt allerdings gegen

sämtliche Regeln der Traumwandler.


Klarabell bleibt nicht mehr viel Zeit, um mit ihrem Gewissen zu hadern ...

Preis: 11,95 €
ISBN: 978-3751917414